張込み
まつもと
せいちょう
Matsumoto
Seichō

埋伏

松本清張

賈英華◎譯

松本清張作品選

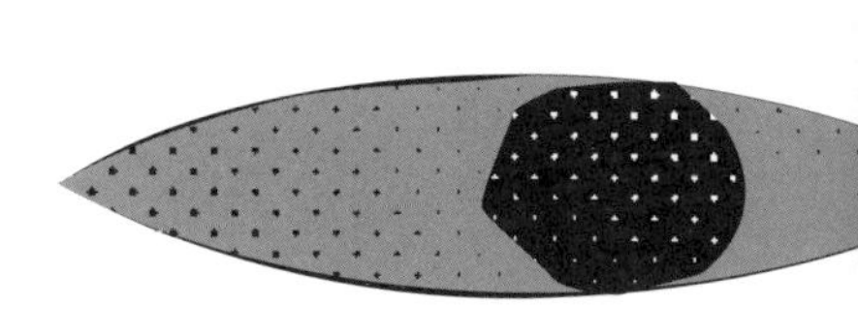

New Rain
Publishing

排版印刷室充滿著油墨味，那是一種陳腐、悶鼻的味道。許多撿字工人、排版工人，雙手、圍兜上都是油墨，他們動作熟練，從一個個檜木做的，已經被油墨染成黑鴉鴉木頭格子裡快速辨認各種大小不同的字，一個接著一個快速挑出來，疊放在另一個平放的框框裡組成一篇篇文章。他們沒有人說話，時間很趕，動作敏捷，面無表情地持續做著這個沉悶、無趣、機械式的動作。在排版室裡，有一位四十歲的資深員工，名叫松本清張，他從撿字工作幹起，通過多年的考驗，現在已經是位可靠的排版美編兼廣告業務，白天他偶爾還要出去拉廣告，賺點傭金。

松本清張好不容易找到這份工作，這份穩定的收入對他養家活口太重要了，他認份盡職的在排版室，一待多年，安份守己，就如同多年前他賣掃把時一樣，兢兢業業。只是在這樣傭碌的排版室，沒人會注意這個中年人的世故老成，也不會有人注意到這個下層社會的人，有一雙比一般人更為犀利的眼神。

一九五二年的某一天，在日本以挖掘純文學新人著名的芥川賞獲獎名單上，赫然出現松本清張的名字。當編輯部的編輯記者們知道，這位松本清張就是在他們樓底下排版室工作的傢伙時，大家驚呆了。但真的就是樓下那個傢伙。

得獎後數年，就在大家幾乎要把松本清張四個字忘記時，他突然背著一種很奇怪的小說文體再現文壇，驚人的是他的寫作像小說工廠一樣頻頻在各種雜誌上連載，一年出版好幾部小說，從印刷廠送上書店，一上架就銷售完畢，再上架又銷完。他的寫作像火山爆發一樣，熱岩漿不免燙傷了一些人，社會震撼。

在昭和前期，軍閥控制日本，社會氣氛肅穆，大家有話不敢講，有權有勢的人為非做歹老百姓不敢批評，不敢講良心話。

一九四五年日本戰敗，美軍的促進下，推動了日本政治、經濟、軍事、社會的各種改革。

戰後的世界對日本平民是天翻地覆的變化：日本新憲法保障國民基本的人權，美軍下令讓那些軍國主義思想的人從言論陣地的位置下台，給予社會更多的言論自由。美軍還破除了原來的金權結構，解散舊財閥，進行土地改革，解散國家主義團體，恢復工會，恢復政黨活動自由，設立勞動法，保障工人，一夕之間好像人人都有更公平的機會了。舊秩序崩塌，新秩序在混亂中逐漸成形，但原來舊權勢的人物只是不在台面上，他們下了台，仍然佔據社會的金字塔頂端，與國家機器的運作有千絲萬縷的關係。

處在這種時代變局下的松本清張，獲得全新的機會。他蟄伏四年後，找到一種新的語言新的題材來表達他對社會的看法……幾乎是每年最少一到二部的速度在創作，他為各家報紙、雜誌所寫的稿也不盡其數，他像這個時期的其他作家一樣，是把當下社會的矛盾關係拉進小說裡，反映其扭曲邪惡的關係，藉而批評社會的不公不義。在松本清張描述中，社會上的邪惡，大多是有權有勢的人心生歹念，不仁不義；或者向社會更高階梯上攀爬的人為求成功不惜為惡，但罪魁禍首是社會制度，是社會制度喚醒了人們沉睡中的惡念，孕育了人間的不幸。

二戰結束後，許多日本作家投身反省日本社會的文學創作活動。後來得到諾貝爾文學獎，與他們同時代的純文學作家大江健三郎這樣描述戰後作家群：

「在近代日本文學的歷史中，最富赤忱和使命感的就是那群戰後作家，他們在戰爭一結束後就立刻嶄露頭角，雖然背負戰敗的創傷但仍渴望新生。他們力圖為日本軍隊在其他亞洲國家所犯下的殘忍暴行贖罪，並努力消弭日本與西方國家間，甚是與非洲、拉丁美洲間的鴻溝。他們認為只有這麼做才能謙卑地與其他國家和解。而堅守這些作家們流傳下來的傳統文學精神，是我寫作生涯裡不變的志向。」

大學念到二年級就被戰爭中斷學業的山崎豐子是一個很好的例子，她說：「身為作家，我若失去勇氣不寫出應該寫的故事，那麼就等於我已死去。」她寫下對映大學醫學問題的《白色巨塔》、反映了金融問題的《華麗一族》，後來為了掙脫戰爭陰影追尋靈魂自由，又寫了三部曲：講述流放西伯利亞日本戰俘的《不毛地帶》、講述日裔美國人的《兩個祖國》、以及講述東北日本遺留兒的《大地之子》。對她來說這都是不能不說的作家使命。

山崎豐子寫了司馬遼太郎不敢觸碰的時期。司馬遼太郎關注的是幕府末期和明治維新，新舊時代交替，在新潮與守舊觀念強烈碰撞下人物的掙扎與抉擇。他感受到明治維新之後日本人的欣興氣象，但他走到了日俄戰爭，就走不下去了。在一八九四年日本打敗中國成為「第二流的文明國」，一九〇四年打敗了哥薩克騎兵和俄羅斯艦隊成為「第一流的文明國」，之後日本走上了一條不歸路。司馬遼太郎著迷日俄戰爭之前的明治維新時代給日本帶來的新氣象。

不同於司馬史觀，松本清張的世界觀、和歷史觀，審美趣味是另一種樣貌。他讓日本讀者讀到的故事，不總是那樣令人愉悅、充滿積極向上的氣質。也不特別覺得明治時代好，昭和時代壞。相反的，由於松本清張幾乎打從一生下來，就處於為生存而戰的境況下，統治者和努力向社會階層更高處爬的人並不總是那麼美好，競爭讓每個人都可能在一個壞的時代壞的制度下成為陰暗的壞蛋。松本清張進了新聞界，但不能如願當記者，因此他的許多小說具有調查報導的氣質，好像他在對記者生涯遺憾的一償宿願。在壞傢伙們裡，他揭露醫院高層的惡行，在《日本之黑霧》中，他又像調查記者一樣揭發駐日盟軍總部掩蓋事件的方式。

山崎豐子說，筆是作家的配劍。松本清張用這枝筆當作武器去挑戰國家與社會的謊言。以前他不能以記者的身份秉春秋之筆去揭露時弊。現在松本清張成了小說家，發現自己小說家的筆更強大。小說家可以隱身在虛構的背後去挑戰和顛覆真實。小說可以說是用許多真實建立的謊言，但這個謊言可能影射真實，而且比不完整的真相更有力道。作家生涯他一路秉持這個信念寫下去，陸陸續續寫七百五十多本著作，署名文章九百八十篇，加上推薦序則破千篇，稿紙用去十二萬張，他把手都寫受傷了。據聞到最後十年，他的創作甚至是口述讓人抄錄（國學大師錢穆也是如此）。他寫當代社會，寫非小說類的紀實文學、寫報導文學、對昭和史的挖掘也有超過小說家的水平。

他用一枝筆追尋真相的興趣漫延到歷史領域。不同於司馬遼太郎專注在幕末和明治時期，松本清張對大正末到昭和十一年以及古代史的歷史挖掘投入相當的心力。文春文庫二〇〇五年出版了他昭和史挖掘的著作多達九卷，其中包括了陸軍機密費問題、滿洲事變、陸軍士官學校事件、和最重要的少壯派軍官向特權階級發起軍事政變的二二六事件，這些都是昭和前期一般民眾無法知道的國家密秘。除了昭和史外，他還以業餘史家的身份對日本古代史進行研究，使日本皇室的身世遭到質疑。天皇與日本社會的血統聯繫是明治以來，日本建構國族神化，征韓、抗俄，戰爭動員的重要倫理。松本清張意圖從根本上顛覆這個國家機器的運作邏輯，可見其視野、雄心、與膽識。松本的史觀是一種日本平民史觀，他用三十多的寫作生涯，展現了平民去建構歷史挖掘真相的勇氣，對抗可疑的國家建構的歷史。這過程當中，人們可以見到他的一股怨氣，對特權、對貧困、對充斥虛假人格的上流社會的韃伐。

從更大的視野來看松本清張，推理小說不過是他建構歷史的一種方法，是他一生追求平民視角的公理和真相的一種工具。他太過龐大，以推理小說定位他可能是出版社和他之間的一種商業考量，正如同今日我們定位某某人為青春玉女或是豪放女一樣，是為了銷售。而松本清張本身並不反對商業手法，相反的他熟諳商業邏輯，不要忘了，他的前半生都在商業世界中打滾掙扎，在追求正義與真相的另一面，他沒有侷限造作的文人氣。他的寫作兼顧了為求生存的原始根性，就像平凡的日本民眾那樣充滿驚人的勤奮勞作。

有人就問，為什麼一個平凡的人可以寫出這麼多的不同知識和題材的文章？松本清張可能是以寫作團隊形式出版的創始人吧。據一位當年出版社的編輯回憶，松本清張的寫作不全是孤獨的創作，他會與編輯討論適合市場的題材，甚至到內容的蒐集，都有專業知識者的合作，提供編輯資源和協助，可以說是一個完全產業式的俱有工廠生產力的創作方式。這種生產模式也見到了作用：松本清張的寫作甚至帶動了娛樂產業，大眾媒體的市場，他的作品不斷被改編成電視、電影、戲劇。直到今天，松本清張逝世二十多年，每一年都還有他的作品持續被改編。這個作家的許多面都超越我們的想像。

推薦／夢子
昭和國民作家——松本清張

在筆者心目中，真正動人的文學作品，並非堆砌在華麗的詞藻上，也並非冷僻到只有小眾懂得欣賞的作品，而是不但具備文學深度，也兼具娛樂價值、啟發性，是具有思想的文學著作。而在被歸納為大眾文學的推理文壇中，松本清張便是少數能滿足筆者標準的優秀作家之一。

松本清張，一九〇九年十二月二十一日出生於福岡縣小倉市（現在的北九州市小倉北區），一九九二年因肝癌逝世。

早年的顛沛流離，以及曾因被誤認為左派份子而遭警方拘留的事件，令松本清張封筆多年，直到四十多歲才首度發表文字作品，壓抑了數十年的寫作才華從此一發不可收拾。

一九五〇年，松本清張以小說〈西鄉紙幣〉獲得《週日朝日》徵文比賽第三名。一九五三年以〈某「小倉日記」傳〉入圍直木賞，並獲得芥川獎。接著在一九五五年和一九五六年陸續發表的〈埋伏〉與〈臉〉等兩篇短篇作品，是松本清張最早具有推理氣味的作品，亦可被視為日本社會派推理的雛型。

松本大師的推理處女作——〈埋伏〉，為本書所收錄的第一篇短篇作品。柚木警官為了調查一起強盜殺人案而來到了九州。他相信嫌犯必定會到九州見他的舊情人——定子。於是，柚木在定子住家對面的旅館住下，暗中窺伺著已嫁為人婦的定子，展開了他的埋伏……

人或多或少都有一點偷窺他人隱私的好奇心態，只是在〈埋伏〉中，柚木基於警察查案的身分，得以光明正大地監視著定子的私生活。在本文中，作者採用由窺探者柚木自敘的方式，讓讀者在閱讀的過程中化身為柚木，對定子進行監視。

在傳統的推理小說中，兇手往往在最後一刻才會現出原形，但松本大師卻大膽地打破傳統，將推理小說倒過來寫，也就是一開始便揭露兇手的身分，然而這不但不妨礙讀者閱讀的樂趣，反而是一種別有風味的書寫方式，同時還增添了刻畫人性的空間。在松本清張的倒敘推理世界中，鏡頭常從查案方轉移到嫌犯身上，犯人的動靜成了令讀者摒息以待的焦點，而戲份大增的罪犯自然吸引了更多關注，讓讀者不自覺地對罪犯投入了感情，不論這種感情是憐憫，還是更強烈的厭惡。

〈臉〉是松本清張於一九五六年發表的第二部推理短篇作品，並於一九五七年獲得日本偵探作家俱樂部獎（即現今的「日本推理作家協會獎」）。故事描述劇團演員井野良吉因精湛的演技和獨特的樣貌獲得了電影導演的青睞，開始在大銀幕上嶄露頭角，但隨著自己的臉在銀幕上曝光的鏡頭愈多，他也愈來愈不安……

〈聲〉亦發表於一九五六年，文中描述善辨人聲的接線員因誤撥電話，意外與殺人兇手對話，因而埋下殺機的故事。作者在本篇佈置了高明的不在場證明詭計。

〈買地方報紙的女人〉、〈鬼畜〉、〈等我一年半〉、〈投影〉、〈卡爾內亞德斯船板〉皆發表於一九五七年。

〈買地方報紙的女人〉是平成國民作家宮部美幸與社會派作家橫山秀夫的最愛。居住在東京的潮田芳子向位於K市的甲信報社訂閱地方報紙，並於信中表示自己是為了報上連載的小說〈野盜傳奇〉而訂報，小說的作者杉本隆治因此受到了鼓舞，小說也寫得益發精彩，但就在此時，芳子卻以小說愈來愈無趣為由而停止訂報。杉本大受打擊，但同時也心生疑竇，開始對芳子真正訂報的原因著手進行調查。

〈鬼畜〉則描寫工作勤奮的竹中宗吉在熬出頭後開始背著妻子搞外遇，甚至還在外面生了三個孩子。當宗吉印刷廠的生意開始走下坡時，他的經濟能力已無法同時維持兩個家庭，此時，他的外遇對象菊代終於找上門來……

「鬼畜」的稱呼源自佛教六道輪迴中的「餓鬼道」和「畜生道」，原本是用來形容人的殘酷無情，但後來卻引申為猶如鬼般畜生的殘酷性虐待者。松本清張的〈鬼畜〉便描述人在走投無路時，很可能會被激發出令人意想不到的殘酷潛能。

〈等我一年半〉則描述必須負擔家計，卻又遭受家暴的妻子須村里子終於憤而殺夫的故事。但事情的真相卻往往不如世人所見，是給人帶來極大衝擊的短篇。

〈投影〉則述說抑鬱不得志的報社記者太市到鄉下的小報社任職，卻意外因追查一起涉及政治鬥爭的意外死亡事件，重新燃起身為新聞記者的熱情。本篇具濃厚的社會派推理氛圍。

在〈卡爾內亞德斯船板〉中，作者以古希臘學者卡爾內亞德斯著名的自衛學說來比喻大學教授之間的明爭暗鬥。當發生海難時，兩人同時抓著一塊浮木，但浮木只足以支撐一人，其中一人為了獲救，只好將另一人推下海，但活下來的人並不構成犯罪。但在現實世界的學術競爭中，同樣的自衛法則也能成立嗎？

綜合以上各篇松本清張最早期的推理短篇作品，我們會發現推理元素總埋藏在再尋常不過的日常生活中，主角並非具有過人灰細胞的名偵探，而是遍布在我們周遭的市井小民。人一旦被逼急了，為了捍衛自己的幸福，任何人都可能成為兇手，任何人也都可能是下一位受害者。犯人並不一定是絕對的壞人，而死者也不一定無辜；女人並非絕對的弱者，而男人也不該自恃優於另一半的社會地位或體能而糟踏自己的妻子。此外，日本的社會、政治究竟還潛藏多少積習已久的弊病，這些都是社會派大師松本清張希冀透過其推理作品告訴讀者的，並希望藉此激發大眾的社會正義感。上述特點在松本清張多產的創作生涯中始終不變，而經過本書收錄的幾篇短篇推理作品的創作試驗後，松本清張也在一九五八年推出他首部的長篇推理著作《點與線》，並從此站上了推理界的高峰，徹底顛覆了日本的推理文壇，掀起了所謂的「清張革命」。

當《點與線》問世時，日本還沒有新幹線，特快車也很少，飛機尚不普遍，旅行或遠距離的通勤主要仰賴火車，小說背景充分反映了當時的社會情況，亦使用了時刻表詭計，這顯示五十年前的日本列車已達幾乎不會誤點的水準。此作品確立了社會派在推理小說界數十年屹立不搖的正統地位，而在本書中初登場的三原警部和鳥飼刑警亦出現在一九六二年發表的《時間的習俗》中，為社會派推理中少見的偵探系列作。

若拿平成國民作家宮部美幸與這位昭和時代的國民作家相比，同樣是以貼近真實生活的社會為題材，同樣是以揭露社會黑暗面為使命，但兩人以作家身分旁觀這個社會的高度和角度顯然不太一樣。宮部美幸的作品較關注像是信用卡引發的個人信用問題、法拍屋和媒體問題等貼近現代人生活的社會議題，而松本清張則站在更高的高度，其作品較側重於揭發日本社會及政治的醜惡與污穢。

例如，在〈影之地帶〉（一九六一）中，作者便藉由攝影師田代的鏡頭，追尋著一而三再而三巧遇的男女，進而帶出官商勾結的議題。〈歪曲的複寫〉（一九六一）則從一具男性的棄屍間接追查出稅務署官員貪污、喝花酒，以及知名企業為逃漏稅而行賄等黑幕。

此外，和宮部美幸較溫馨的文風相較下，松本清張的推理小說常給人冷酷、沉重的感受，這或許和他坎坷的前半生息息相關。身為家中長子，不斷為一家大小的生計而奔忙，並因學歷不高而飽受歧視的他，在從事專職的筆耕後，一口氣透過文字將他對社會的不滿給抒發出來，逼迫習慣壓抑的日本人不得不正視日本社會始終存在，但多數人卻選擇漠視的問題。

而或許是從小父母感情不睦的關係，我們也常可見到松本清張在其作品中為處於弱勢的女性打抱不平。例如本書中的〈鬼畜〉，以及《眼之氣流》中的短篇作品——〈結婚典禮〉，都描述事業有成後便開始搞外遇的男人，背叛了曾大力協助他開創事業的老婆，而年輕貌美的小老婆則坐享其成。在松本大師的著作中，除了常在小說中對腐敗的政治、悖離道德的墮落人心做出批判和懲治外，似乎對於社會地位低落的日本女性也展現了多一分的關愛。

透過本書《埋伏》，可一窺這位社會派推理大師創作推理小說的原點及初衷，而透過作者這一生所發表的無數推理著作，我們會發現，自己要推理、要深入探究的，不只是小說中的謎題，還包括與我們密不可分的社會議題及詭譎多變的人性。明年二〇〇九年即松本清張出生一百周年的誕辰紀念，希望透過這位大師級人物出色的推理作品，除了抒解各位推理迷的推理成癮症以外，也讓每位讀者對自己生存的社會多一分深思，這就是松本清張試圖藉由推理小說所實現的社會正義。

作者簡介　夢子，推理評論家。

推薦／唐墨
謀與殺的一念間

開始讀松本清張的短篇時，也差不多接觸到希區考克的短片。日常生活是這兩位巨匠最常關注的議題，說議題其實也不太對，日常生活怎麼能算得上是一種議題呢？但日常生活延伸出去的，就有可能變成議題了。譬如外遇和情殺，這大概是推理與驚悚小說最常見的通俗題材，但男女關係作為一種縮影，關乎整個文化背景與社會演進歷程，不同時代的外遇形式，開拓出作品截然不同的面貌，體現出來的人物心境更隨著男女社經地位的鬆動，而有更多角的詮釋，題材於是進化為議題。

我以為，這樣的小說是很符合我的胃口。別人怎麼樣我不曉得，最初接觸到推理小說的時候，就是社會派、就是松本清張。更甚者，在接觸推理小說之前，我是純文學中那種質地非常精純的讀者，脫離了生活日常，去架構一棟根本不可能存在於現實世界的山莊與密室，剛好碰上萬中無一的暴風雪，又聞得哪裡來的一道天雷恰恰地崩毀了所有的聯外道路，一直都是我抗拒的閱讀經驗。這只是口味問題，一種廢文式的抱怨，不代表任何意義；

而且當我慢慢開始進入阿嘉莎的世界之後，這類「挑食」的問題已經緩減許多了。

但無論如何，在我閱讀與創作經驗都側重於社會派與日常生活的時候，不免俗地要重提一下曾經我對本格的觀點以及這個觀點的變遷。

譬如〈買地方報紙的女人〉。我盡可能地不要爆雷，但還是得說明白些，這是一篇與外遇有關的小說。與尋常寫法不同的是，那些露骨、煽情的橋段完全付之闕如，彷彿這篇與外遇有關的小說，故意迴避了那些應該要挑動讀者感官的描寫，或者強化兇手動機與合理性的情節。反其道而行地呈現出一種平淡的氛圍，顧左右而言他，討論一篇地方報紙的連載小說究竟有沒有可讀性。當然，這個討論也是極有趣的，不難看出松本清張應該是將自己或其他文友的投稿經歷，藉由連載作家之口呈現出來。

松本清張在外遇這個議題上，時常切入當代的日本社會現象，譬如當時女子就業率普遍低落，仰人鼻息，根深蒂固的男尊女卑社會氛圍，令女子的怯弱心理，日積月累成為潛伏的殺意；或是搭上女權意識初萌的浪潮，碰上一些氣質軟弱的丈夫，反轉成女強男弱的形勢，殺夫奪產或被丈夫反噬的事件也時有所聞。

松本清張和希區考克都有這樣的特質，真正的案情如何發展不再成為敘述的核心焦點；兇手怎麼犯案而後抹除證據，也不需費上半本書的篇幅鉅細靡遺地交代清楚；解謎者的身分與能力——不是倚靠警察、法官、律師、徵信社等專業人士的偵查技術或辦案手法，有極多數的情況，只是憑藉著一般的主婦、上班族、作家等人的基本推理能力破案的——往往是多元、雜牌軍似地偶然在日常生活的經驗中發現破綻。好像在看金髮尤物那樣，從一個髮妝美容常識的角度，就能破解一樁樁懸案。松本清張和希區考克在意的是這個社會如何逼人／誘人策動計謀，發動殺機。

好幾次，你會在松本清張的小說裡為那些即將鑄下大錯的人擔怕，希望他趕緊苦海回頭；還有希區考克的電影中那個受不了母親的久病與控制狂，決定要毒殺母親的大齡女子，你看著她，想叫她住手。然後，就在幾分鐘的文字爬梳與影片膠捲的流逝中，你看見那個本來要痛下殺手的人踩了剎車，結果招來自已的殺身之禍；被騙到婆家照顧另一個久病老人的女子，帶著一臉鬼魅般的微笑走到鏡頭最前方然後喃喃著要請醫生開立更好的安眠藥時，你不禁為幾分鐘前的警告感到後悔，彷彿這些人物都聽到了你的警告，也就是聽從了你的警告，才讓他們淪落萬劫不復至此！

當一個人，一個不是職業兇手的普通人，縱使他佈下了漫天羅網要殺一個人，勢必也會因為他本具的理智與道德觀，在緊要關頭做出違背初衷的決定。

一念之差婦人之仁，社會派所寫的都是每天上演的真實事件；社會派小說中的兇手都顯得比本格派軟弱沒有意志，大概就是在反映人類的某種可悲天性吧！

作者簡介　唐墨，作家，《清藏住持時代推理：當和尚買了髮簪》作者。

目次

導讀

張込み

一

柚木警官和下岡警官在橫濱車站，登上了下行列車。因為怕不小心被認識的報社記者看到，所以他們沒在東京站上車。二十一點三十分，列車駛出橫濱站。出發前，兩個人分別回家一趟整理行李，然後搭乘國電京濱線來到橫濱。

上車後二人發現，和他們預料中一樣，三等車廂已經沒有了座位，而且十分擁擠。兩人在走道上鋪了張報紙，一夜無法入睡，就這樣睜眼坐到天亮。

到了京都，下岡終於等到一個座位。在大阪站，柚木也終於能坐下來了。天亮了，太陽升起，秋日的陽光透過車窗暖洋洋的照在座位上。柚木和下岡在不知不覺間睡著了。

柚木只記得，自己恍惚聽見岡山站、尾道站等地的報站；等他醒後睜開眼時，已到廣島附近了。陽光不再那麼強烈，窗外的大海在陽光照射下，顏色有點泛紅。

「我們睡得都不錯哦。」下岡抽著煙，笑著對柚木說。他比柚木醒得早，已經從衛生間洗漱完回來了。兩人在岩國站買了便當，也顧不得是午飯還是晚飯，就大口吃了起來。

「你馬上就要下車了吧？」柚木問。

「恩，下一站的下一站。」下岡回答。

透過車窗，暮色下一望無際的大海顯得很深沉，令島嶼上閃爍的燈火更顯明亮。兩個人都是第一次出遠門。

「你還有很長一段路啊。」下岡看著柚木說。

「嗯。」柚木應了一聲，不自主的把目光移向別處。遠處燈塔上，燈光不停閃爍。

在一個叫「小郡」的僻靜小站，下岡下了車。他要在這裡轉乘支線到別的小城去。直到列車啟動，下岡一直站在窗下的月臺上。列車就要開動了，他揮手對柚木喊：「嗨！多保重啊，辛苦你啦！」

望著月臺上同事的身影在孤寂夜色中逐漸變小，柚木的心中一陣淒涼。

柚木接下來要前往九州。穿過門司海峽後，還有三個小時車程。剛才下岡說「你還有很長一段路」指的就是這個。既是對柚木長途旅行的同情，也是對他接下來的調查的關注。

柚木一個人的時候，總會閱讀文庫本的翻譯詩集。因為同事們開玩笑說他是個「文學青年」，所以他只有一個人獨處時，才會讀這類書。

柚木要調查的案件發生在一個月前的東京目黑區。劫匪闖入一家大戶人家，殺死主人並搶劫後逃逸。當時沒有找到任何有關嫌疑犯的線索，調查一度陷入僵局。但是三天前在街上偶然的一次職業調查，發現了一個嫌疑人。他叫山田，男，二十八歲，是某個建築工地的工人。

開始山田供稱他是單獨作案，報紙上也是這樣報導的。但在兩天前，他又招出一個同夥。

「是我說要幹這一票的，但是殺人的是那傢伙。他是跟我在同一個工地工作的石井久一。」

經過調查，山田提供的線索準確無誤。而且石井的身份也查清楚了。石井的原籍是山口縣農村，家中還有兄弟和親人，三十歲，未婚。三年前離開老家到東京打工。剛開始在某商店當駐店店員，聽說失業後做過人力雇工等許多工作，甚至還賣過血，最近才到這個工地上班。

「石井不怎麼愛說話，總說不喜歡東京。他胸部好像有點兒毛病，還總開玩笑說自己終究會自殺。但是，他常常惦記著要回故鄉，可惜沒有路費，工地只管放飯。」

根據山田的口供，警署馬上請求石井原籍所在地的警方協助調查。雖然得到的回覆是

「沒有石井返鄉的跡象」，但他逃回去的可能性很大。為此，按照慣例，警署決定派人到當地去，而下岡警官便被委以此任。

但關於石井，山田又說了這樣一件事。

「那傢伙說過，他最近經常夢到他以前的女友。我問他那女人現在怎樣了，他說她已經嫁人了，現在住在九州，而且他知道她的住址。石井只跟我說了這些，至於那個女人叫什麼，我倒沒問過。」

為了慎重起見，警署發電報通知石井原籍地的警方這件事。經查，那女子的確曾是石井的戀人，不過石井去東京才一年，她就嫁到九州去了，她的姓名和現址也查明了。

搜查課對這條線索有兩種意見。一種認為石井對他的舊情人念念不忘，很可能逃到那名女子家中；另一種則認為，石井不可能還對一個已分開三年的女子念念不忘，何況她已經嫁人，石井不可能逃往九州。

柚木主張前一種說法。

夢見了以前的女友，因受肺部疾病侵擾，開玩笑似的說要自殺……等等，柚木腦中一直想著石井曾說過的這些話。這樣的一個男人，雄心勃勃地來到東京，先是失業，又當過人力雇工，甚至賣血，然後成為建築工地的工人，最後因為罹患胸部疾病而絕望。

「石井很有可能在某個地方自殺。他肯定會去見以前的女友。」

多數人不支持柚木的想法，但他得到了課長的消極支持。因此下岡前往石井的老家，柚木則去那名女子所在的九州。

報社雖然知道嫌疑犯山田被逮捕，但是不知道山田供出了同犯石井。以前曾經發生過這樣的事，某案件在東京發布後，在地方報紙上被大肆報導，結果因三個小時之差，讓嫌疑犯得以逃跑，至今不能破案。由於有前車之鑒，這次石井的事，警方決定對報社保密。柚木和下岡從東京出發的時候，也十分小心，避免被報社記者發現。

二

柚木到達S市時已經很晚了。於是他在站前一間旅館住下。從東京一口氣趕到這，十分疲憊。整晚他都睡得很沉，第二天早上，他恢復了精神。

他先去了S市警署，見到署長，呈上一個信封，裡面裝著請求協助搜查之類內容的介紹信。

署長把司法主任叫來，表示願意出動足夠警力，全面協助調查，但是柚木婉言謝絕了。

他這次來只是跟當地警方進行初步溝通，等到必要的時候，他才會請求支援。柚木有他自己的想法。

他對署長和司法主任也是這樣說的：

「這件事，請您絕對不要向當地報社記者透露。這個女人已經嫁人，她丈夫與這個案子沒有任何關係。對於這個女人來說，這個時候石井的到來，無疑是場災難。要是被登報，好不容易建立的家庭就可能破裂，那不是太可憐了嗎？」

這個女子的丈夫什麼都不知道。她也應該沒跟她丈夫提過吧。這樣很好。這個女人安靜地過著普通老百姓的生活。這個時候，以前的男朋友變成了殺人嫌疑犯，突然逃到她這裡，這要是被她丈夫和周遭人等知道的話，該怎麼辦呢？過去的經歷正張開血盆大口，追噬著這名女子。

柚木在街上信步而行。這是個安靜的小城，連電車都沒有。幾條小河從小城流過。

S市ＸＸ街Ｘ號，橫川仙太郎，橫川定子——這是那個女人和她丈夫的名字，以及家裡住址。

這是條僻靜的小街。一間平房，周圍有低矮的籬笆，門牌上寫著「橫川」字樣。男主人在當地的信用合作社工作。房子與他的身份很相宜，小而潔淨。仔細看看，郵箱上貼著一張紙，寫著家裡人的姓名。仙太郎、定子、隆一、君子、貞次；看樣子女子是續弦。

看不到人影，也聽不到人聲。

柚木環顧四周，斜對面有家不起眼的小旅館，寫著「肥前屋」，剛好適合自己。

從旅館二樓能看見橫川家的全貌。籬笆內盛開著茂盛的大波斯菊。院子雖小，但打掃得很乾淨，擺放著幾盆花草，可能是主人橫川喜歡的。由於房檐遮擋，看不清屋子裡面，但是能看到客廳的一角和走廊。

柚木迅速商量好價錢便住了下來。刑警的出差費很少，這家旅館價格便宜正合適。

柚木把拉門打開一條細縫，坐了下來，眼睛卻一直注視著橫川家。

一個穿著圍裙的女子出現了，她在走廊晾曬坐墊。柚木凝視著她。她二十七、八歲，中等身材，有一雙水汪汪的大眼睛。她就是定子吧？完全是一副普通家庭主婦的形象，讓人很難想像她曾經談過戀愛。

一個小男孩坐在定子旁邊，六歲左右。應該是最小的孩子吧。看來他們母子關係還不錯。他們好像在談著什麼，只是太遠了聽不到。像秋天靜靜的陽光一樣，在旁人看來，這是一幅安逸的家庭畫卷。

看來，石井還沒跟定子「聯繫」；不然，她不可能這麼平靜。

將近中午，定子把織物籃拿到走廊，開始織起了毛線。她專心一意地忙著，能聽到「喀嚓喀嚓」的聲音。

下午一點鐘左右，一個十五、六歲的男孩，和一個十二、三歲左右的女孩從學校回來了。是繼子中的長子和長女。於是定子停下手邊的工作，走進屋裡，大概是去準備飯菜了。不久，定子又出來了，再次拿起了編織工具，一直忙了一個多小時。男孩拿著棒球手套出去了，女孩也出去玩了。

定子拿出一本雜誌看了起來。她好像不是在讀內容，而是在找附錄，尋找編織圖案樣例之類的東西，不時地邊看圖樣邊思考。

後來，她站起來進屋裡，大約四個小時沒出來。再次出現時，她手裡拿著購物籃從後門來到街上。應該是去買做晚飯的材料吧。這時，能看清她的面容。她長得很標緻，但皮膚有些乾燥，衣著打扮稍嫌老氣，看上去不太有精神。

四十分鐘後她回來了。購物籃裡裝著用報紙包著的東西，一隻手抱著一只酒瓶，看來家裡男主人有晚上喝酒的習慣。

接近六點時，男主人回來了。瘦削，個子出奇的高，可能有低頭走路的習慣，背有點駝。短短一瞥，便能看見他顴骨很高，臉上已有皺紋。他弓著背，走進了自家的大門。

夫妻間年齡有一段差距。男的至少五十了吧，並且已有三個孩子。一個初婚女子，為什麼會嫁給這樣的人呢？難道是因為這女子犯過什麼錯，嫁不出去嗎？柚木不禁胡思亂想了起來。

柚木藉著女服務生送餐進來的機會，向她探聽一些消息。

「因為太無聊了，所以我一直望著外面。那個種著大波斯菊人家的太太，很能幹啊。」

「您說什麼？您一直從這裡偷看鄰家的女人啊？」女服務生用當地方言笑著說。

「不過話說回來，那可是個不錯的妻子啊。她是橫川的續弦，模樣不錯，脾氣也好，嫁給橫川真是有點可惜了。」

「為什麼會這麼說呢？」柚木抓住這句話問。

「哎呀，那男人都四十八歲了，比他妻子大二十多歲呢。而且十分吝嗇，錢都自己收著，聽說每天只給他妻子一百圓就去上班了。他妻子剛嫁進來時，米櫃他都鎖起來，每天自己把米量好拿出來讓妻子做飯。他自己每天晚上都喝酒，但是聽說從沒讓妻子出去看過一次電影。」

「那麼，他們夫妻關係不好吧？」

「這個啊，他妻子挺好的，也不怎麼吵架。雖然孩子都不是親生的，但她也很疼愛。

這樣的好妻子，真是打著燈籠也難找哪！」

三

瘦削的男主人每天早上八點二十分去上班。高高的個子，弓著背，走路去銀行。他那皺著眉、滿是皺紋的側臉，帶著一種難以對付的神情。

妻子定子站在門口送他離開。朝陽把她的臉照得很白。柚木感覺她看起來很疲憊，沒有絲毫熱情，甚至讓人聯想不到她和石井有什麼關係。兩個孩子在他們父親之前出門去上學了。

早晨的打掃開始了。客廳、走廊、大門、庭院，花了整整兩個小時。她那吝嗇的丈夫，恐怕對打掃也很挑剔吧。但這個家仍然充滿了普通家庭所擁有的寧靜。

上午十點，郵差來了，把兩三封信或者明信片之類的東西投入郵箱。那些郵件中，或許會有打破這份寧靜的東西。郵件的一端從白色的郵箱中露出來，誘惑著柚木。可是貿然去搜查是不行的，那需要搜查令。

但是，石井會怎樣跟定子「聯絡」呢？郵寄？電報？還是托人送口信呢？這戶人家沒有電話，石井會借用附近的電話，把定子叫出去嗎？或者他會親自登門……？柚木設想著各種情況。

在打掃院子的中途，定子到郵箱前把郵件取了出來。站在那裡看了看信的內容，好像並不感興趣。

還有一張明信片，定子專心讀著它的內容。柚木屏住了呼吸。讀完以後定子回到屋裡，並沒有什麼特殊變化，接著開始晾曬洗好的衣物。看樣子不是石井的來信。

然後還是編織，最小的孩子玩夠了回來。一點鐘左右，去上學的兩個孩子回家了、吃午飯。接下來一直在收拾屋子。四點拿著購物籃出來，去市場買東西。看起來不是很有精神，四十來分鐘後回家，接著就不見了身影，大概是在準備晚飯吧。六點前，高個子的丈夫回來了，向前弓著腰，臉上還是那副難以對付的神情。

夜色降臨，橙色的燈光照亮了屋裡的紙拉門。收音機的聲音傳了出來，也許是附近人家的收音機。紙拉門上，人影時隱時現，這是個平靜祥和的家庭團聚場面。柚木不由得想起了自己遠在東京的家，感受到一種叫「旅愁」的憂鬱。

九點鐘左右，窗戶上的雨遮放下了，這似乎也是定子的工作。屋子變得一片漆黑，籬笆裡的大波斯菊也合上了花瓣，適時地開始睡眠。這個漆黑但和諧的家庭進入了夢鄉。看來，今天不會有什麼事情發生了。

早上，駝背的男主人弓著他瘦瘦的身子，八點二十分準時出了家門。妻子開始掃除。十點，郵局送來郵件，這讓柚木的眼睛閃著光，但是，今天還是沒什麼狀況。接著是編織，孩子們兩點鐘從學校回來。四點定子出門去市場。六點之前，高個子的男主人慢吞吞地走回來。看來這個男人總是準時回家。

什麼事情也沒發生，今天也這樣結束了。

柚木仰頭躺著，思考著。也許我估計錯了？這個念頭讓他心裡久久不能平靜。

「分開已經三年了，而且已經嫁了人，對這樣的女人還會有什麼迷戀嗎？」搜查會議上，持反對意見的同事說著。這些話再次浮現在柚木的腦海中，他甚至開始覺得，也許他們是對的吧。

——可是石井抱著必死的決心，他再沒有其他女人了，逃亡中他很可能跑來見這個女子。我不能放棄這個觀點……

「這才第三天嘛！」柚木在心中自問自答。石井應該是帶了幾萬圓逃走的。被害人因為要用錢，所以那天才把錢領出來，結果錢剛領出來就被他們兩人搶走了，雖然他已逃到別處，但在錢用完之前，他一定會到定子這裡來見她的。他知道定子出嫁的地方。但他說夢到定子是什麼意思呢？難道他們雖然分開了，但是他心裡仍然牽掛著定子嗎？沒能出人頭地、又被追捕的石井，一定想再次得到定子的愛，哪怕只有五分鐘也好。柚木對自己的猜測很有信心。只是他的心裡，仍然隱隱約約有些不安。

想到這裡，柚木不禁想，等定子一個人的時候去見見她，把事情跟她說清楚，但最終還是放棄了。一般在這種時候，女人是不會跟員警合作的，反而會幫助嫌疑犯逃走，這種情況至今屢見不鮮。

又是一個早晨。八點二十分，男主人出去上班。打掃。今天早晨的郵件也沒什麼問題。編織、洗滌、購物。六點之前，弓著腰的男主人回來了。

這是個十分單調的迴圈，或者可以說，正因為這單調的迴圈，才使得每一天的生活都相安無事。石井的出現是種災難，它會把這種穩定打破的。

第四天，沒什麼變化。

第五天也還是一樣，弓著腰的男主人準時上班，定子機械地打掃、洗滌、編織。這個家似乎正等待著不幸的降臨，柚木辛苦的壓抑著自己的不安。

天氣很好，太陽遠遠的照著街道。街上行人很少，沒有生氣，整條街都讓人昏昏欲睡。即便如此，這條街上還有稻草屋頂的房子呢。

街道上，當地人正站著聊天。郵局的簡易保險課員騎著腳踏車，在附近兩三所房子間收錢。之後，一個拿著手提包、穿著西裝的男人，步行挨家挨戶拜訪，可能是什麼集資人，或者是推銷東西的推銷員。他也去了橫川家。如果他是推銷員，在橫川家應該是賣不出去的。定子每天只能從吝嗇的丈夫那裡得到一百圓，不會有什麼閒錢。果然，他很快就出來了，晃晃悠悠的走到街角彎了過去。

三個年輕人大聲的說著話，從這裡走過。說的都是當地方言，聽不太懂他們說什麼，但是他們的大嗓門，仍在耳朵裡迴響不絕。這條路上，二十分鐘沒人經過很平常。

太無聊了，眼皮都要闔上了。

這時，定子出來了。她還是穿著白色的圍裙，但是柚木注意到，她的裙子顏色與平常不同，而且毛衣也換了。看看手錶，十點五十，定子不是去市場買菜，現在還太早。

柚木從樓梯上下來。為了應對這種緊急時刻，他已經提前付好了住宿費。

是他！柚木的腦海中，閃現出剛才那個穿著西服的男人，抑或是推銷員的身影。

四

柚木趕到路上時，已經看不到定子的身影了。他三步併作兩步地快步走著，心想，要馬上追上她。

可是他錯了。前面是條三岔路口。右手邊那條路能看到市場。奇怪的是，在柚木腦海中，他把定子穿著圍裙的樣子和眼前的市場聯繫在一起。一連幾天，他都看著定子穿著圍裙穿梭在市場中，他產生了這種奇怪想法。

柚木毫不猶豫地轉向右邊。市場很窄，路兩旁有許多店鋪。女客很多，都穿著白色圍裙來回穿梭。柚木急紅了眼。

沒有！

柚木心慌了起來。

「去火車站該怎麼走啊？」柚木隨便抓個人問道。那個人很蹩腳的給他指了路。

終於出了車站。柚木本能地走到告示板處，抬頭看著時刻表。現在是十一點二十分，只有一小時前有一趟上行列車，之後都沒有進出車站的列車。柚木放心了，然後他慢慢地在候車室等地閒晃。沒有！候車室人很少，有幾個孩子在玩耍。火車還要等一個小時才開。

來到站前，陽光下有一群鴿子。

柚木把煙叼到嘴上。

一輛公車進站了。乘客們紛紛湧出來。在人走完之後，車也跟著開走了。柚木的視線跟著公車，發現對面是公車的始發站，有三輛車停靠在那裡。白色的車體上塗著漂亮的紅色線條。

剛才怎麼沒注意到呢？柚木火燒眉毛似的急奔過去。

等車的乘客排著隊。他用眼睛搜索著。沒有！

柚木去了售票處。這是間有著玻璃窗的精緻小房。車掌和司機有三、四個人，正坐在屋裡閒談著。柚木出示了自己的警官證。

「剛才發出的車是去哪的？」

「是開往白崎的。」一個車掌監督員模樣的人看了看警官證，有些拘謹地回答。

「那輛車上有沒有一個穿著圍裙的女人？」定子是否還穿著圍裙，他不是很有信心。

「這個嘛……」

監督員又去車掌休息室詢問了一下。檢票員說他沒注意。

監督員和一位女車掌一起回來了。光看神情，柚木就明白她知道些什麼。

「我剛才看見一個穿著圍裙的女人，上了開往白崎的車。不過，跟她一起的人說了些什麼，她就把圍裙脫掉了。」女車長說道。

「跟她一起的人？是男的，還是女的？」柚木的眼中閃閃發光。

「男的。」

「什麼樣的男人？」

「嗯……沒看清楚。好像三十歲左右，穿著深藍色的西裝。」

「是的，是深藍色的西裝。他拿著手提包吧？」

「是的。不過不是黑的，是棕色的。」

對了，就是他！

「知不知道他們買了到哪裡的票？」

「不知道。」

「車幾點鐘到達終點站？」

「十二點四十五分。」

柚木看了看手錶，現在離十二點還差五分。現在搭計程車追趕的話，也許能在那輛車到達終點站前追上。

柚木回到站前，上了排班的計程車，要司機按照駛往白崎的公車路線開。路況不錯，路面很寬。出了市區兩旁都是農田，遠遠的可以看見山巒。路邊的黃櫨樹葉子紅通通的，十分漂亮。

但是，愈往前開平地面積愈小，路開始上坡，進入了丘陵地帶。整個樹林被黃櫨樹的葉子映得一片火紅。一路上穿過好幾個村莊。

還是沒能追上那輛公車。白崎是座小城。車子停在那裡，車掌和司機在休息。乘客都已經下車了。

柚木走了過去。

「有個男的三十來歲，穿深藍色西服，拿著棕色手提包，跟他一起的女人二十七、八歲。這兩個人在哪裡下了車，還記得嗎？」

「是那兩個人吧？」司機把煙從嘴裡拿下來，對女車掌說。女車掌點了點頭，回答說：「那兩個人，在一個叫草刈的車站下了車。離這裡有五站距離。」

車掌解釋說，因為這對男女沒往村子的方向走，而是上山往溫泉那邊去了，乘客都看到了他們。他們還說了些低級的笑話，引得大家哄堂大笑，所以才會印象深刻。S市也有直通溫泉的車，翻過這座山也能到那裡。

柚木馬上趕往郵局，發了一封電報給S市警署署長，請求支援。

五

道路順著丘陵緩緩向上，兩旁滿是落葉堆積，土黃色的森林中混雜著朱紅色的楓葉。

柚木沿著道路往山上走去，既然已經知道兩個人的去向，就不用慌張了。只不過他們往前走，柚木也在走路追趕，不知道能在哪裡發現他們的蹤跡就是了。儘管如此，能夠得知他們的目的地，已經很可以鬆一口氣了。

看看手錶，下午一點半。雖然已經是秋天，陽光並不強烈，但是爬著山路還是讓人滿身是汗。一路上沒遇到什麼人，伯勞鳥正尖銳地啼叫。

杉柏十分茂密，櫃樹、楊柳和椿樹也都鬱鬱蔥蔥。高大的楠木上爬滿山藤，藤條從高高的樹冠上垂了下來。

頭上不斷傳來烏鴉聒噪的叫聲，抬頭向上望，鳥兒成群地飛過樹枝。不，那不是烏鴉，而是喜鵲。

登上山頂，視野變得開闊了。回頭望去，遠處的平原十分寬廣。已經收割完畢的田野呈現黑黝黝的顏色。一束束堆積的稻穗點點分佈。

路旁，立著一塊路標兼看板，寫著「川北溫泉」。下面是三間旅店的名字：「肥州屋」、「悠雲館」、「松蒲館」。那兩人去的是哪家呢？柚木推敲著。

路開始往下了，只是仍然沿著丘陵不斷起伏。芒草亂蓬蓬的穗子閃著光芒。高高的山峰顯出嶙嶙岩石，離自己愈來愈近。

突然，一聲清脆的槍聲撕裂了透明的空氣，震撼著森林與山丘。

柚木一下子蹦了起來。「糟了！」他情不自禁的喊出了聲音，轉向槍響的方向，卻沒移動腳步。不知道為什麼，他在期待著第二聲槍響。但是，什麼也沒再發生。鳥兒成群的飛過。

柚木在想，石井久一什麼時候弄到的手槍呢？他帶著那麼大筆現金，可能是在什麼地方買的吧。自己真是疏忽了，竟沒想到這一點。

但是，剛才子彈是射向誰呢？那個女人？還是他自己？那一瞬間，柚木以為會聽見兩聲槍響，因為他以為石井會在打死那個女人後，再對準自己的胸口扣動扳機。但是，只有一聲槍響，不知道是誰倒下了。

柚木偏離了正走著的道路，彎到一條小路上。乾枯的灌木叢十分茂密，枝葉凋零的雜樹林隨處可見。槍聲似乎是從那邊樹林深處傳來的。

這時傳來了腳步聲，柚木隱蔽到灌木叢中。但是，一頭獵犬跑了出來。獵犬看到柚木，突然停下來狂吠。有人叫著狗的名字，狗的主人也從樹林中走出來。他是一位中年紳士，穿著皮製狩獵裝，肩上扛著獵槍。

「真是不好意思。」穿著狩獵裝的人喝住獵犬，向柚木道歉。

知道了槍聲的來源，柚木放了心。他叫住正要離去的獵人，問了他幾個問題。

「麻煩一下，你有沒有看到一對男女？男的穿著深藍色西裝，拿著手提包。」

獵人用戒備的眼神看著柚木。

「啊，我是員警。」聽了這話，獵人點了點頭。「我看到了。他們往這樹林外頭去了。那個男的穿著打扮和你說的一樣。」

柚木道了謝。獵人帶著獵犬默默地離開了。柚木從樹林中走出來，沒看到他要找的身影。

這時，柚木不禁問自己，剛才為什麼期待聽到第二聲槍響呢？他怕石井可能會自殺，但沒想過兩個人會殉情。柚木對此沒有任何心理準備，之所以等待第二聲槍響，是因為在那一瞬間，他突然有這種預感。

想到這裡，柚木清楚的發現，石井會不會讓那女人跟自己一起死呢？石井已經下定必死的決心，想讓定子跟自己共赴黃泉，他也不是不能理解。當初他只是認為，石井不過是臨死前來跟定子做最後的告別，現在柚木不得不修正自己的想法。

眼前出現了三、四戶人家。一個老太婆背著小孩，瞪著一雙白多黑少的眼睛站在那裡。柚木向她詢問兩個人的去向。

「往那邊走了唷。」老太婆指著路說。那條路通往林中更幽深的地方。穿過森林，眼前是綿延不絕的丘陵。丘陵被光禿禿的的雜亂樹林所遮蔽，視野並不開闊。路上不時有野兔之類的動物出沒。

由遠及近，聽見有人說話的聲音。柚木碰到三個背著柴火的年輕村民，於是向他們打聽消息：

「啊，往水池那邊去了。」村民們答道。

聽到水池，柚木的心不安起來。他快步走向村民所指的那條小路。

終於遠遠的看見了兩個人的身影。雖然看不到水面，但是能看到他們坐在堤岸上。堤岸上長著幾棵黃櫨，那兩人就坐在美麗的紅葉下。男人深藍色的西裝和女人橙色的毛衣，緊緊的靠在一起。

柚木為了不暴露自己，一點一點地向前靠近，他把自己隱藏到芒草的枯草叢中。在這裡還聽不到兩個人的談話。

女人趴在男人的膝蓋上，男人幾次把臉俯下來。能夠聽見女人的笑聲，她用雙手抱著男人的脖子。

柚木發現，定子像被火點燃了一般，散發出生命力。那個總是很疲憊、讓人感覺不到熱情的女子，現在就像火一樣燃燒著。在這個時刻，定子從那個大自己二十歲、吝嗇、總是繃著臉的丈夫那裡，從那被三個繼子束縛的家庭中解放出來了。她沉醉在他的懷抱中。

柚木躺在草叢中仰望天空。蔚藍的晴空中浮著薄薄的絮雲。柚木呼吸著落葉的味道。這裡沒法抽煙。

過了幾分鐘，柚木坐起身。那兩個人站了起來。女人繞到男人背後，幫他拍掉沾在身上的草。接著她拿出梳子，幫男人梳理頭髮。

兩個人緊緊靠在一起離開了。女人拿著男人的棕色手提包，一隻手挽著男人的胳膊。兩人纏綿的向前走去。

現在的定子，不再是柚木監視了五天的那個定子，她與那個總是一臉倦相的女子判若兩人。現在的她彷彿被注入了生命力一般，如同炫舞一樣生動，猶如火焰一般的升騰。

柚木現在無法接近石井。他的心躊躇著。

六

川北溫泉坐落於山間，大約有四、五家旅館。山中的小溪流經S市那條河的上游。沿著這條河，有由S市開出、直通這裡的公車。

柚木站在路邊，一邊眺望溪流一邊抽著煙。厭倦了眼前的風景，柚木坐下來，打算從包包裡拿出詩集來讀。這時，一輛舊吉普車從S市的方向開來。柚木向吉普車招了招手。從車上下來了四、五個S市警署的刑警。

「辛苦你們了。」柚木寒暄道。

「您是警視廳的柚木警官吧？讓您久等了。嫌犯在哪裡？」其中那個最年長的大眼睛刑警問道。柚木指了指面前的旅館。

「在這家旅館裡，他們剛進去。」

旅館外掛著「松浦館」的招牌。

「我們馬上進去嗎？」刑警們問道。

「他們現在應該在洗溫泉。有個女的跟他一起。」

「哦。還挺瀟灑呢。」周圍的刑警們笑著說。

「但是，她和我們的案件沒什麼關係，甚至不是他的情人。這個女人由我來處理吧。」

刑警們一副不解的神情，但聽柚木這麼說，也就默認了。

刑警們商量好埋伏的位置，分散開來。旅館前面守兩個人，兩個人守在河邊。

柚木和兩個刑警進入旅館。大眼睛刑警和櫃檯的人低聲說了些什麼，櫃檯的人臉色大變，立即站了起來。

「在這邊，請進。」他低聲說著，在前面帶路。女服務員們感覺到了不尋常的氣氛，不安的目送著他。

柚木他們進到房間裡。

「現在，他正在洗溫泉。那女的在女浴場裡。」櫃檯人員說。

在掛著廉價掛軸的壁龕裡，男人的棕色手提包放在那。柚木把手提包遞給了身邊的刑警。

打開衣櫃，男人的深藍色西裝掛在裡面。柚木敏捷的把手伸進西服口袋，裡面的東西都用手絹包著。他把手絹也遞給了刑警，沒有發現兇器之類的東西。柚木從房間裡出來，順著打磨得十分光滑的走廊，向浴場走去。

一個三十來歲的男人走了過來，身穿旅館的棉服，手裡拿著毛巾。走廊很窄，不夠兩個人並肩通過，柚木把身子貼到牆上讓路給那個男人，那人好像以為柚木也是店裡的客人，不慌不忙地與他擦肩而過。他的頭髮整齊的梳開，臉上冒著熱氣。

「石井！」柚木叫道。那男人猛地轉過身，雙手緊緊握拳。

「你是石井久一，沒錯吧？」柚木話沒說完，已經給石井銬上了手銬。有那麼一瞬間，石井似乎想要反抗，但是，他只能木然的呆站在那兒，垂下了頭。

「看看，這是你的逮捕令。」柚木向他出示。

石井輕聲說：「知道了。」但是並沒有抬眼看。

他的身上還在冒著熱氣，但是臉色卻十分蒼白。柚木緊緊貼著石井回到房間，等在那裡的大眼睛刑警站了起來。「嗨！」他說。

柚木送走石井，一個人留在屋子裡。他拿出煙來抽著，看著掛軸上的畫，看看手錶，四點五十分。

定子的丈夫總是在六點前回家。他高高的個子弓著腰，皺著眉頭，一步步的往回走。

現在離那個時間還有一個多小時。

門口的簾子被人掀開，定子走了進來。她看見柚木吃了一驚，對於房間的變化也感到很奇怪。房間裡的東西看上去十分陌生，好像都是別人的。

「這位夫人。」柚木叫她。

定子的臉色變了。柚木向她出示了警官證。

「石井先生已經被員警帶走了，請夫人您趕快坐車回家吧。現在走還來得及等妳丈夫回來。」

定子愣愣的站在那，眼神呆滯，話也說不出來。但是，她不停的喘息著。

讓定子脫下旅館的衣服，穿上自己的毛衣，還要花一定的時間吧。

柚木默默的轉過去，背對著她，打開了窗戶，望著窗下的溪流，他一邊看一邊想。

——這個女人，她的生命僅僅綻放了幾個小時。從今晚起，她又不得不去與那個駝背又吝嗇的丈夫，還有三個繼子生活在一起了。而且從明天起，她又不得不帶著那副毫無熱情的、平凡的面孔，擺弄她的編織工具了……

顏

要寫日期實在麻煩，所以全部省略。雖然日記要按日期寫，但有時會隔一天、四天、一週、一個月，不盡相同。因此，請大家透過內容來判斷時間的推移吧。

井野良吉的日記

——日。

今天，排練過後，幾個幹部留下來商量事情。

我想先回去，便和A一道邊走邊聊，直到五反田車站。

「你知道幹部們在商量什麼嗎？」A問我。

「不知道。」

「告訴你吧。」他說。「這次XX電影公司到我們劇團洽談電影事宜。聽說是著名導演石井先生的新作，想從我們劇團裡挑三、四個演技好的演員。正因為這樣，Y經理這段時間總往電影公司跑，忙得不可開交哪！」

「哎？沒聽說啊。那我們劇團同意了嗎？」我問。

「當然同意了。現在劇團不好幹，一直都是赤字，我猜如果對方同意的話，Y是準備簽約長久合作下去。」

他對這些內幕十分瞭解。

「那麼，是我們先提出來的嗎？」

「不是，是對方先提出來的，但估計給不了太多。但不管怎樣，四個人的演出費加起來好像也有一百三十萬圓左右，應該能解決一點問題吧。」

「誰去演啊？」我的腦海裡閃出了幾個人。A說出的名字，跟我猜的一模一樣。

「電影不錯，再加上宣傳，我們劇團說不定也會聲名大噪呢。」

在車站前的一家關東煮店裡，我們一起小喝了一點。

——日。

竟然從Y那聽到了一個意外的消息。「這次你也要參加演出。」沒想到我也成了四個演出者之一。一問才知，其餘三個人都是幹部。

「這是刮的什麼風啊？」

「你是石井導演指名要的。」Y解釋道。「石井先生看了我們《背德》的公演，因此注意到你，說一定要讓你加入演出。」

因為《背德》，我還在報紙的評論中受到了讚揚，說什麼「角色人物那空虛的性格，被新人井野良吉演得淋漓盡致」，在劇團內部也受到好評。作為一名配角，受到這麼多關注，讓我感到十分意外。

「石井先生是出了名的認真。他說，這次要拍的《春雪》劇本中有個角色，自己和公司的演員都不行。雖然是個只有幾個鏡頭的配角，也一定要你來演，所以就來找我們商量。目前劇團資金短缺，只能租借公共禮堂作為我們的演出場地，而且這對你來說，也是個難得的機會。」Y說道。

的確如此。我來「白楊座」將近八年了，如果能抓住這個機會，那就再好不過了。

「那就拜託了，請多關照。」

我低下頭，高興的同時又感到一絲不安。

可能在不知不覺中，我露出了擔心的表情，於是Y拍著我的肩膀鼓勵我說：

「沒關係的，電影和戲劇不同，需要的是細緻入微的演技，不要害怕，放鬆心態去做就對了。」

其實不是這樣的。我是因為別的事情感到不安，那件事才更要命。

——日。

《春雪》開拍了，儘管我演出戲劇時演技很好，但現在是在拍電影，所以我總是感到擔心，內心無法平靜。原因我很清楚。「白楊座」公演時面對的觀眾，只是東京市內很少的一部分人，而電影是面對全國觀眾的，不知道有誰會看到。隨著殺青的日子一天天逼近，我感到內心一片無盡黑暗在蔓延。我或許只能對別人說，我對自己的演技有些擔心。

石井導演的指導可謂細緻入微，而且他好像很看好我。

——日。

跟我有關的鏡頭都已經拍攝完了，因為是著名導演的作品，所以前期就進行了大量宣傳和評論。

劇團收到了演出費，Y說，電影公司一共給了一百二十萬，大部分都當作劇團基金，給我四萬。儘管數目不大，但我還是很感激。我買了些平時想買的東西，和A到澀谷的道玄坂巷子裡喝了點兒酒。A好像很羨慕我，總之我現在是大家羨慕的對象。

不知不覺喝了很多，不是因為開心，而是想忘記內心多日來的不安。

——日。

看了《春雪》的預告片，直到出現了「近日上映」，裡面都沒有我的鏡頭。終於要上映了，還是擔心不已。

——日。

看了《春雪》的試映，我沒有注意別人的演出，眼裡只有自己的影子。僅僅是五六個鏡頭，還有兩個特寫，只有短短的幾秒，這讓我稍稍安心下來。

——日。

報紙上，《春雪》的好評如潮。關於我的部分是這樣寫的：「白楊座的井野良吉給人留下了深刻印象。他將那種漠然的感覺演得很不錯。」評論家的評論大同小異，很慶幸自己能夠得到好評。

——日。

Y替我打聽到了各方面的評價。

「石井導演很讚賞你。」他連鼻子都笑出了皺紋。

「是嗎？」我也很高興，於是邀請他說：「Y，我知道澀谷有家店不錯，一起去喝一杯怎麼樣？」

喝酒的時候，Y拍著我的背說：「你走運了，好好加油啊！」

我也有同感，有些得意起來，真想快點出人頭地，說不定會賺很多錢，一直以來我都太貧窮了。不記得是什麼時候我曾看過一本書，裡面一位國外著名演員曾經這樣說：

「我也不知道有了錢以後怎麼花才好，只好住在一家豪華酒店的高級房間裡，喝著香檳，聽著專屬樂隊為我演唱的吉普賽歌曲，獨自哭泣。」

我好像比較喜歡幻想。

回去時搭乘山手線，透過車窗，看到原宿一帶昏暗的燈光，那種不安再次向我襲來。仿佛被刀刃割裂一般，好不容易才有的愉快心情，瞬間消失。

——日。

離全國首映還有兩個月。他可能還沒看見，目前什麼事也沒發生。一定會沒事的，我在想那個可能是萬分之一，還是十萬分之一。

——日。

XX電影公司這次來商量，要我自己領銜演出。Y也曾說過，「幸運之神現在正用手指著你說，該你上場了！」

「這次的演出費用給到了四十萬，如果堅持要到五十萬，對方也會同意。他們十分器重你。對方的製片人還說，今晚想和你見個面，怎樣？要去嗎？」

我們在新橋一家高級日式料理店裡見了面，是在最裡面的包廂。我和Y到那兒的時候，製片人和導演已經到了。Y立刻和對方交換了合約。

「目前正在寫劇本，大概兩個月後開拍。」那戴眼鏡的高個兒製片人說。

還有兩個月。我漠然的想著這兩個月。

「是我說這個角色非你不可的。劇本中，有一個角色性格空虛，我們的演員都不行，倒是你很合適。」胖導演笑眯眯地說道。

「井野的戲分多嗎？」Y問。

「是的，井野這次肯定會一炮而紅的，他身上有種獨特的氣質。」製片人回答說，鏡片下的雙眼閃閃發光。「因為在日本，並沒有具備這種特質的演員。缺乏個性、只有漂亮臉蛋的演員，演藝生涯是不可能長久的。另一方面，演技好的配角正逐漸取代主角的地位，這是一種趨勢。」

聽著兩人的話，我對勝任那個角色開始有了信心，並感到愉快、興奮，我有些飄飄然了。

難以置信的境遇，正確確實實地向著我奔來。

——日。

我在幸運和毀滅之間徘徊。對於我來說，這既是莫大的幸福，又像是在垂死掙扎。如果說在上一部電影中，發生危險的機率是萬分之一或者十萬分之一的話，那麼這次，由於我擔任重要角色，會在影片中頻繁出現，也可能出名，以後還會演更多的電影；這樣一來，被那個男人看見的機率也不斷增加，便會變成十分之一吧。那樣，偶然就會變成必然。

我已經開始想像，從一步登天到瞬間身敗名裂。

——日。

我想抓住幸福，想正當的得到名聲和地位。我想有錢。我想到豪華的賓館裡喝著香檳，聽著專屬樂隊為我演奏，並獨自哭泣。我不想這來之不易的機會就這樣溜走。

——日。

近來，那件事情時時干擾著我的思緒，愈來愈不可控制。我的神經得不到一點休息，總覺得自己是個混蛋。

——日。

得到通知說，這次的電影《紅色森林》將於三十天後開拍，六十天後在全國首映。再過六十天，說不定那可惡的「必然」就會成為現實。

這六十天，我決心把自己埋到地縫裡藏起來。我自己剷土埋藏自己。我決心賭一次。

——日。

和Y一起去喝酒。

「你得到電影公司的賞識，是因為你這張讓人感覺漠然的面孔。」他像畫家似地遠遠看著我說。

「我看起來很特別嗎？」

「嗯，不一樣，不一樣。你的臉很特別。」

這段時間，也總聽見電影公司的人說出同樣的話。電影會讓我這張「臉」出名吧。昨天井野良吉這張臉還沒有名氣，今天就以電影演員的身份，受到特別的關注。

這樣一來，那個「必然性」定會成倍增長。

——日。

從上了鎖的抽屜裡拿出幾個好久沒動的茶色信封。每封信的背面，都印著「XX興信XX分社」的字樣。一年一封，八年一共是八封，內容都是同一個人的身世調查。實際上，打從八年前開始，雖然我生活窘困，卻仍然每年支付一筆不小的費用，以獲得這種報告。我拿起第一個信封讀起來，這是在我八年前，也就是昭和二十三年X月，第一次委託時收到的報告。

「您委託調查的石岡貞三郎，調查結果如下：因住址不詳，調查需要花費時間，因此意外地延長了時間。您說他在鋼鐵公司工作，據此我們終於找到了他的住址，繼續進行調查，結果如下所述……」

是的，當時我委託東京澀谷的徵信社，調查九州八幡市一個叫石岡貞三郎的男子。那裡的工作人員問我這個人住在哪兒，我說不知道。問我他的工作地點，我也不太清楚，只聽說在鋼鐵公司上班。工作人員說光憑這點資訊實在不好找，但他們在九州有個XX分公司，所以總之先找找看。

不愧是專門幹這行的，僅憑這點捕風捉影的資訊，他們竟然找到了。重點如下：「石岡貞三郎在九州製鋼股份有限公司當事務員，現住在八幡市通町三丁目，生於大正十一年，今年二十六歲，單身，父母雙亡，家鄉還有個兄弟。詳細內容請參見附件中的戶籍謄本。石岡月薪九千圓，性格開朗，在單位評價不錯，酒量五杯左右，不吸菸，嗜好是打麻將和釣魚，沒發現跟哪個女人有來往。」

這是第一次的報告，接下來每年我都會委託繼續調查，連續四年都沒什麼變化。第五年，「工作地點變成了Y電機股份有限公司黑崎工廠，住址也改為八幡市黑崎本町一丁目。」

第六年，「三月二十日，與某人之長女結婚。」第七年，「長子出生。」變化都不大。

今年已是第八年，報告上還是沒什麼變化。

「石岡貞三郎現居住在八幡市黑崎本町一丁目，在Y電機股份有限公司黑崎工廠上班，月薪一萬七千圓，妻子二十八歲，長子兩歲……」

這樣一來，我對石岡貞三郎這八年來的生活瞭若指掌。儘管這項調查費用對我來說數目不小，但能掌握他的現況，令我感到滿足。

我把這八封信擺在面前，慢慢地點起一根香菸。

石岡貞三郎——

知道這個名字和他的長相還是在九年前，準確的說，是昭和二十二年六月十八日上午十一點二十分左右的二十分鐘內，在開往京都的山陰線火車裡，沿著島根縣的海岸線，應該是在一個叫「周布」的小站至濱田站之間。

宮子坐在我旁邊，在厭倦了窗外景色之時，突然在人群中發現了他。

「啊，這不是石岡先生嗎？」宮子叫著。

當時火車裡擠滿了人，我們因為從始發站上車，一直有座位，但中途上來的人只好站著。

「呀！」說著，一個青年從人群中露出臉。他的年紀大約二十七、八歲，皮膚黝黑，嘴唇很厚，眼睛也大大的。

「這不是宮子小姐嗎？沒想到在這裡碰見，太巧了。」他滿臉驚訝，盯著我看了又看。我把頭轉向車窗，裝作不認識，點起了一支菸。煙霧令我瞇起了一隻眼睛。

「石岡先生，你也是去買東西嗎？」宮子逗弄著石岡。

「不是，我一個人，不用買什麼東西。實際上，我老家在這附近，我請假回來休養，打算明天就回八幡。倒是宮子小姐妳，搭這班火車要去哪啊？」

「我？我是去購物啊。聽說島根縣和北九州相比，是個物資豐富的地方。」

聽了宮子的話，周圍的乘客都低聲笑了起來。彷彿察覺到這點似地，宮子又說：

「不過，怎樣都好啊，泡泡溫泉，回來的時候順便買點東西帶回去。」

「溫泉？真讓人羨慕啊。」

石岡說著，又朝我這邊看了看。在他看來，我應該是帶著女朋友出來玩的。我仍舊望著窗外。

宮子和石岡說著無關緊要的話。當火車終於要駛進濱田站時，那個青年說：

「再見，回八幡的時候再去店裡找妳囉！」

宮子說：「好的，我等你來。再見！」

青年淹沒在人群中，朝著列車出口處走去，不過他又有意無意地朝我這看了看。

在那之前，我和宮子兩人從八幡上車，為了掩人耳目，直到下關我們都是分開坐的。宮子是大眾酒館的女招待，她說：「我討厭被別人看到。」所以我們才沒坐在一起。我也覺得那樣挺方便的，於是，一路上我十分注意，免得被熟人看見。結果，在這種地方，宮子竟和別人打招呼，這讓我很生氣，正想責備她幾句，不過她說：

「他是我們的一個客人，人很好。沒想到會在這種地方遇見，所以忍不住打了招呼。不用擔心，他不是個愛說閒話的人。」

聽了她說話的口吻，我問：「那，他是喜歡上妳囉？」

宮子聽了瞇起眼，歪著頭，抿嘴笑了起來，好像很期待我的反應。

我意識到，這是一個不容忽視的問題。在這短短的十五到二十分鐘之間，他看見了我和宮子在一起。

「那個男的叫什麼？」我變得熱情起來。

「石岡貞三郎，他自己是那樣說的。」

石岡貞三郎，我得記下來。這是我第一次記住他的名字。

「他在哪裡工作？」

「不清楚，只知道是在一家鋼鐵公司裡工作。」

「住哪兒？」

「不知道。哎呀，你在想什麼？你多心了？」

宮子抿著嘴笑說。她笑得露出了牙齦，讓人看了感覺不太舒服。

在這十五到二十分鐘內，這個名叫石岡貞三郎的男子，在山陰線的火車裡看到我與宮子坐在一起，隨著時間的流逝，這件事在我心裡益發沉重了起來。為什麼偏偏在那個時候碰上他？為什麼宮子要和他打招呼？懊惱與氣憤如病菌般不斷侵入我的身體，慢慢的感染化膿，這讓我痛苦不已。

我和宮子的事絕沒有第三個人知道，宮子工作的酒館，我一次也沒去過。因為宮子就住在店裡，所以我總是隨便說個名字，打電話約她出來見面。我們大多在便宜旅館碰面，地方也經常變換。我們兩個第一次見面，也是在一個沒人知道的鄉下。我們一直在無人知曉的情況下走到現在，可最糟糕的是，我們最後一次見面，卻被石岡貞三郎看見了。

他一直盯著我，肯定是記住了我這張特別的臉！

他那瞪得圓圓的眼睛和厚厚的嘴唇，我也記住了。以至於現在我只要看到石岡貞三郎這幾個字，就能清晰想起他的那張臉。

但是，那之後的四個月裡，我對石岡貞三郎始終無法釋懷。我來到東京，打算從事自己喜歡的話劇表演，不久我就進了「白楊座」。

準確的說，我在想，是不是我對他有些過於敏感了。其實被他看到也無所謂，他什麼都不知道，沒什麼好擔心的，我這樣安慰著自己。

可是，過沒幾天，我又覺得自己是在自欺欺人……

——日。

（接昨日）那是那年九月底的事情，七月我已經來到東京。東京是個十分便利的地方，在有樂町的繁華處，那些「令人懷念的地方報」，在這裡每天都有發售。

我每天都去購買北九洲和島根縣發行的地方報。九月底，我在島根縣的報紙上看到了自己想要的新聞。

「九月二十六日上午十點左右，一個村民在邇摩郡大國村的山林中發現了一具女屍，屍骨已經半白骨化。根據大森警署的驗屍報告，證實該女子是被人勒住頸部窒息而死。從衣著等推斷，她的年紀約為二十二歲上下，目前已對死者身份及兇手展開調查。看樣子死者不像是附近居民。」

在這篇報導之後一個月左右，也就是十月底，北九州的地方報紙上又刊登了下面這則報導：

「八幡市中央區初花酒館的女招待山田宮子（二十一歲），在六月十八日早上離家後便再沒消息。一個月前大森警署接到報案說，在島根縣邇摩郡大國村山中有一女子遇害，死因為頸部被勒窒息而死，日前已由相關人員確認該女子就是山田宮子，至於該女為何會去那裡，原因還不知道。但可以推定是被兇手帶到那裡後遇害的。有目擊者指稱六月十八日上午十一點左右，他在山陰線的火車裡，見到一名男子和宮子在一起。八幡警局正根據畫像，搜查這名男子的下落。」

宮子的屍體被發現，我並不感到吃驚。

但北九州的報紙上說，有人在山陰線列車上看到宮子和一名男子在一起，此時我忽然開始察覺到：「果然如此。」

這樣想著，彷彿有隻冰冷的手伸向了我的心臟，我的內心混亂不已。不用說，那個目擊者就是石岡貞三郎。他果然知道我和宮子是一起的。

就這樣，「他沒有留意到」這萬分之一的希望也隨之破滅了。

他一定向員警詳細描述了「在車上與宮子同行的男子」的相貌。

「如果看見那個男的，你能馬上認出來嗎？」員警會這樣問他吧。

「認得，我記得很清楚，一眼就能認出來。」石岡貞三郎肯定會這樣回答。事實是，在當時那二十分鐘裡，我的臉型、眼睛、鼻子、嘴唇、下巴的特徵，他都記得清清楚楚。

我特意謊稱帶她去洗溫泉，將她從八幡帶到很遠的山陰農村的深山裡，選了個不會被人留意的地點將她殺害，結果卻在濱田附近同一輛車裡遇到他，我的運氣實在太差了。

事後想想，我當時應該停止行動。碰到了認識的人，為了安全起見，應該改個時間再行動。

但是，當時我騎虎難下，被逼無奈，沒有時間去考慮。這事情不能再拖延了，我想盡速從宮子那裡解脫出來。

她懷孕了。不管我怎麼說，她都不肯墮胎。

「你再怎麼勸也沒用，這是我第一個孩子，那麼殘忍的事，我絕不會做。你讓我這樣做，也是想離開我吧。懦夫！我可不會任你擺布，不管你走到哪，我都要跟著你！」

我後悔極了，竟然和這個無知、醜陋卻自命不凡、沒文化沒教養、性格粗魯的女人發生關係。想和她一刀兩斷，她卻糾纏不休。懷孕後她更是變本加厲，我一想到要和這種女人生的孩子一起生活，就絕望得要死。

我從心底燃起憤怒，我的一生就要斷送在這麼一個無趣的女人手裡，太不公平、太荒唐了。我想逃離宮子，只能殺了她，恢復自己的自由之身，除此之外別無他法。因為一時的過失，和一個毫無價值的女人共度餘生，這種不幸我無法忍受。因此，不管用什麼手段，我都得甩開那個女的，重獲自由才行。

於是，我決定要殺死宮子。如果邀她去洗溫泉，她肯定會高興的跟著去。

長久以來，沒人知道我們的事，就算她失蹤了，就算她的屍體被發現，也沒人會把我和她聯想在一起。我只是一個無人知曉的云云眾生中的一員。

除了在火車上遇見石岡貞三郎這件事，一切盡在掌握中。我和宮子在一個叫「溫泉津」的地方住了一晚，第二天，我們兩個人走進寂靜的山林，在盛夏的植物氣息中纏綿，我就這樣勒住她的脖子——

我回到八幡，整理行李，決定去嚮往已久的東京。身為無數群眾當中的渺小一員，不管怎樣都不會引起別人的注意。

但，這世上還有一個人，會將宮子的死和我聯繫起來，那就是目擊者石岡貞三郎。這不是我胡亂的猜想，是警察局的人報導出來的。

「宮子在被害之前，有一個同行男子，我在火車裡看見過那男的。」

只有他一個人見過我！

——日。

（上接昨日）自從看了報導，我便對石岡貞三郎保持高度警戒，甚至到了神經過敏的程度。每年請ＸＸ徵信公司調查他，再向我報告，也是因為想知道他的消息。得知他一直住在八幡，讓我稍稍安下心來。他只要定居在九州八幡，我在東京就是安全的。

然而，出乎意料的是，我竟然要演電影了。

我的臉會出現在電影裡，石岡貞三郎看了肯定會跳起來。怎樣才能讓他看不見呢？我第一次演出《春雪》時，如履薄冰。我總是擔心會被他看見，這種恐慌極度地擾亂了我的神經。但是什麼也沒有發生。我摸了摸自己的胸口。

但是，這次演出的《紅色森林》不同。和《春雪》相比，我會有好多鏡頭，電影公司還說我會一炮而紅。故此，石岡可能會在電影中發現井野良吉這張臉，這種可能性太大了。

為了安全起見，我不應該演。可好不容易得到的機會，怎麼能輕易放過呢？我想抓住幸福，想得到名聲，我想有錢。我的野心在作祟，即使再苦我也要試一試。

——日。

劇本送來了，瀏覽了一下，我的角色相當重要。鏡頭也多，還有好多特寫。

距離拍攝還有一個星期。

我必須做點什麼。

——日。

昨晚幾乎一夜未眠。腦海中不斷浮現出各式各樣的想法，想出來被推翻，推翻後再重新想。

那個男人的存在，是我在這世上唯一的不安。如果不消除這種不安，我的心會萎縮。我已經想好該怎麼對待他了。我必須要保護自己，我不能畏首畏尾，為了自己的野心，我決定不擇手段。

現在要考慮的，不是結果，而是過程。

即使失敗，也不能退縮。而且，井野良吉在那時也只不過是個無名之輩。說到底，我是在賭命。

——日。

今天又想了一整天，想得頭疼。

——日。

導演突然想在京都製片場拍一齣戲，這邊的拍攝將延遲兩個月。

對我來說，這是個絕佳的機會。

晚上，劇團排練回來，順便買本偵探小說來讀。很無聊，讀了一半就放棄了。

還是因為「他」，讓我靜不下心來。

——日。

我試著把這幾天的想法寫下來。

一、該選在沒人的地方，最好是在山裡。但要把他帶到那裡，還不能讓他有疑心，這有些困難，得下一番工夫，需要第三者的幫助，還得避免讓人留下把柄，釀下禍根。

二、放氰酸鉀這主意不錯。偷偷放入飲料裡讓他喝下去似乎不是很難，只要能隨機應變就行了。

三、問題是，怎樣才能把他叫出來呢？而且一定要讓他一個人出來。當然所有想法都建立在他出來的基礎上，否則，全部的計畫就都沒有意義了。

以上是充分必要條件。

——日。

想來想去，還是覺得森林是最好的地方。因為不用擔心被人看見。因此，海邊、平地都不行，屋子裡更麻煩，有可能會被進出的人看見。

要選一個就算登山時被人看見，也不會惹人注意的場所；一個就算在途中被誰撞見，也不會感到奇怪的場所。

——日。

今天在御茶之水站等電車時，在月台上拿了一份電車公司的觀光指南。看著「高尾山」、「御嶽」、「日光」等地的海報，我突然得到一個啟示。

如果在旅遊景點，被人看見也不會遭懷疑。車上、路上，我一直在想這個問題。

——日。

決定選在旅遊景點了。今天早上起來重新考慮，還是覺得這樣最合適。

接下來就是具體地點問題。

我打算選在他所在的九州八幡和東京之間的京都附近。

雖然有些出人意料，不過把他叫到相隔甚遠的地方，反而會讓對方深信不疑，近處反倒像是惡作劇，讓人起疑。

另外，關於旅行費用，火車票和一晚的住宿費，我會一併寄給他，四千圓應該夠了。收到錢，不知道會不會增加他的信任感，但肯定不會被當作惡作劇。這個時候，金錢可以產生增加信賴度的作用。

如果他對那件事感興趣，就一定會來。

因為他是這世上，唯一看到「殺人兇手」的人。

地點就定在比叡山。

那裡我去過兩次，比較瞭解，山中到處是杉樹、扁柏、欅樹的密林，非常隱蔽。在坂本乘纜車而上，直到根本中堂都是平坦的參拜之路。走在那裡沒人會懷疑，就算是事後屍體被發現，也沒人能記住我的長相。

除了根本中堂，還有諸如大講堂、戒壇院、淨土院等建築散佈在山上。就裝作來參觀這些建築，在山路上即使被人看見，也不會有人盤問。這兒還有通往四明嶽和西塔的路，四周都被茂密的森林包圍著。

首先地點決定了。

——日。

我搭乘夜車來到了京都。

計畫必須周全，再辛苦也沒辦法。

電車駛出坂本，快到中午時，我上了開往比叡山的纜車，因為我得事先熟悉這個地方。不過，其實我來京都還有另外一個目的。

乘纜車的乘客都很閒散，三月末花還沒開，葉子也沒有綠。

天氣很好，從這兒眺望琵琶湖很漂亮。我悠閒的走向根本中堂，乘纜車的遊客大多也都同路，也有從對面過來的行人，零零散散人數也不少。

從大講堂往上走不遠就是戒壇院，我在那兒坐下來抽了五支菸，實際上是在觀察。

從這個戒壇院往上走，一邊通往西塔，一邊是經由四明嶽到八瀨口的下行纜車乘坐點。

坐在這裡觀察了近一個小時，發現來觀光、參拜的人大部分看過根本中堂和大講堂，就折回去了，幾乎沒人去西塔和四明嶽方向。

嗯！我點了點頭。決定去西塔方向。

路是上坡，很窄，只能容一個人走路。杉樹叢中，釋迦堂、瑠璃堂這樣的小型古建築，像被廢棄了一般，孤零零的立在早春的陽光裡。再往前走，就看不見佛寺模樣的建築了。密林深處的幽幽山谷被靜寂籠罩，不時還傳來黃鶯的叫聲。

我點了一支菸，還沒抽完，一個穿著黑色和服的和尚，沿著細長的山路從遠處走來。和尚來到旁邊時，我問這條路上還有沒有別的建築。

「黑谷青龍寺。」和尚答了一聲，就吧嗒吧嗒走下去了。

黑谷青龍寺？聽到這個名字，我甚至能想像出寺廟的模樣。在這寂靜的山路盡頭，正好有一座我想要的寺廟。

我在那兒站了一會，又來回轉了轉。更加肯定，地點就選在這裡了。

但那時候，具體的計畫還沒有形成。實際上我是在乘纜車下山時，看到就在日吉神社旁邊有座新公寓時，我才想出了具體的計畫。

透過公寓的窗戶，我看到好像有人住在裡面，晾著毛毯、棉被之類的東西，於是我產生了一個想法。在回京都的車上，我一直在考慮這個計畫。

晚上，在住處，我花了很長時間寫了這樣一封信：

請您原諒我這麼冒昧地寫信給您，我是山田宮子的一個遠房親戚。宮子九年前在八幡初花酒館工作，不知道被誰帶到了島根的農村遇害了，我想您應該知道這件事吧。我是名古屋餐具製造廠的銷售員，一年中有大半的時間都奔波於全國各大商店和食堂，這次來京都之所以寫了這封信，是因為最近我從京都一家雜糧店的店員那裡聽說，有人看見一個人好像是兇手。他九年前也住在九州八幡，老家在島根縣。除此之外，還發現了很多那名男子的作案細節，詳細情況想跟您見面後再說。因為我聽說您在宮子被害地點附近的山陰線列車上，偶然見到和宮子一起的兇手，所以請您一定要來幫我確認一下，這個人到底是不是兇手。若是您的話，一定能夠立刻認出兇手吧。另外，如果那個人確是兇手，我想立即通知員警。但現在我只是懷疑，什麼證據也沒有，所以想讓您先來確認一下。百忙之中多有打擾，十分抱歉。

四天後，也就是四月二日下午兩點半，我在京都車站候車室裡等您。我會戴一頂淡茶色的鴨舌帽，戴眼鏡。看到後請和我打招呼。

很抱歉我私自定了時間，因為當晚我要去北陸、東北地方出差一段時間，請務必出來見個面。隨函附上當作旅費的匯票，請恕我冒昧。

我認為一定是那個男的，但在您確認之前還什麼都不能說，我擔心會弄錯，也是出於尊重人權的考慮，暫且不告知您他的姓名。出於同樣的理由，我還沒有和貴地員警聯繫。確認之後如果沒錯，再聯繫員警也來得及。

無論如何我也要把殺害宮子的兇手繩之以法，請您一定要理解我的心情。感謝您聽了這麼多我一廂情願的請求。

梅谷利一

於京都旅舍

這封信我反覆讀了幾遍，終於放心了。時間已經不多了，我還故意把地址寫得含糊不清，寫成「京都旅舍」，也是為了防止對方回信。信封上如果有東京的鋼印就糟了，所以我想從京都寫信過去，這也是我來京都的另一個理由。

碰面地點定在京都車站，因為別的地方都會讓對方起疑心。帶鴨舌帽和眼鏡，是用辨認標誌的藉口，實則為掩住相貌。這種時候更是為了掩飾表情。

我在信封中匯去了四千圓，在京都站前的郵局窗口，以掛號形式寄出信的瞬間，我意識到，關係到我一生成敗的一刻開始了。

石岡貞三郎會按照我信上的要求趕來的。對此我一點兒也不懷疑。

他一定會來的！我相信這就是事實。

——日。

昨晚搭乘火車返回東京。在搖晃的火車中，我不斷在想，我的計畫會不會落空？實行起來能不能矇混過關？像是劇幕公演時的彩排一樣，我在內心反覆地揣摩。

首先，那天下午兩點半我來到京都站候車室；一名男子看到我的鴨舌帽，會站起來。接下來大概是這樣吧——

「喂，請問是梅谷先生嗎？」

他向我詢問，粗粗的眉毛，大大的眼睛。這個人就是石岡貞三郎。「我昨晚從九州搭乘火車過來，早上到的。」他會這樣老實的說。我帶著鴨舌帽和眼鏡，臉上還花了點心思，他不會知道我就是當年的「那名男子」。

「從那麼遠的地方趕來，辛苦了。」喬裝打扮的我向他寒暄。

「那麼，這就去看看那個男的吧。可是我剛剛聽說，他今天請了假。但別擔心，我知道他的住址，有點遠，你能隨我去嗎？」我說。

「在哪？」

「坂本。從這裡搭乘電車大概一個小時。」

「那就走吧。」他回答。然後我們坐上開往大津的電車。

我們在濱大津換車，電車駛過湖畔。

「這是琵琶湖。」

「是嗎？好漂亮的景色。」這個九州人眺望窗外感歎道。

到了坂本，下車沿著往日吉神社方向的坡路向上，右側可以看到那棟白色公寓。

「就是那裡。那個男的就住在裡面。」我用手指過去，石岡貞三郎緊張的皺起眉頭。

「請在這裡等一下，我去公寓把他騙出來，你仔細看看他的臉。不管是不是，你都要不動聲色。他和我說完話一定會回公寓裡，如果確定是你見過的那張臉，馬上通知員警。」

我這樣說，他絕對會點頭答應。

我留下他走進公寓，沒敲任何一家的門就走了出來。石岡貞三郎不安的站在原地。

「真不巧。」喬裝之後的我說。

「他出去了。聽他妻子說，他有些不舒服去醫院了，請假也是因為這個原因。他去京都看病了，大概兩個小時後回來，我們等等吧。」

我這麼說，從九州趕來的他一定會同意的。我接著說，「在這裡等兩個小時太沒意思，我們去爬比叡山怎麼樣？可以在那裡搭乘纜車。你到延曆寺參拜過嗎？」

他會說，「沒有」。即使去過一兩次，想必他也不會拒絕我的邀請吧。

於是我們二人上了纜車，琵琶湖很快就到了我們腳下。眺望著美景，湖面漸漸消失在春霞裡。

「不錯吧？」

「太棒了！」

我們很快熟稔了起來，到了山頂的纜車站點，走過樹木林立、彎彎曲曲的小路，直奔根本中堂走去。在那他可能會問我，「你為什麼會認為住在那間公寓中的男子是殺害宮子的兇手？」

我會編些像樣的故事給他，當然都是些毫無來由的事。他對於我的故事一一認同。

終於到了根本中堂。

我們一邊欣賞散落在杉木林中的紅色建築，一邊往前走。在這一帶的茶館裡買兩瓶汽水或者果汁，借兩個杯子，再接著向上爬。

「去西塔那邊轉轉吧，就在那邊不遠。」

他跟過來，我們二人慢慢走著，看不見其他遊客。

我們欣賞著釋迦堂、瑠璃堂，慢慢登上那條小路。

「前面有個寺廟叫『黑谷青龍寺』，我們走到那兒再折回去，時間剛剛好。」我這樣解釋。越走人越少，山谷的斜面是片茂密的杉樹林、扁柏林。

「在這裡休息一下吧，有點累了。」

說著，從小路走進林子，坐在草地上，打開飲料，倒進杯子裡給他喝。我也打開一瓶喝起來……

這個順序應該沒有問題吧？要把氰酸鉀加到杯子裡隨時都可以。要下毒，有太多的機會了。

我想沒有問題的，但還是反覆修正了很多次，以免還有缺陷。關鍵是得讓他相信我——梅谷利一。如此以來，他就會像小羊般溫順，同我一起到比叡山寂靜的山林中。觀光地美景的氛圍不會引起他的疑心，即使被別人看見也沒什麼好奇怪的。

只剩等他從九州來京都了。

石岡貞三郎

收到了一封很奇怪的信，我完全不認識梅谷利一這個人，掛號信中還有四千圓的匯款，這讓我很驚訝。

信中的內容讓我更加驚訝。說是找到了九年前殺害宮子的兇手，請我去京都證實。這個人自稱是宮子的親戚，我當時在火車裡看到了跟宮子一起的那名男子，他好像是從哪裡聽說了這件事。

時間過的真快，一晃眼九年過去了。

對了，我當時是從八幡回家鄉島根縣的農村。因為在那裡吃不到像樣的飯菜，想回家吃點家中的白米飯。

那天，我拜訪完津田的一位朋友，上了一輛非常擁擠的火車，都是出來購物的人。正當我擠在人群裡的時候，「石岡先生」，一個女的喊著我的名字。

我正想是誰呢，原來是八幡初花酒館的宮子。我經常去那家酒館，與宮子也算熟識。宮子有著一副可愛的小圓臉，不能說我在當時一點非分之想也沒有。

沒想到竟會和八幡的宮子在那種地方見面，這讓我感到很意外。

「呀！是宮子啊。真沒想到會在這兒碰見。你要去哪啊？」我問她。

宮子開玩笑的回答說，「去洗溫泉。另外，島根的物產豐富，也打算順便採購一番。」

我心想，到這裡洗溫泉，可真是大手筆啊！正想著，忽然發現同宮子並排坐著的男子，難為情的望向窗外，抽著煙。

「啊，原來是和男的一起出來。」我恍然醒悟過來。宮子的腳下、那男子的腳下，都掉了半個酸橙果皮，應該是兩個人一起吃了在萩一帶購買的酸橙。

我感到有點嫉妒，便不想再說什麼，這或許有些荒唐。到了濱田，我下車時熱情地對她說，「回八幡，再去酒館找妳吧。」

我做夢也沒想到，這竟是與宮子的最後一次見面。

之後我回到八幡，偶爾會去初花酒館，但都沒見到宮子，我想她辭職了吧。問了其他人，得到的回答都是說：「這個嘛，宮子好像離家出走了。」

「咦……？」我有些驚訝。

「你對她有意思吧，真不幸。沒和任何人打過招呼，一下子就不見了。以前，她偶爾在外面過夜，好像有個交往對象，但也不能一聲不響就走了啊。說也奇怪，行李都沒拿，所以老闆說她很快就會厚著臉皮回來的。話雖這麼說，她在這麼忙的時候出走，有點太不像話啊。」

「我遇到過宮子，和一個男人一起，好像是她的情人，在山陰線的火車裡。」

「咦？是嗎？什麼時候？」那女的眼睛一下子亮起來。

於是我將事情的前後經過告訴了她。其他女招待們也都湊過來，問我：

「宮子去了那麼遠的地方？她要到哪裡去？喂，你看見的那個男的，長什麼樣？帥嗎？」

被那樣問，我不知該怎麼回答。我也想看看那個男人的臉，可是現在記不太清楚了。

「長臉兒？還是圓臉兒？」

「嗯，是哪種呢？」

「戴眼鏡嗎？」

「……」

「皮膚白嗎，還是和你一樣黑？」

「……」

「唉，問什麼也是白問啊。」女招待們折磨著我。

幾個月後，員警突然來了，說有事情想問我。我還以為什麼事呢，去了才知道，是宮子被人殺害了。

「你認識的那個初花酒館的宮子，在島根縣邇摩郡溫泉津的深山裡，發現了她的屍首。從現場留下的證據看來應是他殺。我想問你，是不是在山陰線火車裡遇到宮子？」

田村警長這樣問我，我想起曾跟初花酒館的女招待們說起過，也沒什麼可隱瞞的，便據實說了。

警長很認真的聽我說著。

「那是什麼時候，還記得日期嗎？」

「嗯……我是在六月十五日回家的，那是三、四天後的事，應該是十八、九號吧。」

「火車當時行駛在哪一帶？」

「我當時在石見津田上車，在濱田下的車，所以是在那之間。」

旁邊員警對警長說，「濱田離溫泉津有八站距離。」

警長點頭，對其他員警說，「大致都符合，應該沒錯。」然後他轉向我，「當時，宮子是一個人嗎？」

「不是，旁邊還坐著一個男人，我不認識他。」

「兩個人說了些什麼嗎？」

「沒有。但我猜想兩人是一起的，因為我看到他們兩個人合吃一個酸橙的痕跡。我和宮子說話時，那男的一直害羞的看向窗外。帶女人出去的男人，在那種情況下，大多都是那樣的。」

「這樣啊。」警長笑了笑。「那，你還記得那名男子的長相嗎？」他問。

對員警來說，這是個至關重要的問題，因為可以確定，那名男子就是兇手。

但對於我來說，這卻是個棘手的問題。我確實看到了那男的，但現在問起來，實在記不清他長什麼樣子了。之前初花酒館的女招待們問我時，也是如此。現在員警問我，也還是想不起來。

但我也不是一點都記不起來。應該還有一些模糊的記憶。確實是我親眼所見，不會沒有印象。可我就是想不起來，這有些不可思議。

「怎麼也記不起來了嗎？」員警問了好幾次。

「不太清楚。」我搔搔頭。

員警拿來很多人的照片。

「好好看看這些。」警長說。

「這些人都是有前科的，看看裡面有沒有相像的，例如，臉的輪廓、髮型、額頭、眉毛、鼻子、嘴唇、下巴，看看這些照片說不定會想起來。慢慢看，別著急，仔細想想。」警長很賣力。

我一張張的看著這些大頭照。

大多感覺都是完全不一樣，有時也會覺得，輪廓和這個人有點像，眉毛像這個人……可是越看越糊塗，大腦越混亂。

「對不起，我實在想不起來。」我滿頭大汗，只能無奈地鞠躬道歉。

員警們都面露遺憾。

「那今天先回去吧，再好好想想，說不定到晚上睡著睡著就想起來了。」

田村警長不肯放棄。我終於可以回去了，那天晚上躺在被窩裡，也還是什麼都沒想起來。

之後，員警又來問過我好幾次，「怎麼樣？知道了嗎？想起來沒？」

他們漸漸的放棄，不再來了。

看報紙上寫，有關宮子被殺一案，員警們全力調查卻仍然沒有結果。就這樣，這個案子成了一個懸案。

再說說那封信。沒想到，九年前的案子，會以這種形式再次出現在我面前。信中說明，請我到京都確認嫌疑犯的長相。

我在當時就不記得他長什麼模樣了。到了現在，也不可能想起那張臉。

應該怎麼辦呢？同時寄來的四千圓成了我的負擔。不然，倒可以放任不理。

而且這個人沒寫住址，只寫了旅社的地址，把錢寄回去他也收不到。指定的時間一天天逼近。

那個人自稱宮子的親戚，我不知道他是怎麼發現嫌疑犯的，這麼長時間了，也算是機緣巧合吧。他需要決定性證據，因此請我前去辨認。

我很為難，又不能置之不理。我從前跟警察打過交道，這事我只能通知警察了。

我到警署找田村先生商量，給他看了來信。

「啊，果然如此。」

田村將信反覆讀了幾遍，還調查了信封上的鋼印，是京都郵局。宮子被害案件發生時，田村是當時的調查部主任，所以對這事情很感興趣。

他拿著信出了房間，應該是去向上司報告了。

三十分鐘後，田村警長回來了，看起來有些興奮，臉都紅了。

他用命令似的口吻說：「石岡先生，請你按照信上的指示去做。」

「可是，警長，我雖然見過那男子，可也不敢保證能認出來。」我答道。

但他說：「不，說不定會有意外發現，看到本人說不定就想起來了。到時再說吧。總之，請去一趟京都，我派兩名員警跟著。」

「可是，信上說，看到本人後再通知員警。」

「不，就這樣。我有我的想法。你好好看清梅谷利一的長相，要裝做還沒通知員警的樣子。」

「唉？為什麼？」我感到奇怪。「你是說，寫這封信的梅谷利一可疑嗎？」

「石岡先生！」田村將身體從桌子對面探過來，湊近我的臉，壓低聲音說。

「在破案之前，誰都可疑。我們認為梅谷利一很有嫌疑。怎麼說呢？你在火車裡見過帶走宮子的人，這個寫信的人知道這件事。當時，雖然報紙報導了，但並沒登出你的姓名。這名男子是在哪裡、又是怎樣知道的呢？」

「……」

「首先，初花酒館的女招待們認識你，可能是她們向別人說了。但是，你呢？」

「我只對酒館裡的人說過，沒向別人提起過。因為很快就被叫到部長這來了，你叮囑過。」

「是啊。這樣一來，她們能傳話的範圍是在八幡市，頂多能到北九州一帶，那一帶可能有人聽說過，但不會連你的姓名、住址都知道得這麼清楚。說的人沒必要說，問的人也沒必要問這些。即使是初花酒館的女招待，也頂多會說你是她們那裡的一個常客，叫石岡。她們知道的沒那麼詳細，也沒有必要知道。可這封信的主人，好像是調查了你的姓名、住址，連門牌號碼都寫得清清楚楚。他是在哪裡調查的呢？經過調查，都認為名古屋人知道的事情最多。也就是說，這個男的將自己知道的事情，寫成偶然聽說、誰都知道的事情。你看，他寫的住址不是事件發生時你的住址，而是你搬家後現在的住址，這就是證明他對你的事情感到關心，進而進行了調查。這不是一件容易的事。如果在當時，假設他經由打聽問到了你的住址，那麼寫的也應該是你當時的住址『八幡市通町』。那樣的話，你收到信時，信封上應該有郵局的附箋。但是，他卻準確無誤的寫出了你現在的住址，證明他連你搬過家都知道。他寫出了自己知道的事，這是他的疏忽。怎麼樣？現在你明白了吧，這個梅谷利一一直在調查你，不知道他有什麼企圖，但我們想知道，他究竟是何許人，所以石岡先生，請你務必去趟京都。」田村一口氣說完。

我聽後不禁毛骨悚然。九年前的那個時候，我只是在火車中碰到了宮子，而自己卻因此陷入了奇怪的漩渦之中。

為了按照信中指定內容，於四月二日下午兩點半到達京都車站，我和兩名員警一起，在第一天晚上於折尾站上了二十一點四十三分發車的玄海號快車。

我是第一次去京都，兩名員警好像也是，因此，在緊張之餘還帶有一絲喜悅。

在火車上沒怎麼睡好，清晨六點左右昏昏沉沉的睡了一會。在前面座位的兩名員警很快就睡著了。

睜開眼，天已大亮，窗外的陽光照進車廂，員警開心的抽著煙。

「啊，睡的好嗎？」

「不怎麼樣。」

拿了漱洗用品去洗漱，回到座位時，窗外更亮了。

火車穿過海岸，清晨的陽光照耀著平靜的海面。火車往前方的淡路島緩慢滑行，窗外一片松樹林急速向後駛去。

「這是須磨・明石海岸吧？」

員警聽著海浪的聲音，興致勃勃的欣賞著窗外美景。

我忽然覺得，這場景似曾相識。不，不是這名員警，而是他漠然望向窗外的情形，我好像在夢裡見過。

我不時地陷入錯覺之中，明明是第一次來，卻好像來過，彷彿和別人在小路上邊走邊聊時，忽然感覺：「唉呀，這情形我以前在夢中見過。」這種感覺很奇怪。

十點十九分，我們到了京都站，約定時間是下午兩點半，還有很多時間。早餐在火車裡吃了便當，好不容易來趟京都，我們三個人商量，在兩點半以前，先到哪兒參觀一下。

於是，我們去了站前的東本願寺、三十三間堂、清水寺、四條大街、新京極。

一個員警看看錶說，「十二點了，吃點什麼再去車站吧。」

「好，就去嘗嘗芋棒吧，是這兒的特產。」一個人說。

「芋棒啊，很貴吧？」

「貴就貴吧，就當是旅費超支了吧。不知道還會不會再來，總之先嘗嘗。」

說著，我們來到祇園後方圓山公園旁的一家餐館。

「三位嗎？」女服務員問。

「不巧，客人太多坐滿了，介意和其他客人併桌嗎？」

「沒關係。」說著，我們走進了一個六張榻榻米大的房間。一個男人在那兒吃著飯。

井野良吉的日記

——日。

四月二日，終於到了。

昨晚從東京搭乘月光號，八點半到了京都。離約定的時間還有六個小時。

沒有辦法，只能去金閣寺或者嵐山轉轉，打發打發時間了。

天氣很好，嵐山的櫻花含苞待放，泛出粉紅色。經過渡月橋再返回，上了計程車，穿過四條大街，下車時已經十一點半了。

有點餓，想想吃些什麼好呢。到京都來，得吃些東京吃不到的東西。於是我想到了芋棒。

在八坂神社前下了電車，上了圓山公園。由於正趕上畢業旅行的季節，有很多各地來的學生和地方團體遊客。

穿過房間，吃著端上來的芋棒。邊吃邊等，兩個小時後我得去和石岡貞三郎對決。

以我一生作為賭注的賭局即將開始，我無論如何都得活下去，我必須贏得世界。人這一輩子，至少有一次會因為別人投來的微笑而感到幸福。幸運女神正在向我招手，是抓住還是讓它溜走，是成功還是失敗，馬上就有答案了。我要出人頭地。

和宮子那個無恥的女人扯上關係，是我不走運。如果被那樣的女人纏上，我的一生就完蛋了。她想藉由懷孕生子來綁住我。要她拿掉孩子，她怎麼都不聽，拚命的纏住我不放。我拚了命的想要逃走，和她在一起時，我的人生黯淡無光，我的生活多麼可悲，光想我都受不了。所以我才想要殺死她。

我至今也沒後悔過。

可是，因為殺死那個毫無用處的女人，我的好運都變得亂七八糟，這很不合理。

如果她既有價值又很漂亮，我殺了她，用一生來贖罪，這我也認了。可是，她是個愚蠢無知的醜女人，作為殺死她的代價，要我犧牲自己一輩子的幸福，有這樣的道理嗎？

而且，在我出名之後，我的長相將透過電影暴露在群眾面前，這就是石岡貞三郎的不幸了。為了不讓他——眾多觀眾中的一員——看見我的臉，我只能把他送進墳墓。

不管使用什麼手段，我也要活下去。我想得到名望和金錢，想過富裕的生活……這時，女服務員走進來，我抬起頭。

女服務員說想加三個客人進來，我點頭。

三個客人走進來，我吃著我的飯。

「打擾了。」其中一個人朝我打招呼，在我面前坐下來。

在離我有五步遠的位置上，左右各坐一個人，另一個坐在了我正對面。服務員拿來濕紙巾，三個人邊說話邊擦臉。

他們說的是九州方言。「唉呀！」我抬起頭，剛好看見了對面那個人的臉。

我覺得我的心臟幾乎停止了跳動，我感到無法呼吸。

我的目光定格在他的臉上，再也不能移開。我費力挪開視線，感覺恐懼很快的向我襲來。

正對面的那個男子，粗眉、大眼，就是九年前的那個男人——石岡貞三郎。

我的腦海中，莫名的呼喊不斷地拍打出旋渦。這是怎麼回事？約好今天兩點半在京都站見面，可是他怎麼會坐在這裡？

我感覺血液在倒流。怎麼辦？我沒化妝，帽子和眼鏡也沒戴。我的臉就這樣暴露在他面前，還不能逃。怎麼辦？那兩個隨行的人是幹什麼的？

我的耳朵嗡嗡作響，眼前頓時漆黑一片，身體彷彿無止盡地往下沉。

對面的石岡貞三郎冷靜地朝我看來。

我想大叫。我等不及聽見他喊叫起來。我全身顫慄，拿筷子的手也不聽使喚了。

塗著紅漆的筷子啪答一聲掉到了榻榻米上。

但他的表情沒有絲毫變化。還是那樣平靜。他靜靜地聽著另外兩個人談話，偶爾也會搭一句，臉上表情很平靜。九年過去了，他老了很多。

就這樣，三十秒過去了，一分鐘過去了，還是沒有任何狀況。

能夠聽見三個人在低聲交談，語氣沒有絲毫改變。

服務員端來飯菜，三個人立即吃了起來。石岡貞三郎低著頭，專心品嘗著佳餚。

這是為什麼？他確實看到了我，卻沒有產生任何情緒變化。

他忘了我的長相？想著，我突然察覺到一件事。

其實，從一開始他就不記得我，只有一些模糊的印象。他當時根本就沒看清我的長相。

原來這樣，原來是這樣。

我就像上了天一樣，心情變得飄飄然。這到底是怎麼回事啊！

我深深的吐了口氣。

我站起身來，從口袋裡掏出煙，一股自信從我心中湧起。

我全都知道了。石岡貞三郎這個老實人，是為了奉還我寄去的四千圓才來京都的。看見戴著鴨舌帽和眼鏡的男子，他會搖搖頭說，「我記不得了。」

他是來告訴我這個的，真是個正直的好人。旁邊的兩個人是他的朋友吧，想來京都參觀參觀，就一道兒了。

我放下心來，作了個大膽的試探。我走過去，對他們說：「我想抽根煙，請問有火柴嗎？」

石岡看了我一眼。我只記得當時我表情僵硬。他也沒出聲，拿起桌上的火柴遞過來。

「謝謝。」我說著，點著了香煙。石岡貞三郎沒再朝我看過來，專心吃著芋棒。

我走出去。

我覺得再沒有比圓山公園更美的地方了。京都的景色看上去，今天最美麗。

再見了！京都站！再見了！比叡山！

我獨自大笑，笑得兩行淚水流了下來。

石岡貞三郎

……京都站裡，怎麼等也不見那名男子現身。

約定的兩點半早過去了，四點，五點……

還是沒來，已經八點了。

兩個員警也灰心了。

惡作劇嗎？惡作劇還送了四千圓，這是怎麼回事？

員警說這不是惡作劇，可能對方有所察覺了。

察覺了，在哪裡？

我的心再次不安了起來。

我說為了以防萬一，就等到明天吧。商量了一下，認為不會等到，就坐晚上的快車回九州了。

總覺得這兩天很奇怪。

井野良吉的日記

——日。

《紅色森林》順利的拍攝中。

因為終於安下心來，與之前不同，自信在我的舉手投足間油然而生。

好好努力吧！

——日。

拍攝接近尾聲。

我的部份拍攝都結束了，心裡的石頭總算放下了。

導演好像對我這次的表演相當滿意，還說接下來想找一個特別的劇本讓我當主角。或許我真能一步登天了。

——日。

《紅色森林》殺青了。

報紙上的評價都很好，A報、N報、R報都讚賞說：「井野良吉的演技很好。」

Y也很高興。

——日。

今天，又有兩家電影公司邀請我演出。這些都交給Y去辦理，他在這方面更精明些。一切發展順利，名望和金錢，像風一樣地向我撲來。我又低聲唸起了我喜歡的那句台詞：「有了錢應該怎麼花呢？我也不知道。在一家豪華的大飯店的高級房間裡，喝著香檳，聽專屬樂隊為我演奏，然後獨自哭泣。」

石岡貞三郎

好久沒看電影了，正在上映《紅色森林》，報紙上評價好像不錯。可能是部文藝片，動作不多，演得好像很深刻。

井野良吉，這個名字和長相都不出眾的男演員（聽說是新劇演員），演技不錯。井野良吉扮演的角色，是一個去箱根某別墅拜訪別人妻子的人。故事以箱根山林中的景色為背景展開。井野良吉帶著傷心往山下走去。他從小田原上了火車。

他向窗外望去，大磯的景色向後駛去。

他取出香煙，點著抽起來，眼睛仍然望向窗外。

茅崎的景色向後駛去。

井野良吉側臉望向窗外戶塚的景色，抽著煙。

••••••••••井野良吉那張望向窗外的側臉……我在想，這張臉我在哪裡見過呢？

不是夢裡。應該是更早。我確實見過。在去京都的火車上，看見那個員警時也這樣想過。

井野良吉臉部的特寫。

盯著窗外的側臉，煙霧飛舞，迷住他的眼睛，他瞇起眼微微的皺起眉頭。

那表情！那張臉！

疑惑兇猛的衝擊著我的腦袋。

我失聲大叫，旁邊的人吃驚地看著我。

我衝出電影院，胸中的悸動劇烈難耐。我大步奔向警局。我要儘快吐出這些疑惑。

声

第一章　聽到聲音的女子

一

高橋朝子是某報社的接線員。

那家報社有七、八個接線員，實行輪班制，每三天值一次夜班。

那天夜裡，輪到朝子當班，本來是三人一組，但過了十二點只留一個人，另外兩個人去休息，兩小時換一次班。

朝子坐在電話前看書，一點半的時候得去叫醒在窄小榻榻米上休息的人換班，現在還差十分鐘。

這種小說朝子一小時能看二、三十頁，因為覺得很有意思，所以一直讀著。

就在這時，來了通外線電話。朝子的視線離開了書。

「請接社會部。」

電話裡說道。這個聲音聽起來很耳熟，所以她馬上接通了電話。

「喂，是中村先生打來的電話。」

她對編輯台上昏昏欲睡的石川說道，然後掛掉電話，繼續看著小說。

還沒看完一頁，眼前的紅色指示燈又亮了起來，是內線。

「喂……」

「幫我接赤星牧雄先生的家，東大的赤星牧雄。」

「是，我知道了。」

不用問，聽聲音就知道是誰，那是社會部的副部長石川汎，剛才疲憊的聲音，一下子變得很有精神。

——公司裡三百多人的聲音朝子都聽得出來。接線員的聽力都很好，但同事們都說朝子的聽覺特別敏銳，聽過兩三次的聲音，很快就能記住。

還沒等對方報出姓名，她就會問「您是XX吧？」而且她每次都說對，這讓只打過幾次電話的人感覺很驚訝。

「妳真厲害啊！」對方感慨道。

但實際上，這也讓同事們感到困擾，因為從外面打電話進來的女人的聲音，接線員們也能記得住。

「聽說A的女朋友是H子，她的聲音有些嘶啞還帶著鼻音。」

「B的女朋友是Y子吧。」

即使不是女朋友，連酒店打來催款的女人的聲音，接線員們也能記得一清二楚。當然，接線員們不會把這種事對別人透露，因為那樣是不道德的。也就是說，那是職業祕密，只是在工作室裡找點話題，互相聊聊打發時間罷了。口頭禪、聲調高低、音階等這些聲音上的微妙特徵，她們都能夠分辨得出。

朝子按照石川的吩咐翻開厚厚的電話簿。ア部、アカ、アカ……芳子用手指着電話簿，很快找到了赤星牧雄的名字。「42—6721」，她嘀咕著。

撥動數字轉盤，聽筒裡傳來電話接通的聲音。

看了看牆上的電子鐘，已經是零點二十三分了，電話繼續響著。電話鈴聲迴盪在寂靜的房間裡，朝子想像著。

「等到有人醒來接電話，還得等上一陣子吧？」朝子正想著，對方卻很快接起了電話。

後來，朝子接受員警盤問時，回答說從撥打號碼到對方接起電話，大概有十五秒。

「為什麼妳當時看了時間？」被問到這個問題，她回答說：「那麼晚打電話給別人，得考慮會不會打擾到對方。」

——那時，對方接了電話，卻沒有立即應答。

朝子「喂，喂……」的叫了三四次，對方終於回話了。對方接了電話，卻好像不知該不該回話似的，沉默了幾秒鐘，這有些奇怪。

接電話的是個男人：「喂，哪位？」

「喂，請問這是赤星牧雄先生的家嗎？」

「你打錯了。」對方說著就要掛斷電話。

朝子趕緊重複說道：「喂，請問是東京大學赤星牧雄的府上嗎？」

「打錯了！」

對方聲音不大，卻很冷淡。「唉！我是看錯電話號碼了？還是撥錯了號碼？」朝子這樣想著，剛要道歉時，電話另一端傳來了粗獷的聲音：

「這裡是火葬場。」那聲音聽起來有些刺耳。

二

朝子立刻就發現對方在撒謊。一般打錯電話時，對方常會胡亂說這裡是警察局、火葬場、稅務局等讓人感覺不好的地方，朝子早就習慣了，但還是有些生氣，所以反擊說：「不好意思，真的是火葬場嗎？請不要說這麼無聊的話。」

「對不起。但是，大半夜的打錯電話，而且……」

後面的話還沒說完，電話就突然斷線了，與其說那是他本人掛斷的，感覺上更像是旁邊有人突然中斷了電話。

這次短短的對話還不到一分鐘，但卻讓朝子的心情變得很糟糕，彷彿被潑了一身墨水一般。接線員這種工作，因為看不到對方的臉，遇到這種事情，有時反而會生氣。

朝子再次翻開電話簿，果然打錯了。她看錯了一行，下面一行的電話才是正確的。朝子以前很少犯這種錯誤。

「今天晚上是怎麼了？看小說太入神了？」朝子一邊想，一邊打通了赤星牧雄家的電話。

只是電話雖然通了，卻過很久也沒人接。

「喂！還沒人接聽嗎？」石川催促著。

「還沒。太晚了，可能已經睡了吧？怎麼打都沒人接。」

「那可麻煩了，繼續一直打。」

「什麼？這麼晚了還……」朝子和石川很熟，所以說話很隨便。

「嗯，剛剛有個著名的學者死了。所以想打電話找赤星先生談一談。」

朝子知道，晨報最晚在一點鐘定稿，所以石川才這麼著急。

打了五分鐘，終於有人接電話了。朝子又接通了石川的編輯台。

緊接著，電話機上通話中的綠色指示燈便開始不停的閃爍。石川先生應該是在不停的發問吧。看著綠色的指示燈，朝子不禁想起了小谷茂雄送她的那塊翡翠的顏色。

那塊翡翠是兩個人在銀座T堂買的。當時茂雄毫不猶豫的走進了那家店，朝子卻有些猶豫，說：「這麼高級的店，肯定很貴吧？」

「沒關係。好的才夠特別，貴也沒辦法。」茂雄不由分說的走了進去。只是，面對如此豪華的商店，朝子還是不免心生畏懼；所以，他們在昂貴的商品中，盡可能挑選便宜的戒指。即便如此，價格還是比普通的店貴很多。

茂雄以前也做過這樣的事。他在一間名不見經傳的三流公司工作，薪水少得可憐，卻以按月付款的方式買流行的西裝，還不斷的更換領帶，連帶朝子看電影也是到有樂町一帶的高級戲院，兩個人就得花上八百圓。他好像一直都是舉債度日。朝子很不滿他那愛慕虛榮的樣子，對他不踏實的性格也有些不安。

明明和他有了婚約，卻不能對他直言不諱。對此，朝子只能歸咎於自己的溫順。在結婚之前這是沒有辦法的。這種溫順只有女人才會有，大概是因為愛對方的緣故吧。如果結婚後一起生活，自己應該會改掉的吧？朝子對自己的未來一片茫然。

茂雄那蒼白的臉和呆滯的目光，讓人總是感覺沒精打采。他總是滿腹牢騷，卻從不提自己的抱負和野心。為此，朝子總覺得　雄靠不住。

眼前的綠燈滅了，意味著石川先生已經說完話，掛斷了電話。朝子又抬頭看了看牆上的電子鐘，一點二十三分，該叫醒換班的人了。

電話簿還打開著，朝子忽然想看看剛才打錯的那個電話──42─6721──的主人姓名。剛才的氣還沒消，有點想罵他。

赤星真造　世田谷區世田谷町七之二六三

赤星真造，那是什麼人啊？朝子上學時有個朋友也住在那一帶，曾去那裡玩過，所以知道那個地方。那一帶的房子好像約好似地，全都使用白色的圍牆，透過樹叢的深處，可以看到寬闊的屋簷，是相當高級的住宅區。

朝子很困惑，那麼高級的地方，怎麼住著一個那麼差勁的人？不過戰後，朝子對這世間不合理的事情，也見怪不怪了。總之，她對那個聲音感到鄙視和厭惡極了。

說是討厭，那低沉的聲音還帶著回聲，好像岔開了兩個音階，聽起來很不協調。

上午十點，朝子下班回家。即使回到家裡，不到下午也睡不著，朝子總是這樣。於是她打掃打掃房間，洗了洗衣服，上床時已經一點了。

等她醒來時，窗外已經黑了。她開了燈，枕邊放著一份晚報，這是媽媽每天都會為她準備的。

朝子打開晚報開始瀏覽。

——世田谷區人妻遇害

深夜，一人獨處的主管宅邸

開頭三行鉛字趕走了朝子的睡意，她繼續往下看：

昨夜，住在世田谷區世田谷町七之二六三號，某公司的高級主管赤星真造先生前往不幸往生的親戚家中守靈，結果當他在凌晨一點十分左右搭車回到家時，發現獨自在家的妻子政江（二十九歲）遭到勒殺。據員警調查結果顯示，赤星家中一片凌亂，明顯有遭到竊盜的痕跡。至於兇手是一人單獨做案，還是多人共同作案，目前還不清楚。之前，住在附近還在讀書的侄子和他一個朋友曾來造訪，不過因為待得太晚，所以在零點五分的時候回去了。一點十分屍體被發現，由此推斷案發時間在此之間。

看到這裡，朝子不禁叫出聲來。

三

朝子到世田谷區警署去提供線索時，偵查課的主任問：「妳為什麼覺得接電話的人就是犯人？」

「根據新聞報導，在零點五分到一點十分之間，那位遇害的妻子都是一個人在家。我打錯電話的時候是在零點二十三分。當時，一個男人接聽了電話。我覺得這有些可疑，或許那個人就是兇手，或者是與此次案件有關聯的人。」

「他當時說了什麼？」

朝子據實回答。

朝子說當時電話在談話中途突然中斷，她感覺好像是被旁邊的人故意掛斷的。負責的警官對這一情況似乎特別感興趣。

又仔細重聽了一遍朝子的證言後，他和其他員警低聲的商量了一會。根據這條線索，可以判斷出兇手是單獨作案還是共同作案。

「妳聽見的聲音有什麼特徵？」員警問道。「高音、中音、低音、金屬性的聲音、沙啞的聲音、清脆的聲音，聽起來是哪種？有什麼特徵明顯一些？」

這問題讓朝子有些為難，聲音很難用語言來描述，說聲音粗獷好像太過簡單，畢竟粗獷的聲音也能分為一、兩千種。即使提問者用「粗獷的聲音」來發問，也無法形成一個概念。例如，如果說「嘶啞又粗獷」，對方好像能夠理解，但若沒有「嘶啞」這一特徵時，又該怎麼描述呢？感覺是無法用語言準確描述出來的。

員警看到朝子困惑的表情，就要在場的人都過來，每人讀一小段文章。她說「聲音粗獷」，這些人的聲音都是粗獷的。朝子再次知道，男人的聲音大都是粗獷的。

被叫過來的那些人羞澀地讀著文章，朝子聽完說：「有相似的，但仔細一想又好像不對。」她只能這樣回答，相似但不完全一樣。

「那……」員警換了一種問法。

「妳是接線員，應該習慣了辨認聲音吧。」

「是的。」

「你們公司的人，妳能聽出多少人的聲音？」

「嗯……三百人左右吧。」

「那麼多？」發問的人有些驚訝，與旁邊的人面面相覷。

「那樣的話，那三百人中，誰的聲音更接近些？」

這是個好主意。三百人呢，總有個相像的，這是一個讓聲音具體化的好方法。朝子覺得很可行。

但是，這種具體反而會產生很多干擾。A是A，B是B，因為知道每個人聲音的特點，反倒覺得差別很明顯。

如此一來，朝子反而覺得那個聲音逐漸模糊了。在被問及各種聲音時，她想起的那個聲音融入到了眾多的聲音當中。朝子認為這個辦法也行不通。

——最後，辦案人員從朝子那裡只得到了「聲音粗獷」這一個線索，沒有什麼收穫。

但是，各報社對這件事產生了興趣，打出「深夜，一接線員偶然聽到罪犯聲音」的標題。朝子出了名，被高調對待。在一段時間內很多人向她詢問，或者嘲諷她。

案發後一個月、兩個月過去了。報導逐漸冷卻了，篇幅也越來越小，最後只占小小的一個角落。

大約半年後，久違地出現了一篇比較大的報導——那是由於缺乏線索，決定解散調查小組的報導。

四

一年之後，朝子辭了工作，開始和小谷茂雄同居。

兩個人一起生活之後，朝子之前對茂雄的不安逐漸變成了現實。

茂雄不僅好吃懶做，工作起來也沒定性，經常抱怨公司裡的事情。

「那種破公司，說不定哪天我就辭職不幹了。」

三杯黃湯下肚後，他更能說了。說什麼他要是換個地方，肯定會賺得更多。

但那不過是茂雄在吹牛，他既沒實力也沒才能，朝子身為他的妻子，對他再瞭解不過了。

「在哪裡工作都一樣，即使有些不順心，因此偷懶也是不行的啊。你也在工作上認真點吧！」

每次朝子鼓勵他，他不但不贊同，還會用鼻子一哼，冷笑著說：「妳不懂啦，妳根本無法想像男人是以怎樣的心情在工作啦！」

三個月後，他真的辭職了。

「怎麼辦？」朝子哭著問。

「總會有辦法的。」他點著一支菸回答說。

茂雄雖然膽小，但卻一副小混混的模樣。

半年後，兩個人的生活變得十分窘迫。就如茂雄所說一樣，根本沒有好公司。他也急了，自己既沒實力又沒技術，變成這樣真的很慘。他的身體又不允許他去幹耗體力的工作，而且長相也不出色，所以也不能靠這個吃飯。

好不容易透過報紙廣告，到一家保險公司做推銷員，但茂雄這種性格的人，也不可能做好。結果連一份合約也沒賺到就又辭職了。

不過，過沒多久，應了茂雄所說「好運來了」這句話，他找到了一份工作。

在做保險時他認識了幾個人，於是茂雄以體力出資的形式，與他們一起開了一家經營藥品的小商店。

朝子不太清楚，所謂「體力出資」是什麼。不管怎樣，茂雄開始每天活力十足的去上班。據說公司在日本橋一帶，但朝子沒有去過。到了月底，茂雄拿薪水回來交給朝子，那是很大的一筆錢。奇怪的是，信封上沒有公司的名字，也沒有薪水條。習慣了收薪水袋的朝子，雖然感到奇怪，但心想：「那公司就這個習慣吧。」總之，有了收入比什麼都好。

雖說愛情是夫妻生活的根本，但她意識到，穩定的經濟收入才是基礎中的基礎。生活窘迫的那半年，朝子不知道多少次下決心和茂雄分手。她覺得他既懶惰又討厭，真想和他大吵一架後就離開。

自從有了每個月的穩定收入後，兩個人又回到了和睦狀態。「夫妻間的愛情是被金錢所左右的嗎？」朝子有了這種奇怪的想法。好在一切都在她變得抑鬱之前，平息了下來。

大概公司有獲利了吧，第三個月開始，茂雄加了薪，第四個月，薪水又加了一點。兩個人償還了借款，還有多餘的錢買些衣服和生活用品。

「朝子，我想叫公司的人來家打裡麻將，可以嗎？」茂雄問道，朝子覺得很開心。

「好啊，可是我們家這麼亂，有點不好意思。」

「沒關係。」茂雄說。

（那就準備些好吃的吧！）朝子很有幹勁，畢竟那是和丈夫共事的重要人物，無論什麼事自己都願意效勞。

第二天晚上，來了三個人。其中一個四十多歲，另外兩個看起來三十二、三歲。還以為是什麼樣的人呢，結果好像都不怎麼樣。朝子印象中開公司的人不是這樣，他們反倒更像是仲介。

四十歲左右的那個人叫川井，另兩個叫村岡和濱崎。

「打擾了！」川井跟朝子寒暄道。他頭髮稀少，顴骨突出，眼睛很細，嘴唇很薄。村岡的頭髮有些長，往腦後梳得油亮。濱崎則是一副酒糟臉，紅通通的。

他們打了通宵，麻將和麻將桌是最年輕的村岡帶來的。

朝子也整晚沒睡。十二點左右，她替他們做了咖哩飯。

「給您添麻煩了。」年長的川井說著，低下了頭，露出親切的目光。

吃完飯，朝子沏了茶。將近淩晨一點，朝子準備睡了。

可是朝子卻怎麼都睡不著。家裡屋子很小，朝子只能睡在隔壁，隔著屏風，仍能聽得到聲音。

他們有考慮到朝子，壓低了聲音，但興致來了還是會不禁喊出聲，「唉，見鬼！」、「他媽的！」之類的話……

笑聲、算錢聲不時地變大，這還好，主要是接連不斷的洗牌聲，刺激著朝子的神經，使她煩躁不安。

朝子在床上來回翻身，真想堵上耳朵，可是愈不想去在意，神經就愈是緊張。

直到天亮，朝子也沒睡著。

五

大概是麻將真的很有意思吧？打那以後，茂雄就經常把川井、村岡、濱崎帶回家。

「打擾了！實在抱歉！」

「對不起！今晚也拜託您了！」

如此一說，朝子又不能面露不悅。想到這些都是關照丈夫的同事，也不能讓他們看到自己不高興。

「裡面請，一點兒也不打擾。」

但是，每到半夜，她就不得不得替他們準備宵夜。這就算了，吃、碰的吆喝聲、忍也忍不住的笑聲、推牌洗牌聲不斷傳入耳中，讓朝子的神經得不到片刻休息。無論怎樣都睡不著，就連朦朦朧朧意識模糊的時候，耳邊都還充斥著喀拉喀拉的牌聲。

如此一來，朝子開始向茂雄抱怨：「你們打麻將可以，可是來得這麼頻繁，我有些受不了，根本睡不著，好像都要神經衰弱了。」

茂雄面露不悅，訓斥說：「妳說什麼？就這麼一點小事，我可是川井提拔的，現在收入不錯，妳不是也得感謝人家嗎？」

「話是那樣說沒錯啦……」

「看吧，這就是上班族的悲哀之處。人家說想打麻將，就算我不愛玩，也必須陪著。」

隨後，茂雄安慰朝子說：「忍耐一下吧，人家還跟我說妳人不錯呢。他們都很開心，我說妳也很開心。又不是每天晚上都來，忍忍吧。過一陣子就會換去別人家裡玩了啦！」

朝子無奈，只能點頭，但感覺自己被他騙了。

說到被騙，朝子就連川井那三個人是做什麼的都不知道。即使追問茂雄，他也只會笑著敷衍不想詳談。不知道那家公司到底經營什麼項目。

只是，如果朝子想認真追問起茂雄，她又好像有點恐懼。她被那段窮苦的日子嚇怕了，現在好不容易每個月有了固定收入，她不想破壞目前穩定的生活。她有種隱約的預感，如果追問下去，一定會失去現在的一切。

結果，雖然不太相信，但朝子也勉強地認同了茂雄。但這般的自欺欺人讓她感到不爽，好像是冒了一身冷汗後黏糊糊的感覺。

——三個月過去了。

今天又是打麻將的日子。年長的川井和年輕的村岡先來了，濱崎還沒到。

和茂雄一起，三個人閒聊了一陣子。不知道為什麼，今天始終不見那個酒紅臉的濱崎。

「濱崎那個傢伙到底在幹什麼，還不來！」頭髮有些長、梳得光亮的村岡有些坐不住了。

「別著急。著急了會輸錢的，過一會他就來了。」川井用細長的眼睛看著村岡，動了動薄薄的嘴唇安慰他，但實際上他也有些著急了。

「到底是怎麼回事？」茂雄悶悶不樂地說。

「我們三個人邊打邊等，怎麼樣？」於是，川井建議說。

「打吧，打吧。」村岡馬上附和。

三個人開始打牌，「吃」、「碰」……好像玩得很開心。

「家裡有人嗎？」這時，屋外傳來一個女人的聲音。朝子出去一看，是附近小吃店的老闆娘。

「有你家的電話，是一個叫濱崎的人打來的。」

「謝謝您！」朝子說著望向屋裡。

「濱崎這傢伙，打電話來，搞什麼？」川井邊洗牌邊嘟囔。

茂雄向朝子喊著，「我們現在沒空，妳去接吧。」

朝子跑著去了小吃店。電話在店裡面，店主有些不悅。

朝子道了謝，拿起了話筒。

「喂……」保留著當接線員時的習慣，朝子用很客氣的說話方式應著。

「喂。啊，是夫人吧，是我，濱崎。」

「啊——」朝子拿電話的那隻手忽然僵硬了起來。

「請轉告川井，我今天有急事抽不了身，不過去了，請你轉告一下。喂——」

「——好的，我知道了。」

「聽清楚了嗎？」

「嗯，嗯，我知道了。我會轉告的。」朝子不知道自己是怎麼放下電話，又是怎麼走出小吃店的。

剛才那聲音，濱崎的聲音，就是三年前的那個聲音！深夜，她偶然從那個兇殺現場的電話裡聽到的聲音！三年過去了，自己仍然記憶猶新。那是她無法忘卻的聲音。

六

在向川井傳話時，朝子也心不在焉。她像逃跑一般奔進屋裡。

她的心劇烈地跳動著。

那個聲音仍然縈繞在耳邊，好像自己得了幻聽一般。一定是當時的那個聲音，朝子相信自己的耳朵，這一點她很有自信。大家都說我耳朵靈，那是職業練就出的敏銳聽覺。電話中傳來的聲音，哪怕有一萬個人，也能立刻分辨出它的特徵。

原來是這麼回事，朝子恍然大悟。

濱崎的聲音，她聽過無數次。每次來打麻將時她都能聽到。為什麼那個時候沒察覺到呢？為什麼會把那個聲音當作耳邊風，讓它溜掉了呢？因為那是人的真聲，不是通過電話被磁化的聲音。

真聲和被磁化的聲音，聽起來很不一樣。如果是熟人，能聽出來是同一個人，但剛開始的時候根本聽不出來。兩種聲音連音質都不一樣。朝子聽到的打麻將時的濱崎的聲音，是真聲，所以她沒意識到那就是那晚的那個聲音。接了他的電話之後，她才意識到這一點——

三個人不打了。

「沒意思。三個人打沒什麼意思。」川井點著一支菸。

「濱崎這傢伙，真拿他沒辦法。」村岡邊把牌放回裝麻將的盒子邊說。

茂雄沒看到朝子的身影，就大聲喊：「朝子，朝子。」

川井忽然感覺有些詫異，問道：「你妻子不是叫友子嗎？」

茂雄滿臉單純，感到有些害羞。

「是哪個『朝』字？」

「『朝』晚的『朝』。」[1]

川井的目光一下子沉了下來。剛想問什麼，看見朝子過來，就把話吞了回去。

「唉呀，要回去了嗎？」

川井用眼角餘光看了看朝子。看得出來，她臉色比平時更蒼白。

「三缺一打麻將沒意思。夫人，打擾了。」

川井依舊用長者般的語氣說話。朝子和往常一樣，在狹小的門外目送他們離開，但是今天的表情有些生硬，而兩人也都是頭也沒回的走了。

「怎麼了？」茂雄看到朝子臉色不對，問。

「沒什麼。」朝子搖搖頭，這件事沒辦法和丈夫說。雖然不清楚，但身為人妻的直覺告訴她，茂雄有事瞞著她，也就是說，丈夫是站在對方那一邊。她害怕對丈夫說了，那件可怕的事情會被洩露出去。濱崎那張酒紅臉不時地浮現在她眼前。

奇怪的是，從那天起川井他們就再也沒來過麻將。

朝子問茂雄。

「大家怎麼都不來了？」

「不是大家看出妳的臉色了嗎？」茂雄生氣的說。

「哎？為什麼？」朝子不覺猛然一驚。

「川井對我說，總在你家玩不太好，下次換個地方。」

「我沒擺什麼臉色啊。」

「平常妳就說討厭打麻將，所以臉上表現出來了。川井因此感到很不開心。」茂雄氣沖沖的拿起麻將就出去了。

果然，這背後一定有什麼不可告人的祕密。為什麼一下子就不來了呢？

朝子想到這裡，不覺大吃一驚。難道他們發現我已經知道了！濱崎、川井、村岡，他們都是一夥的。

但是，他們是怎樣知道的呢？是不是自己想太多了？或許他們只是想換個地方玩。

但是，這種自我安慰第二天就在茂雄與她的閒聊中打碎了。

「川井對妳的名字很感興趣，還問我你之前是不是XX報社的接線員。我說是的，他們就說這真的很有意思，還記得有報導說，那天深夜你聽見了殺人犯的聲音，知道妳就是那個接線員，他們還頗感慨的說：『你太太就是那天晚上那個接線員啊。』因為他們還記

1：日語中早晚說「朝晚」。

得報紙裡出現過妳的名字。」

朝子的臉頓時變得慘白。

七

又是四、五天過去了。

朝子瘦了許多，疑惑和恐懼侵襲著她，又不能對丈夫說。到了今天這個地步，更無法對他說了。丈夫對她的隱瞞，讓她不知道丈夫究竟會站在哪一邊，這讓她完全無法對丈夫提起這件事。這個只有自己知道的祕密，讓她感到很煩惱。因為無法跟別人提起，她心裡才有了這個疙瘩。

「對了！」她突然想到，可以找人談談這件事。雖然不是對誰都能講，但她想到了一個能說這件事的人。

「去找石川汎先生說吧。」

石川是當時的社會部副部長，那天晚上是朝子值班，一個名人突然死亡，他要朝子替他打通電話。就是那時她聽到了兇手的聲音，這事情不能說和石川一點關係也沒有，朝子為自己找到了理由。她實在想不出除了這個人，還能跟誰商量。

事情已經過去三年了，不知道石川先生還在不在那裡工作，姑且先去報社問問吧。那是自己曾經工作過的地方，她感到很懷念，到櫃檯一問，才知石川先生已經調職了。

「調職？」

「調到九州分社了。」

九州？好遠。去了那麼遠的地方啊。朝子有些失望，自己唯一的希望也破滅了，還得一個人繼續忍受。

她來到附近的一個咖啡廳，點了一杯咖啡。以前她常來這家店，現在她一個服務生也不認識，所有的一切都在變化，只剩下她孤身一人。

在這變幻頻繁的世界，為什麼偏偏那個聲音一直緊緊追隨她到現在呢？那個聲音的主人是一個酒紅臉的男人，她見過多次，卻未曾留意到。

正發呆地喝下咖啡時，朝子無意間產生了一個疑問。等等，那個濱崎的聲音到底是不是當時那個聲音？她不斷地思索著，現在想起來，好像不那麼肯定了。

她對自己的耳朵很有信心，大家都誇她聽覺敏銳，但那是在三年前，自己已經辭職三年了，這讓她對自己的聽覺產生了一絲懷疑。

如果能再聽一次濱崎在電話裡的聲音……

是的，這樣一來，就能確定濱崎的聲音與當時那個聲音到底是不是同一個。有沒有什麼方法能再聽到一次濱崎的聲音呢？那樣的話，就一定能搞清楚！

朝子滿腦子都是這件事。回到家時，丈夫茂雄還沒回來。

真累！她坐下發呆時，外面傳來附近小吃店老闆娘的聲音：「太太，回來了嗎？」

「來了。」朝子匆忙來到門口。

「有電話，沒說名字，說是你接了就知道了。已經打了好幾次了。」

老闆娘板著臉說，朝子一邊道歉一邊趕緊往外走。可能是川井，朝子最先想到的是他。如果川井和濱崎在一起，或許能聽到濱崎的聲音。

「喂！」朝子拿起話筒。

「啊，茂雄太太嗎？」果然是川井的聲音。

「快點過來，你丈夫得了急病。不過別擔心，判斷應是闌尾炎，手術很簡單。能過來嗎？」

「我這就過去。喂，在哪裡？」

「文京區谷町二八〇號，坐都電在駕籠町換車，在指谷町的那站下。我在那兒等妳。」

「喂，濱崎在嗎？」

丈夫都出事了，這是在問什麼？還有時間想這嗎？朝子心底暗自驚訝。不對，這可能比丈夫的病還重要。

「濱崎……」川井的聲音頓時停止了。

「現在不在，過一會就回來。」聲音中彷彿帶著笑意，朝子沒有察覺這笑的含義。

「知道了，我馬上過去。」朝子掛上電話，深深地吐了口氣。

去看看就能確認了。無論如何也得再去聽一次濱崎的聲音。

第二章　肺中煤炭

一

東京市北多摩郡田無町，位於東京西郊，從高田馬場搭乘西武線需要四十五分鐘。雖說這個地方是鄉下，離中央線還有一段距離，但最近東京人口過剩，很多人都來到這邊，田地不斷變成了一處又一處的住宅。

這一帶還殘留著武藏野的痕跡，一望無際的平原上滿是枹櫟、櫸樹、麻櫟、紅松的雜木林。武藏野樹林的走向不是橫向，倒像是垂直的，而且十分纖細，沒有一絲雜亂感。

獨步第一次見到武藏野的森林時就這樣說：「說起樹林，只有松林在日本的文學美術界極受推崇，歌詞中『枹櫟深處雨聲陣陣』這樣的描寫，也無法形容它的美。」

那天早上，具體來說是十月十三日上午六點半，送報紙的少年騎著自行車走在從田無通往柳窪的小路上。他無意間看了眼雜樹林，樹葉、草地都泛出了黃色，但少年看到雜草間有樣東西，像是朵花。

少年停下車，走進草叢。灰色的大地上，胭脂紅的格子裙從草叢中顯露出來，迎著清晨的空氣，那顏色異常的冷豔。當少年看到黑頭髮和雙腳時，嚇得拚命推著自行車向前跑。

一個小時之後，警察局法醫課的一行人來了。三輛黑白分明的警車散發著森嚴氣息，但在這條寂靜的武藏野小路上，沒有太多行人，所以也看不到圍觀的人群，只有幾個附近的人遠遠觀望著。附近田地中零零星星地建了一些新住宅，周圍則是點綴著農家的房舍。這裡就是這樣的一個地方。

這名女子二十七、八歲，偏瘦，細細的鼻樑，長得很漂亮。她的表情很痛苦，甚至有些扭曲，臉上不知道被什麼東西塗成了灰黑色。咽喉處有淤血，有點兒像是痣，很明顯是被掐死的。

衣服還很整齊，周圍的草也沒有被踐踏過的痕跡，可以推測這名女子沒怎麼反抗。案發現場沒有包包，或是本來就沒帶，或者是弄丟了，或者是被犯人拿走了，這都有可能。如果是沒帶，那代表死者就住在附近嗎？從她的穿著來看，也不像是在外謀生的。員警這樣想著，所以請遠處圍觀的人前來辨認。那人怯生生地看了看，說不像是附近的人。

「但是，很快就會弄清楚死者身份的。」

警署調查課的畠中股長對石丸課長說。畠中股長好像是大清早被叫起來，還沒睡醒似的，一副睡眼惺忪的樣子。石丸課長彎下腰，看到死者左手上有一枚翡翠戒指。

為了解剖，屍體被運往醫院，石丸課長還站在那裡，欣賞著遠方的景色。

「這一帶，還殘留有武藏野的影子呢。」他說。

「是啊，我記得獨步的碑就在這附近。」畠中股長為了忘掉案子，看著灌木叢回答道。

「對了，畠中，早上你家那邊沒下雨嗎？」科長看著周圍的地面，突然問道。

「沒有，沒下。」

「我家在鶯谷，黎明的時候好像聽見雨聲，還以為做夢呢，起來一看地面果然濕了。」

你家在……？」

「目黑。」

「那一帶沒下雨啊，原來是場陣雨。這一帶好像也沒下。」科長用鞋尖點了點乾爽的地面。

那天下午，驗屍報告出來了。

死者年約二十七、八歲，死因是被掐死的，死亡時間大約在十四、五個小時之前，可以推斷死者是在前一晚十點至十二點之間遇害。沒有外傷，也沒有被強暴的痕跡。從解剖結果看來，胃裡未見有毒物質，肺部有煤炭粉末附著。

「煤炭粉末？」畠中系長看著石丸課長的臉，脫口而出。

「這名女子生活在與煤炭相關的環境中？」

「難說。」法醫說：「鼻孔粘膜上也附著有煤炭粉末。」

二

當天傍晚，得知了死者身份。這件事情在晚報上刊登後，她丈夫來到警察局。

立即開始辨認屍體。

「沒錯，是我妻子。」他確認說。

錄口供時得知，這名男子叫小谷茂雄，三十一歲，住在豐島區日出町二之一六四號。他長得不錯，皮膚很白，偏瘦，衣著入時。

「我妻子叫朝子，二十八歲。」此時員警們才得知，被害者是小谷茂雄的妻子朝子，現年二十八歲。

「你妻子什麼時候不見的？」員警問。

他這樣回答：「昨天傍晚，我六點左右回到家，發現妻子不在。一開始以為是去買東西了，但一個小時後也沒回來。我到附近去找她，有人看見她四點左右出門。」

與他家相隔五、六戶有家小吃店，店裡老闆娘看到小谷茂雄在找人，才告訴他的。

「小谷先生，你妻子接了電話就立即出去了，大概是下午四點。」老闆娘說。

「電話？」茂雄很意外，所以問：「誰打來的？」

「電話是我接的，對方說她接了就知道了，沒告訴我名字。你妻子接了電話，和對方說了幾句就掛了電話回去了，之後我就看見她匆匆忙忙地出去了。」

茂雄猜不出是誰。

「他們說了些什麼？」

「當時店裡很忙，我也沒怎麼聽，好像說是要她坐都電去指谷做什麼的。」

去都電的指谷？茂雄愈來愈想不明白，他們夫婦倆從沒去過那個地方。他回到家，想找找看有沒有留言，結果什麼也沒有。到底是誰把妻子叫出去的呢？不說名字，還能聽出聲音，應該是個熟人。妻子對自己隱瞞了什麼呢？

小谷茂雄一邊想，一邊等了妻子一夜。今天一整天他哪裡也沒去，結果在家裡看見了晚報上刊登的消息，看年齡和衣服，得知是自己的妻子。

「那個翡翠戒指，是我四、五年前買給她的。」小谷茂雄看著面目全非的妻子，指著她手上的戒指說。

他所提到的電話這件事，引起了警官強烈的注意。

「打電話叫你妻子出去的人，你完全猜不出來嗎？再好好想想。」

「這個嘛……雖然我已經很努力去想了，但還是完全沒有任何頭緒……」

「之前曾經有人打過這樣的電話嗎？」

「沒有。」

「發現屍體的地點在田無町附近，和這地方有什麼關聯？」

「完全沒有。不知道她為什麼會去那裡。」

「你妻子外出時有帶包包嗎？現場沒有發現。家裡也沒有嗎？」

「她會帶包包出去的，是個四角鹿皮的黑色包，上面有個金色的鈕扣。」

「裡面大概有多少錢？」

「這個嘛，我想應該不到一千圓吧。」

「你妻子有什麼仇家嗎？」

「沒有，絕對沒有。」

這時，畠中股長問：「你家燒煤炭嗎？」

「不。我家用的是瓦斯，洗澡也是去澡堂。」

「附近有賣煤炭的店嗎？」

「也沒有。」

問題大致問完了，於是警方記下了他的工作地點，便結束了筆錄。

之後，調查中心當然是轉移到那通把被害人朝子叫出去的神祕電話上。他們把接電話的老闆娘傳喚到了搜查本部。

詢問之後，她和和小谷茂雄所說的一樣。畠中股長進一步問道：「坐都電去指谷車站，是小谷的妻子說的嗎？」

「不，不是。她好像是在確認對方的話，所以重複說『到指谷車站就行了，是吧？』」

「嗯。除此之外還聽到別的嗎？」

「四點左右正是店裡忙的時候，所以……」老闆娘回答：「我只隱約聽見這些，其餘的沒聽見。」

「之前有沒有接到過她的電話，叫她出去的？」

「嗯……」老闆娘托著雙下巴回憶著。「說起來，之前倒是有過一次。」

「咦？有過？」聽者探過身來。

「是的，但不是找小谷夫人，而是找小谷先生的。但當時是小谷夫人接聽的。」

「對方叫什麼？」

「嗯……當時說了。叫濱、濱什麼的。後面的想不起來了，但可以肯定是以濱字開頭。」

三

關於那通電話，員警再次問到小谷才知道。

「那個人叫濱崎芳雄，是小谷的同事。那天打來電話是說有事不能來打麻將了。」員警如實向上報告。

「哦，打麻將啊，知道那些人的名字嗎？」

「在這裡。」記事本裡夾著的紙片上寫著：川井貢一，村岡明治，濱崎芳雄。

他們與小谷是同一家公司的，以前常來小谷家一起打麻將，但最近好像因為工作忙不來了。朝子對他們不太瞭解，只是來家裡打麻將時，招待過他們。因此，他們之中沒有誰和朝子的關係近到打電話就能把她叫出去的地步，可以不作考慮。因此，朝子完全沒有理由，在不和丈夫打招呼的情況下便擅自出門——

「小谷是那樣說的。」員警報告完了。

「那家公司在經營什麼？」石丸課長問畠中股長。

「據說是經營藥品的，不過問了小谷，聽起來像是家負責替二、三流製藥公司批發的仲介，算不上是間公司。」

課長想了想，「這個最好再深入調查一下。那個川井、村岡和濱崎，都需要調查一下。為了以防萬一，他們昨晚的不在場證據也得深入調查。」

「是啊，是要調查一下。」

股長馬上向屬下下達命令。

「可是……」股長邊喝茶邊看課長，「如果小谷說的是真的，那麼那些人是不可能把他老婆叫出去的，不是嗎？」

「小谷的話像是真的。但是，他們當中，真的沒人有理由把她叫出去嗎？現在未免還言之過早。事件弄清楚之前，什麼都不能肯定。在指谷那裡到底有什麼？誰的住處離那裡比較近？」

很明顯，課長說的「誰」指的是川井、村岡、濱崎這三個人，隨後刑警立即拿來了三個人的住址，一下就清楚了。

「原來是這樣，川井與村岡、濱崎同住在澀谷的一個公寓裡。沒人住在指谷附近。」那裡離得不但不近，而且兩處方向剛好相反。

「畠中，指谷方面調查的怎麼樣了？」

「正在全力調查中。初步判斷應該有人在車站等朝子，所以目前在車掌、乘客中尋找目擊者，並且派人以指谷為中心，在白山、駒込、丸山、戶崎街一帶打聽。」

「這樣啊。那我們去趟指谷吧。」課長說著站起身來。

在車裡，課長接著說到：「畠中，朝子是在哪裡被殺的？」

「在哪裡？」畠中轉頭看著課長的側臉說：「不是田無附近嗎？」

「被掐死的案子真麻煩啊，沒有血液流出來，所以很難判斷死亡地點。」課長說起了自己家鄉的關西方言。風從車窗吹進來，課長好不容易點燃了香菸，繼續說：「她可能是在發現屍體的地方遇害，也可能是在別處遇害後被搬運到那兒。你也知道，解剖死者時，發現肺部有煤炭粉末；也就是說，死者遇害前吸入了煤炭粉末，可是田無現場附近沒有發現煤炭碎渣。」

「但是，肺部的煤炭粉末不一定是遇害前吸入的。也可能是幾小時前，或者幾天前吸入的。」股長反駁。

「如果你是女的，臉髒了，不會馬上洗臉嗎？她鼻孔裡不是也粘有煤炭粉嗎？那肯定會感覺不舒服，洗臉時應該會用毛巾什麼的擦擦鼻孔。也就是說，朝子遇害前來不及洗臉。所以可以推斷是遇害前吸入的。」

「原來如此。那這樣就可以推斷死者是在別處遇害，之後又被棄屍到此了。」

「還不清楚，不過很有可能。」

「這樣說來，死者的行蹤更為關鍵了。」

不久，兩個人來到了指谷車站，下了車，剛好有個斜坡，從水道橋方向開來的電車正緩緩地往坡上行駛。

課長看看周圍。「你去那邊。」說著，他橫穿到電車道對面，沿著狹窄的坡路向上，道旁有間祭拜八百屋阿七[2]的地藏堂。這裡地勢稍高，可以像俯視山谷一樣看到下面的街道。

「這邊沒有工廠哪！」課長邊眺望全景邊說著。底下一根煙囪也看不見，淹沒在山谷中的屋瓦，在秋日陽光的照射下，反射出微弱的光。

畠中很了解課長的心情——他正在找尋有煤炭的地方。

四

才過兩天，他們就找到了許多線索。

首先，關於被害人朝子的行蹤，在指谷一帶搜查，並沒有什麼線索。據小吃店老闆娘說朝子出門時間在四點半左右，可以推斷她到指谷站的時間在五點至五點半之間，正值下班高峰時間，人員紛雜混亂，因此沒有人留意到她吧，都電的車掌們也沒有什麼印象。

那麼，從朝子十二日五點到五點半之間到達指谷起，到十三日早上六點半她的屍體在田無町被發現止，這段時間她是在哪度過的呢？她的屍體是在早上六點半偶然被發現的，不知道在那之前，她的屍體在那裡已被放置了多久。根據驗屍結果，推斷她的死亡時間在十二日晚間十點到十三日零點之間，那麼在遇害前六、七個小時，她又是在哪裡度過的呢？我們對於她的行蹤一點也不知道。如果反推一下，假設她遇害前到現場附近來過，那她一定得乘車過來，所以決定對田無附近的車站也一併展開調查。從東京到田無，可以乘坐高田馬場西武線電車，在「田無」站下車，這是最近的一條路線。或者乘坐池袋發車的西武線，在「田無町（現在叫雲雀丘）」下車，或者搭乘中央線在武藏境下車，再轉公共汽車。她是走哪條路線呢？但是，田無、田無町、武藏境各站的站員都說對朝子這個人沒有印象。雖然也可以搭計程車過來，只是查了市內所有的計程車公司，所有司機都對她沒有印象。

2：江戶時代著名女犯，因為癡戀企圖縱火，以求和戀愛對象相見，結果遭到處刑。

這樣一來，可以推斷朝子是在其他地方遇害，後來又被棄屍到現場的。因為要棄屍絕不可能使用電車、公共汽車、計程車等交通工具，而只能使用私人汽車，或者與計程車司機共同作案。而且，要搬運屍體是瞞不過司機的，所以司機肯定是共犯。如果是那樣，司機不可能向員警提供目擊線索。

接下來，拜託R大學礦山實驗室，使用特殊的顯微鏡，對被害者的鼻子、肺部裡的煤炭粉末進行了分析。結果顯示，反射率為六點七〇，聽說這是相當高的碳化度，在日本只有北九州的筑豐煤礦和北海道的夕張才出產這種煤炭。

另一方面，一個很糟糕的情況浮出了水面。

警方調查了川井、村岡、濱崎三個人在十二日傍晚到次日上午的行蹤。村岡在澀谷一家酒館喝完酒，在五反田的朋友家裡過夜，這已得到證實，所以他被排除了嫌疑。而川井和濱崎在十二日晚間七點左右，去過北多摩郡小平町的鈴木安家，這也是事實。

「為什麼去小平町？」石丸課長和畠中股長同時叫了起來。這也難怪，因為小平町就在屍體發現地點田無町的西邊兩公里處。

「鈴木安是怎麼說的？」

「鈴木是川井貢一的情婦，川井每個月都會去那兒住四、五次。最近，川井蓋了間十三坪的房子，兩個人開始同居，跟附近的人也有所交往。」負責調查的員警說。

「還是覺得很奇怪。」畠中股長歪著頭說，他要屬下再仔細調查一下他們當晚的活動。

結果，川井、濱崎和以及那個三十多歲、叫做鈴木安的女人都被傳喚到了搜查本部。他們的口供與之前的調查結果一樣，因此員警只對其作了簡要的筆錄，內容大致如下：

十二日下午三點，川井和濱崎在新宿看電影。兩個人六點左右離開了電影院，到鈴木安家時還不到七點。（這份證詞員警做了調查，但還沒有得到證實。先不說電影院，晚上七點，夜幕已經降臨，鈴木安家離小平町還有一段距離，周圍的人家都早早關了家門，天很黑，沒有什麼行人，也沒有人看到他們兩個人。）

七點左右，川井邀請了三個附近的鄰居到立川市聽浪曲，說是為了感謝他們平日對鈴木的照顧，濱崎也一起去了。九點三十分浪曲結束，他們搭車回來，回到鈴木家時十點多。

這時，川井說鈴木家裡準備了飯菜，晚上一起喝點酒。鄰居們推辭了，但無奈川井執意堅持，只得答應了。他們先回家，大約二十分鐘左右，川井說「都準備好了」就親自過來邀請。三個男子就去鈴木家裡吃了飯。一開始是五個人一起吃，但十一點左右，濱崎說自己有事就先回去了。川井和鄰居們不知不覺喝到了凌晨三點半，所以三個人索性就住在鈴木家，而川井和鈴木安住在隔壁房間。

七點左右，鄰居家的妻子們過來叫丈夫回家，鈴木安一邊在睡衣外套上外套一邊向外走，「川井還沒起來，我要他來打個招呼吧。」

儘管夫人們都趕緊擺手推辭，但她還是執意叫醒了川井。川井睡眼惺忪的說完謝謝就點頭行了個禮。（這已經得到鄰居三名男子和他們的太太的證實。）

五

「濱崎是十一點離開鈴木安家的。」石丸課長和畠中系長對這個情況都很關注。朝子的死亡時間被推斷在十點到十二點之間，而鈴木家與屍體發現現場相距只有兩公里。

「濱崎不就是當初打電話給死者的人嗎？」科長對畠中說。

「是啊，就是打電話說不能去打麻將的那個男人。聽說那個電話是朝子替小谷接的。」

「他和朝子通過電話，雖然只有一次，我感覺他有些可疑，再調查一下。」

濱崎芳雄三十三歲，目光呆滯，額頭扁平，個子很矮，說話方式讓人感覺懶洋洋的，好像也不太聰明。

對於警方的質問，他是這樣回答的：

「我在川井那裡（鈴木安家）喝了點酒，之後有點事情便先離開了，因為我要去新宿二丁目，那裡有家店叫『弁天』，住著我一個相好的女人。從國分寺搭乘中央線在新宿下車，到『弁天』時大概十一點四十分。那個女的叫A子；當晚，我就住在那裡了。雖然很久沒去，可是A子卻招待的不太好，我們吵了架，五點多的時候從『弁天』出來，搭乘電車到了千駄谷站，在外苑的長椅上睡了兩小時，八點左右回到澀谷的公寓。」

根據這份供詞，員警來到新宿紅燈區的「弁天」，向A子進行詢問，證實他說的沒錯。

「那個啊，阿濱他心情不好，凌晨五點左右天還沒亮，就氣沖沖的出去了。」A子這樣回答。當時員警忘記了一個很重要的問題，之後才想起來。

濱崎十一點從鈴木家出來，四十分鐘之後到達新宿的「弁天」，由此推斷，他沒有時間從小平到兩公里以外的田無去殺朝子。另外，一直到第二天早上五點他一直和A子在一起，也不可能有時間作案。

「也就是說他有不在場證據了。那他的嫌疑不大。」

「是啊。」畠中心不在焉的附和著。

「但是，可以肯定朝子是被熟人所殺害，這一點絕對沒錯。」

的確如此。能打電話約她出去，兩個人一定很熟，所以才會一起從指谷到田無去吧。

「朝子究竟是在哪裡遇害的呢？」課長咬著指甲說道。

「啊！」這時，股長忽然想起課長提過煤炭粉末的事情。

「課長，要不要調查一下市內的儲煤場？」

「對啊！」課長立即表示贊同。他無法忽略死者鼻內和肺部都殘留有煤炭粉末的事實。只是，對市內儲煤場一一展開調查，需要很多的人手和時間。到底有多少個儲煤場呢？那裡究竟會不會留下什麼線索呢？——想到這些就覺得希望不大，不過姑且先查查看吧。

果然不出所料，員警們全體動員，連續調查了三天，仍然沒有眉目。

石丸課長仿佛佇立在山腳下仰望著山頂一般，彷徨不知所措。就在這時，一個意想不到的好消息傳來了。石丸課長心想：「這可真應驗了那句話——天上掉下來的餡餅。」

報告裡說，田端警署轄區的派出所在十三日早上，有人送來了一個遺失的手提包，黑色鹿皮材質，四方形，裡面裝有一個蠟染布的女用錢包，內有七百八十圓現金、化妝品、紙張等，但沒有名片。是一個小學四年級的小女孩放學路上在田端火車庫的儲煤場撿到的，當地巡警認為與這次調查無關，就沒向搜查本部報告，但其中一名去調查儲煤場的員警，順便去了這間派出所，結果查到了這個消息。

警方立即叫小谷茂雄前來辨認。

「確實是我妻子的東西。」他確認了。

「你妻子為什麼會去田端？」

「沒有啊，從沒聽過田端這個地方。」小谷一臉茫然。

石丸課長和畠中趕往儲煤場，拾到皮包的小女孩和她媽媽，已經和警官一起等在那裡了。

「妳是在哪拾到的東西？」

「這裡。」小女孩用手指著說。

用於調度火車頭的軌道有十幾條，西側是巨大的起重機，下面是堆放火車頭用煤的煤山。那煤山有些地方塌落下來，煤一直散亂到場內的柵欄邊上。沿著柵欄有個鏽跡斑斑的廢棄軌道，這條軌道距離道路很近。可能是小女孩在路上走著的時候看到的吧。手提包就掉在柵欄和廢棄鐵軌之間，那裡堆積了不少滾落下來的煤渣。

六

石丸課長和畠中站在那裡觀察四周，起重機正將煤挖起裝進貨車，東側不斷進行著車頭交換作業，汽笛聲、車輪聲聽起來很吵，與國電運行的聲響混雜在一起。

廢棄軌道的西側，林立的是鐵路倉庫，後面是與軌道平行的道路，路上不斷有卡車開過。這周圍到處充滿了場內特有的嘈雜與活力。

「課長，這嘈雜聲到晚上會安靜下來吧。」

「嗯，我想是那樣的。」

死者死亡時間推定在晚上十點到十二點之間。那時，這一帶應該是一片可怕的寂靜。兇手將朝子帶到這裡，她卻毫無反抗，究竟使用了什麼手段呢？

是啊，完全沒有反抗。打電話把她叫到指谷，深夜將她帶到田端機車庫的儲煤場，這期間沒有絲毫被害者反抗的痕跡，讓人感覺到她當時一直很順從。從五點鐘她被兇手約過來開始，她跟著到處轉了七、八個小時，想必朝子對兇手相當信任吧。

課長以小女孩拾到皮包的地點為中心，盯著地面來回轉，在離開只有七、八步遠的地方停了下來。

「畠中，你來看看這個。」他用手指著說。

從柵欄滾落出來的煤渣鋪了一地，其中一部分有些雜亂，像是被掃過的痕跡。

「案發已經五天了，現場很有可能被破壞了。」

課長的意思是知道了下一步行動。他走到位於場內左側倉庫一端的辦公室，打開玻璃窗，三個正在閒聊的站員一起看過來。課長拿出記事本。

「十三日早上，這一帶有沒有什麼異常？比如打鬥痕跡之類的？」

因為使用了「打鬥痕跡」這一問法，對方立即就明白了。

「這樣說起來，那天早上我們八點半來上班時，那邊的煤和土散了一地。」他們所說的那邊，正是課長指的地方。

有關當時的狀況，站員是這樣說明的：「那痕跡，感覺很像一對男女在那邊玩鬧過。後來，這裡的A君打掃了散落的煤渣和土，當時他很氣憤。」

想必可能只是無心之過，就沒再深究。向A瞭解了當時的情況，課長感到很滿足。

車還在等著，石丸課長折回去，看到那小女孩和她媽媽還站在那裡。課長好像忽然想起了什麼，摸了摸小女孩的頭。

「對了，小朋友，妳拾到皮包的時候是濕的嗎？」

小女孩望瞭望天空，想了想肯定的回答：「沒有，沒濕。」

「好好想想，真的沒有濕嗎？」他又重複問了一次。

「嗯……我把包包交到派出所去時，是用雙手抱著去的。」她好像是想說，皮包沒濕所以才那樣拿著的。

課長坐到車裡對司機說，「找一條最近的去田無町的路。」

司機想了一會，發動了汽車。課長看了看手錶。

課長不時地往後看著遠去的城鎮，對身旁的畠中說：「這裡就是殺人現場。」

「確定嗎？」畠中雖然也贊同，但還是想確認一下。這時課長從懷裡掏出一個鼓鼓的信封，往裡面一看，不知什麼時候課長從現場取了些煤炭粉末裝在裡面。

「全靠這個來決定了。」課長的嘴角邊露出了一絲笑容。

汽車沿著彎彎曲曲的道路左轉右轉，從駒込經巢鴨、池袋、目白出了昭和通向西，再從荻窪的十字路口處上了青梅街道。出了青梅街道，駛入平坦的柏油路後，一直向西平穩、急速地行駛。

課長看了看車上的時速表，當時的車速是五十公里。

終於進入了田無町，他命令司機穿越過去，在朝子屍體被發現的雜木林停下來。課長立即看了看表說，「從田端到這裡用了五十六分鐘。」

「現在是白天，夜裡計程車和摩托車時速為六十公里左右，大概需要四十五分鐘吧。」

他是在說，把朝子屍體運到這裡所需的時間。

課長和畠中下了車，展開雙臂深深呼吸著武藏野清新的空氣。

七

石丸課長回到局裡，下達了兩道命令。
一是詢問中央氣象局，十三號在田端附近的雨是從幾點開始下到幾點的。
另一個是將從儲煤場帶回來的煤渣拿到R大礦山實驗室去化驗。
下達完命令，課長點著一支菸邊抽邊思考，隨後便拿起鉛筆在紙上寫了起來。
這時畠中走進來，看到說：「在工作嗎？」並停下了腳步。
「不，沒關係，請進吧。」課長說著話，但沒停下筆。畠中在旁邊的椅子坐下。
「課長，雖然目前為止還沒有相關線索，可是這次事件的殺人動機是什麼呢？」畠中迷茫地看著課長手上忙著的東西說。
「是啊，是什麼呢？」石丸課長還是沒有停筆。
「搶劫，完全可以排除。」
「嗯，沒那種可能。」

「那是仇殺？還是情殺？調查了這麼久，這些可能性也不大。朝子與小谷茂雄同居前是一家報社的接線員，一直追查到她以前工作的時候，也沒發現有男女問題。她是個很老實的女人，大家對她評價都很好，完全可以排除仇殺的可能。而且，可以肯定兇手是她的熟人，這案子真夠棘手的。」

「是啊，我也有同感。」課長抬起頭。與其說他是在陳述自己的意見，倒不如說他已經寫完了。

「嗯。不知道殺人動機，就沒辦法釐清事件的來龍去脈。你來看看這個。」課長把剛寫好的紙遞給了畠中，股長雙手拿著看了起來。

那是一份類似一覽表的東西。

（1）小谷朝子，十二日下午四點左右，有人打電話約她出去，隨後外出。電話裡好像說是去指谷。十三日早上屍體被發現，在這之間有十四個小時行蹤不明。根據解剖結果，推定死亡時間在夜間十點到十二點之間。如果田端儲煤場是殺人現場，那麼應該是這樣的：四點半出門——五點左右到指谷車站（推測）——五到七個小時下落不明——十點到十二點左右在田端遇害——七到八個小時之內有人移動屍體——六點三十分，屍體在田無町被發現。

（2）川井貢一，十二日下午三點至六點與濱崎芳雄在新宿看電影。（無第三者證實）——六點到七點離開電影院，和濱崎到小平街的鈴木安家。（只得到鈴木安的證實。）——七點半與濱崎、附近三個鄰居到立川市聽浪曲。九點半結束，一起回到鈴木安家。十點十分分手時，邀請三人到家中吃飯。（三個鄰居證明）——接下來的二十分鐘，同濱崎、鈴木安在一起。（只有濱崎、鈴木安的證實。）——十點三十分，川井親自前往邀請鄰居，十點五十分左右與三人一同回到鈴木安家。（三人證明）——一起喝酒到次日凌晨三點，然後三人在鈴木家過夜，他與鈴木安睡在隔壁房間。（三人證實）——早上七點三十分左右，三位鄰居的妻子來過。

（3）濱崎芳雄，十二日下午三點—六點與川井貢一一起看電影。（無第三者證實）之後與川井貢一的行動一致。——晚間十一點從鈴木家離開。（三位鄰居證實）——搭乘電車，十一點四十分左右到達新宿「弁天」，點名A子服務。——十三日清晨五點多，對A子的服務不滿意，離開了「弁天」。（A子證實）——八點前大概兩個小時，在外苑的長椅上休息。（無人證實）

（4）關於村岡明治和小谷茂雄，有清晰的不在場證據，省略。

「有些混亂對吧？」課長說。

「不，很清晰。」股長回答，然後用手指按住畫了重點符號的地方。

「這二十分鐘的行蹤畫了重點，是什麼意思？」

「啊，那個啊，是死者遇害時間。這段時間，只有川井和濱崎在，沒有第三者的證明。鈴木是川井的情婦，不能做證人。」

是啊，確實是那樣。如課長所說，川井和濱崎在十點十分（聽浪曲回來和鄰居分開）到十點三十分（再次去邀請鄰居）之間，只有這二十分鐘沒有第三者在場。而這個時間剛好在死者遇害時間內。

「但是，很明顯的，朝子遇害現場是在田端的機車庫儲煤場。死者生前吸入鼻內和肺部的煤炭粉末就是出自那個儲煤場，這一點檢驗結果已經證實。但是，在這二十分鐘的空白時間裡，川井他們沒辦法往返小平町與田端之間。我們駕駛局裡的警車做了試驗，從田端到小平需要五十六分鐘，再快也得四十分鐘，往返則需要一小時二十分，而且還要把殺害朝子的時間計算在內。他們在小平町有人證，空白時間只有二十分鐘，是無法辦到的。」

從小平到田端大概四十五公里，再快的車也不可能在二十分鐘內往返其間。

八

之前拜託調查的兩個問題有了答案。

一個是，Ｒ大送來了化學檢查結果報告，證實課長從現場帶回的粉末與死者氣管裡附著的粉末屬於同一碳質。根據機車庫的人說，那是產自九州的大之浦炭礦，也就是所謂的筑豐煤。

「這樣就可以斷定，案發現場是在田端了。」儘管結果很明確，但課長的表情還是很沉重。

畠中理解那種心情。如果推定案發現場在田端，川井和濱崎的不在場證據就是成立的，只有二十分鐘的不明時間，是沒有辦法辦到的。

那就是其他人殺了朝子，當時沒注意到掉落的手提包，並將屍體運到了田無町，只有這樣才合乎情理。

接下來，是中央氣象局的答覆。十三日天淩晨三點到四點十五分，田端附近的確有降雨。

「就是這個，畠中。」科長把陣雨的時間給他看。「這個就是瓶頸。」

「瓶頸？」畠中反問課長。

「根據拾到皮包的小女孩說法，皮包沒濕，收到皮包的員警也這麼說的。這不是很奇怪嗎？女孩拾到皮包的時間是八點左右，這時皮包應該被雨淋了兩個多小時，怎麼可能一點也沒濕呢？這是為什麼？」

「是啊。皮包應該是死者遇害時，從死者手裡掉下來的，雨從三點開始下，應該會被淋濕啊。」

「皮包沒被淋濕，也就是說……？」

「它是在雨停之後，也就是五點以後被遺棄到現場的。」

「說的很好。就是這麼回事。理論上雖然站不住腳，但只有這樣才客觀合理。」

「但是，死者的死亡時間是前一晚的半夜十點到十二點左右，如果五點多皮包掉落在現場，這不太合理啊。」

「我說的條理不符指的就是這個。但是，客觀合理性是不容改變的。也就是說，我們所建立的條理，在什麼地方出現了錯誤。」

是哪裡錯了？石丸課長還是不明白。朝子遇害時間在十點到十二點間，地點是田端儲煤場，這是事實。那段時間川井在小平街的鈴木家，是事實。濱崎從鈴木家出來搭乘電車，到新宿紅燈區過夜，也是事實。但死者的皮包是五點以後被遺棄在田端現場的，這依舊是事實。

這些都是事實，彼此之間卻沒有聯繫，就好比一個壞掉了的齒輪，無法咬合在一起，各自為政，互不一致。

「但是，線索七零八落，卻又都是事實。特別是皮包是在五點以後被遺棄到現場這一情況，讓人感覺很奇怪，我想這就是案子的瓶頸。只是目前還很模糊，毫無頭緒。」

這時，一名年長的員警站在門口說，「可以進來嗎？」

課長點點頭，他來到辦公桌前，開始向課長和系長報告。

「我向鄰居調查了鈴木安。她是川井的情婦，平時什麼也不做。川井和周圍鄰居處得不錯，大家對他的評價也不壞。案發當天沒有發現異常。一切都和川井的供詞一樣。只是，這裡有一件不知道對案情有沒有幫助的事——」

「說說看。」

「鈴木家和兩邊鄰居都隔一段距離，聽說那一帶都那樣，只是兩家相隔有五十米之遠。聽鈴木東面的鄰居說，當晚七點左右，鈴木前去借了把團扇。」

「團扇？」課長和股長對望了一下。十月中旬了，還借團扇，不是有些奇怪嗎？

「那是把廚房用的團扇，這倒沒什麼好奇怪的，但鈴木家是用煤油爐做飯，根本用不到團扇。沒有準備團扇也就算了，聽鄰居說，第二天，鈴木還團扇時說弄壞了，所以買了把新的。那把團扇還很結實，被弄壞了總覺得有些奇怪。不知道這和案子有沒有什麼關係，暫時先報告一下。」

員警走後，石丸課長和股長再次對望，他們無法判斷那把團扇是怎麼回事。

九

那天傍晚，畠中又被課長叫到辦公室，石丸課長一臉興奮，見到他立即說，「畠中，我說過皮包是瓶頸吧。好像真的是那麼一回事。」

「唉？是嗎？」

「你看，就是這個！」課長指著原先那張表上濱崎那一項說。

十三日早上五點多，他對A子不滿，離開了「弁天」（A子證實）。這裡是關鍵。

「啊，原來這樣。」

包包是雨停之後五點多被遺棄的。

「終於對上了一項——五點這個時間。」課長一副滿足的表情說著。

「新宿到田端，搭乘國電只需二十分鐘。五點從新宿出來，到田端現場也就五點半左右，然後把皮包扔到那裡再回來。」

「唉？是濱崎把朝子的皮包扔到現場的？」

「那是最合理的解釋了。你再仔細想想，濱崎出了『弁天』在外苑長椅上休息，這一點不是沒人能證明嗎？對了，這個假設成不成立，派個人去『弁天』問問A子吧。」

員警立即前往新宿，這次的報告讓石丸課長露出了笑容。

「那晚，濱崎來的時候，拿了個報紙包著的小包，看上去像是包著飯盒的樣子。A子問那是什麼，濱崎沒回答，A子心想繼續多問不太好，就沒再追問。」

這就是員警的報告內容。

「要是第一次盤問A子的員警早點發現這個線索就好了。詢問有沒有攜帶物品，竟然忘記這麼重要的問題。」

課長發了發牢騷，命令畠中說：「馬上傳喚濱崎，詢問那個包裹。」

但是，員警帶來濱崎後，不管畠中怎麼問，他就是裝作一副不知道的樣子。

「我沒拿那種東西。肯定是A子記錯了。」

因為這事把他叫來，他很不服氣，一臉的無辜。

「喂，你不知道我就告訴你。那裡面裝的是死者朝子的手提包，是不是？」

被畠中這樣逼問，濱崎只是瞪大那雙混濁的眼睛說：

「開什麼玩笑，我怎麼可能拿著那個人的皮包呢！你從哪聽來的瞎話？」他回過神來，這樣反擊。

「你五點多離開弁天後去哪了？去田端了吧？把皮包扔在儲煤場，然後若無其事地回到了公寓。」畠中股長沒有理會他的問話，緊接著追問道。

「荒唐。我不知道你在說什麼。」他側過臉，臉色慘白。他那雙陰險卑鄙的雙眼愈發混濁了，但這無法掩飾他內心的動搖。畠中一直盯著他的表情。

「課長，果然是濱崎扔的，雖然那傢伙裝做不知道，但絕對沒錯。」

「這樣啊，那接下來怎麼辦？」

「他是個危險人物，所以暫且以竊盜嫌疑犯的名義將他拘留了。」

「很好！」課長點點頭。

「但是，濱崎在哪得到朝子的皮包呢？在這一點被查明之前，如果沒有證據，還得把他放了。」

「先不提釋放不釋放，他是在哪得到朝子的皮包的，在這方面毫無線索。他當時也在小平的鈴木家，十一點離開，十一點四十五分到了弁天，這四十五分鐘正好是搭車所需時間，他沒有時間把朝子帶到田端再將其殺死，這與其他事實也無法吻合。」

「那麼，濱崎為什麼要故意把皮包扔到田端的現場呢？」

「不知道。」

「那應該是在朝子屍體被運到田無町之後。是誰運送的屍體，目前還不知道。齒輪還沒有完全對上啊。」因為畠中說到齒輪還沒對上，石丸課長笑了。

「可是，如果朝子是在田端被害，屍體又為什麼要運到小平呢？」

「是不是因為，如果知道田端是案發現場，對於兇手來說很不利呢？在A地遇害，屍體又被運到B地，兇手一定是想要隱瞞犯罪地點。」

「那為什麼之後要特意把包包扔到田端呢？這不是適得其反，恰好暴露了犯罪地點嗎？」

畠中的理論中，不知不覺把濱崎當成了兇手之一，石丸課長並沒有糾正他這一點，他也無意識的認同了畠中。二人的腦中開始不自覺地描繪著犯人的輪廓。

「就是那麼回事。」課長抱著頭說，

先不談皮包這個小花招，可以斷定的是，朝子是在田端機車庫儲煤場被殺害的，關於這一點，死者肺部和鼻孔裡的粉末可以證明。

在朝子的推定死亡時間內，川井貢一在北多摩郡小平街的鈴木家，這也是事實。附近三個鄰居已經證實了這一點。中間有二十分鐘行蹤不明，二十分鐘內不可能在小平和田端之間往返。但是，儘管兩個線索間還存有矛盾，石丸課長和畠中的腦海中浮現出的犯人形象，就是那個細眼睛、扁平臉的川井貢一。

畠中精疲力竭的回到家中。家裡最近安裝了個新浴盆，是用夏天的獎金買的，這是他長久以來的願望。

畠中回到家是十點左右，家裡的人都已經洗完澡了。

「喂，有點涼了。」他泡在水裡對妻子說。

妻子往灶裡加了些煤，火焰把暗暗的灶台映得通紅。

畠中聯想到了案子裡的煤炭，死者朝子肺部吸入的煤炭粉末，儲煤場看到的煤，課長從現場用信封裝回來的煤渣。課長還曾經打開信封讓他看過——

水慢慢熱起來了，畠中的手沒有動，把肩膀沉進水中繼續冥思苦想。他好像想到了什麼。他必須要想出來的那些東西仍然不明，這讓他一時間精神恍惚。

「水怎麼樣？」

「嗯。」

妻子問他話，他心不在焉的回答著，出了澡盆，無意識的往毛巾上搓弄著香皂。

課長從懷裡掏出裝有煤渣的信封，那情景還停留在腦海中。他對此想得出神。

就在這時，他忽然明白了。

——煤是可以用信封之類的東西搬運的。

畠中從水裡跳出來，顧不得擦乾身上的水滴。

「喂，趕緊替我準備衣服！」

「哎？現在出去？」

「我去一趟課長家。」

他穿上衣服出去了，心裡撲通撲通跳個不停。用附近的公用電話打了個電話到課長家，剛好是石丸課長接的。

「有什麼事嗎，畠中？」

「課長，我知道了！我現在過去，見了面再說吧！」

掛掉電話的瞬間，他心情平靜了許多。看看手錶，十一點多了。他叫了輛計程車。

石丸課長在客廳裡等著，夫人端來一杯咖啡後就出去了。

「怎麼了，你知道什麼了？」石丸看到畠中一臉興奮，把身子往椅子前挪了挪問。

「是課長裝煤的信封給了我啟示。」畠中說。

「信封？」

「是的。課長不是把田端儲煤場的煤渣裝到信封帶回來拿去做試驗嗎？犯人也做了同樣的事情。」

「啊！所以接下來——」

「就是這樣。犯人用一個更大的信封，或者是別的容器，把田端儲煤場的煤渣帶了回去，然後在某個地方殺害死者時，讓她死前吸入大量的煤炭粉末。恐怕是把她帶到一個狹小的地方，強迫她把煤炭粉末吸到肺部的。需要團扇也正是這個原因，也就是說，他們搧著團扇，讓煤炭粉末在空氣中散開，死者不得不吸入了煤炭粉末。」

在說話的同時，畠中彷彿看見了當時的情景。他們在朝子的鼻前使勁搧著團扇，煤炭粉末像灰一樣地在飛舞，朝子嗆得很痛苦，被迫吸進了粉末。當時一定有人按著她。

「團扇上沾滿了煤灰變黑了，兇手擔心這會成為證據，所以第二天還了一個新的。」

「於是，案發現場田端儲煤場變成了偽裝現場。」課長叨念著。

「兇手計畫得真周密，知道屍體會被解剖，而煤炭粉末會被發現，大家都會認為這是當事人自己吸入的，誰也不會想到是被強迫的。如果有相同的環境，誰都會推定那裡就是現場。又是在屍體的內臟裡發現的線索，這會讓人們更加肯定。」

「那把皮包扔到田端的理由是……？」

「是想讓別人拾到後交給員警，也就是說兇手想使我們認定那裡就是兇殺現場。好不容易才讓死者吸入肺部的煤炭粉末，如果那裡不是兇殺現場，就沒辦法解釋了。」

「嗯。這樣一來，兇手目的是不在場證據嗎？」

「沒錯。兇手是想強調，短時間內不可能往返田端與小平之間。即使以最快的速度行駛也需要一小時二、三十分鐘。因此，那二十分鐘的不明時間，也是不在場證據之一。」

「二十分鐘？啊，對了，川井在十點十分與鄰居分開，十點三十分才第二次前往邀請他們，這中間隔了二十分鐘。」課長想起來了。

「是的。那二十分鐘，他在鈴木安家。恐怕朝子就是在那二十分鐘內遇害的吧。」

「這樣一來，朝子被帶到了鈴木安家嗎？」

「是的。他把朝子叫到指谷，然後出了水道橋，搭乘中央線一起去了國分寺，前面也提到，鈴木家離周圍鄰居家很遠，家裡發出大一點的聲音也沒人知道。朝子在七點左右與川井一起到了鈴木家，然後就被監禁起來。他為了證明自己那段時間沒有嫌疑，七點多邀請鄰居一起去立川聽浪曲。九點半浪曲結束，十點十分回到鈴木家門前之後分別，接著他匆忙的用那個方法殺死了朝子，讓朝子吸入煤炭粉末，之後將其掐死，兇手就是川井、濱崎、鈴木這三個人。兇殺地點是鈴木安家裡。預料是把她藏在儲物間、壁櫥之類的地方，然後接著去邀請鄰居，當時是十點三十分左右。」

「原來是這樣啊。」課長想了想，點了點頭。

「之後，他叫了鄰居一起喝酒，但是濱崎還有任務，得把皮包扔到田端去，所以十一點就回去了。川井和鄰居們一直喝到淩晨三點多。」

「之後他把死者的屍體搬到了田無現場？」

「三點半左右大家都睡著了，川井和鈴木安睡在隔壁，但那只是個藉口，實際上，他們趁鄰居酒醉熟睡期間，把放在儲物間或者壁櫥裡的屍體取出來，扔到了田無西面兩公里處的路上。」

「兩公里處的路上？」科長看著畠中的臉。

「是用車運的？」

「不是，川井恐怕是擔心露出馬腳，把屍體背過去的。因為是女人，很輕，川井又很健壯，那對他來說不是什麼難事。只是擔心路上會遇見人，但那邊是農村，又是在三、四點鐘，沒什麼行人。他們把屍體扔到了那個雜木林，又走路返回鈴木安家。推斷那時大概是五點多，因此，附近的太太們去鈴木家接自己的丈夫時，他可以不慌不忙的裝做一直睡覺的樣子，揉著眼睛出門見她們。」

「真是個可怕的男人。」課長感慨的說。

「我一心只想著田端到小平的距離，也上了他的當。那麼，明天一早我們馬上去鈴木家搜查。」

「我想證據應該已經被銷毀乾淨了，但要是角落裡留下一兩塊煤渣，我們就有收穫了。」

「真是一個可怕的男人。」課長重複說道。

「川井啊，他真是個計畫周詳的傢伙。」

「不，我是在說你。你連川井的企圖都識破了，所以說你是個可怕的男人。」

川井貢一是在十天後招認的。有關朝子的遇害經過，畠中的推理沒有一絲差錯。

只是，他的殺人動機，員警們無論如何也想不到。這方面，他的供述完全超出了大家的想像。

「我和濱崎就是三年前，在世田谷殺死那位主管妻子的兇手。當時是想搶劫，卻被女主人發現了。剛好就在那時，電話鈴響了，嚇了我們一跳。因為是在深夜，又在我們剛殺完人的時候。濱崎接了電話，知道是對方打錯了，才放下心來。但是，濱崎這笨蛋掛了電話也就算了，偏說了句『這裡是火葬場』。我看他還想再開玩笑，就從旁邊趕緊掛斷了電話。果然，這釀成了禍根。對方是報社的接線員，因為她聽見了兇手的聲音，所以報紙大肆加以報導。我不知道罵了濱崎多少次，說他太不小心，三年後，他的疏忽使他再次犯了一個大錯，那個接線員又一次的聽見了他的聲音。小谷是和我們一起非法販售毒品的新中間人，那個接線員就是她的妻子，不知道這是什麼孽緣。她具有接線員的特殊聽力，在聽到濱崎聲音那一瞬間，就察覺了是她當時聽到的聲音。我看到她當時的表情，當下知道不能讓她繼續活著。奇怪的是，她還想再聽一次濱崎的聲音，所以我就利用她的這個心理。我對她說濱崎和她的丈夫一起在小平町，結果她就乖乖地跟去了。她想再確認一下濱崎的聲音，這導致她招來了殺身之禍……」

地方紙を買う女

一

潮田芳子到郵局把訂閱《甲信新聞》的預付款匯了出去，收款人地址為甲信新聞社。那家報社位於K市，距離東京大約兩個小時的車程。在縣裡，這份報似乎很有名，但是東京理所當然是不賣這種地方報紙的，所以身在東京的人如果想讀這份報，只能郵購。

錢是二月二十一日以掛號的方式寄出的。在信中，她這樣寫著：

——我想訂閱貴報，費用隨信一併寄出。因為我覺得貴報刊登的連載小說〈野盜傳奇〉很有意思，所以很想繼續讀下去。請從十九日的報紙開始寄送……

那是在K市站前一家生意冷清的飯店裡等中式蕎麥麵時的事。當時，服務員把一份《甲信新聞》放到簡陋的桌子上，所以潮田芳子曾經讀過那份報紙。

那是一份典型的地方報紙——骯髒的鉛字版面和粗俗的新聞。其中第三版刊登了最近在附近發生的事情，某處發生火災燒毀五家房屋、村子裡的幹部擅自挪用六萬圓公款進行消費、某小學分校建成、縣議會議員的母親去世……諸如此類的事情等等。

第二版的下段刊登的，則是古裝連載小說，插圖是兩名互相格鬥的武士，作者是個名不經傳的作家，叫杉本隆治。讀到一半時蕎麥麵好了，芳子便放下報紙沒再讀下去。

但是芳子把那份報紙的名稱和報社地址記到了筆記本上，〈野盜傳奇〉這部小說的名字也是在那時記住的。當時題名下寫著第五十四回，登載的日期是十八日。是的，那天是二月十八日。

離三點還差七分鐘，芳子走出飯店來到街上。這座城鎮地處盆地，冬天少有的暖陽，融化在高地清澈的空氣之中。盆地南側的盡頭與連綿的山脈相連，在陽光的照耀下，隱約可以看到露出的半個富士山。

街道正面是積雪覆蓋的甲斐駒岳，陽光從側面照在積雪上，由於山褶和光線的原因，從雪山的陰影處到最亮處，形成了明亮有序的層次。

右面望去山體呈赤色，附近矮山重重。雖然看不到山間的谷澗，但那裡似乎有什麼事要發生。那連綿山巒的走勢，好像對芳子充滿了暗示。

芳子返回車站時，站前廣場上擠滿了人。黑壓壓的群眾手舉白旗，上面寫著「熱烈歡迎ＸＸ大臣返鄉」的字樣。芳子知道，旗幟上寫的那個人是一個月前入選新內閣的內閣大臣。

不一會兒，人群開始騷動了起來，有人大喊「萬歲」。掌聲響起，遠處的人們迅速聚集到人群的一端。

那人走到高處開始演講。他光禿禿的頭頂被冬日的陽光照著，胸前別著一朵大大的白玫瑰。人群肅靜下來，不時還會爆發出陣陣雷鳴般的掌聲。

芳子看著這景象，但是，她並不是一個人，還有一個男人站在她旁邊，也一起在欣賞這光景。他們似乎並不是在聽演講，只是由於人群堵住了去路，才不得不在此停留。

芳子斜眼看了看那個男人，寬寬的額頭，敏銳的眼睛，高高的鼻樑。以前她曾認為長這種額頭的人聰明，長這種眼睛的人可靠，長這種鼻子的人招人喜愛。

那種記憶現在已經變得模糊了。但是，男人曾帶給她的那種束縛，直到現在也沒有改變。

演講結束了，大臣從台上走了下來。人群逐漸散開，露出了縫隙。芳子開始向前走，那個男人也一起跟著，另外，還有一個人——

三點鐘，芳子總算是及時將掛號現金交給了郵局。她將收據放進包包裡，在千歲烏山搭上電車，五十分鐘後，她回到了澀谷的店裡。

店門口立著「Bar Rubicon」的霓虹燈招牌。芳子從後門進了店裡。「大家好！」她向老闆和同事們打了聲招呼，接著便進入換衣間去化妝了。

這時候店裡正要開門，胖胖的老闆娘剛從美容院做好了頭髮，一邊炫耀一邊進了屋，說：「今天是二十一日星期六。大家好好幹，拜託了喲！」

老闆意識到老闆娘的意思，接著話訓斥大家說：「小A你的衣服最好再新潮一點……」等等。女人被他訓斥得臉直紅。

芳子模糊的聽著這些，心想：「這家店也該裝飾一下了。」

在她的眼裡，一艘船乘風破浪而來。最近，白天黑夜，她的眼前總是浮現出這景象，內心也因此變得格外苦悶。

二

四、五天後，一連三天的《甲信新聞》一起寄到了。同時還附上一封印刷信件，上面很認真地寫著「感謝您郵購本報」。

按照芳子的要求，是從十九日的報紙開始寄送的。芳子打開報紙，看著社會版的新聞。有戶人家被搶了，懸崖崩塌導致死亡事故，農協疑似有弊端，町議員的選舉開始了……等等，都是些無聊的新聞。另外，還有一張大大的相片刊登在報紙上，是K車站前XX大臣演講的照片。

芳子打開了二十日的報紙，沒有什麼特別報導。二十一日報紙上也只有一些無聊的報導。她把報紙扔進了抽屜，心想以後或許可以用來包東西。

接下來，每天報紙都按時寄到，牛皮紙信封上用油印印著的芳子的名字和住址。因為她是按月郵購的讀者。

芳子每天早上去信箱取回報紙，在床上打開茶色信封。因為每晚都是十二點左右才回家，所以早上也很晚才起來。她躺在被窩裡打開報紙，讀遍報紙的每一個角落，還是沒有什麼讓她感興趣的新聞。芳子感到有些失望，把報紙扔到了枕邊。

就這樣，芳子每天都重複做著同樣的事情，失望也一天天的重複著；不過，在打開那茶色的信封之前，她還是有所期待的。這種期待持續了十多天，但還是如同往常，沒有任何變化。

可是，在第十五天的時候，也就是報紙第十五次被寄到芳子手中的時候，發生了變化。那不是新聞報導，而是一張意想不到的明信片，上頭署名杉本隆治。這個名字，芳子好像在哪裡見過，雖然印象不是很深刻，但確實是恍惚間在哪裡見過。

芳子翻開明信片的背面，上面的字跡很拙劣。讀了上面的文字，芳子想起來了。

——前略。聽說您十分喜歡閱讀鄙人在《甲信新聞》上連載的小說〈野盜傳奇〉，十分感謝。今後也請您多多關照。此致……

杉本隆治是在自己郵購的報紙上連載小說的作者。或許是報社把芳子郵購報紙的理由告訴他了吧。看樣子身為作者的杉本隆治十分感激，所以寫了封感謝信給這位新讀者。

這是一個小小的插曲，但並不是芳子想要的。只能說是收到了一張意料之外的明信片。不管怎樣，這和明信片上的字跡一樣，都不怎麼樣。

但是，報紙每天還是如期寄到，因為她已經付了錢。芳子也還是照常每天躺在被窩裡看報，只是什麼事情也沒發生。不知道這種失望要持續到什麼時候。

一個月的郵購期限就快到了。

報紙上貧瘠的文字依舊敘述著那些無聊的鄉下瑣事：農協的工會長逃亡在外、公共汽車從懸崖上掉了下去，有人負傷、山裡發生火災燒毀了整個村鎮、臨雲峽發現了一對殉情男女……

芳子讀到了殉情男女這則新聞。那件事發生在臨雲峽的山林中，發現者是林業局的守林人，男女二人的屍體都已經腐爛，死亡時間大概已有一個月左右，所以屍骨已經半白骨化。兩個人的身分尚不明確。這個事件並不稀奇，這仙境般奇岩碧水的山澗，正是自殺與殉情的理想地點。

芳子摺上報紙，躺進枕頭把被子拉至脖子，仰望著天花板。這棟公寓是棟很古老的建築，陳舊的天花板已經開始腐爛。芳子繼續呆呆地凝視著天花板。

第二天的報紙上，彷彿履行義務一般，報導了殉情男女的身分。男的三十五歲，是東京某百貨公司的保全，女的是同一家百貨公司的銷售員，二十二歲。男人已有家室，這是一樁很普通的事件。芳子睜開眼，臉上沒有任何表情，應該說是十分安祥。這則新聞也變得無聊了。在她的眼前，再次清晰的浮現出那景象——一艘船漂浮在大海之中。

兩、三天後，甲信新聞的銷售部寄來了明信片，上頭寫著：「您預先支付的費用已經用完，希望您能繼續郵購。」看來這是家十分熱心的報社。

芳子回了明信片：「小說不再那麼有意思了。所以不打算繼續郵購了。」在去店裡工作的途中，她把明信片寄了出去。在把明信片投進郵筒後要離開的那一瞬間，她忽然想到：「〈野盜傳奇〉的作者會感到失望吧？要是沒那麼寫就好了。」不禁有點後悔。

三

杉本隆治看了讀者回覆甲信新聞社的明信片，覺得相當不悅。

而且這位女讀者就是一個月前說「〈野盜傳奇〉這部小說很有意思，所以想要郵購貴報」的那個人。那個時候報社也把那封信寄給了他。當時確實還寄出了簡單的感謝信。可是現在卻說小說沒意思了，所以不再郵購。

「就因為這樣，所以就說女性讀者沒定性嘛！」杉本隆治很生氣。

〈野盜傳奇〉是為某文藝通訊社所寫的小說，那家公司承接地方報的小說代理業務。因為是在地方報上刊登，所以具有很強的娛樂性，但他也傾注了不少心血，絕不是應付了事的作品，對此，他十分有自信。因此，當他知道東京有讀者特地為了讀他的小說，而要郵購報紙的時候，他還開心地寫了一封感謝信。

但是，同一位讀者，卻又說「因為小說沒意思，所以想要停止郵購報紙」。隆治一陣苦笑，但還是覺得有些生氣，感覺自己好像被耍了。他覺得這有些奇怪。與那位讀者寫信說「因為小說很有意思，所以想要郵購」的那一回的故事相比，她說「小說沒有意思了，所以想要停止郵購」的那一回故事，要更有意思的多，不但情節發展更有韻味，人物更加活躍，場面連續性也更強，連自己也因為故事愈來愈有意思而感到十分開心。

「小說沒有意思了，那是……」

他的腦袋開始胡思亂想了起來。他對自己娛樂讀者的能力很有信心，因此這種任性的讀者更使他感到不愉快。

杉本隆治與那些所謂的流行作家相比還差得很遠，但常為一些娛樂性的雜誌寫小說，也算得上是個人才。他常自負的說自己已經掌握了娛樂讀者的技巧，目前在《甲信新聞》上連載的小說絕非一般作品——不只是自己寫得很痛快，就連下筆也顯得特別來勁。

「不管怎樣，感覺很不爽。」

過了兩天，他還是無法從那種不愉悅的心情中解脫出來。到了第三天，那種感覺總算是淡了許多，但他還是無法釋懷。一天之中，那種感覺總會時常浮上心頭。甚至比自己用心寫出的作品，被行家給貶低還要難受。因為自己的小說而使得報紙銷量變少了，哪怕只是一份，但這活生生的現實，還是令人感到不悅。誇張點說，他感覺自己在報社丟盡了臉。

杉本隆治搖搖頭，離開書桌去散步了。這是條他習慣走的路，附近還有武藏野的殘留痕跡。在落葉叢生的雜樹林一端，J池的水在冬日的照射下閃閃發光。

他坐到枯草上，看著池中的水。一個外國人正在池邊訓練著一隻個頭很大的狗。狗跑過去把主人扔出去的小棒拾起，又跑回主人身邊。似乎就這樣重複著。

他無心的看著這情景。看到這種單調而重複的運動，人有時會感覺某種靈感突然閃現在眼前；於是，杉本隆治在腦海中突然產生了一個疑問：

「那位女讀者是在小說發表的中途開始讀《甲信新聞》的。她的理由是小說很有意思，但是在那之前，她是在哪裡知道《甲信新聞》的呢？」

《甲信新聞》只在Y縣發售，東京是沒有賣的，所以她不可能是在東京發現這份報紙的。那麼，這位叫做潮田芳子的東京女人，曾經到過Y縣嗎？或許是她從東京去Y縣的時候看過《甲信新聞》呢？

他一邊看著狗的運動，一邊認真思考著。如果真是那樣，被小說的趣味所吸引，特地從東京郵購報紙閱讀的熱心讀者，是不會在短短的一個月，就以「小說沒有意思」為理由而停止郵購的。更何況小說比以前更有意思了。

「太奇怪了。」他這樣想。似乎她並不是受我寫的小說吸引，才郵購報紙的，那只是一個藉口，她是不是想知道別的什麼東西呢？也就是說，她是想透過報紙找一些什麼東西吧？也許她已經找到了所需要的內容，所以才沒有必要繼續訂下去了呢——？

杉本隆治從草地上站了起來，迅速回到家中。腦中各種想法如海藻般不斷浮現。

他一回到家，就從信封中找出了潮田芳子的信，那是以前報社寄來的。

——我想訂閱貴報，費用隨信一併寄出。因為我覺得貴報刊登的連載小說〈野盜傳奇〉很有意思，所以很想繼續讀下去。請從十九日的報紙開始寄送……

那確實是一個女人的秀氣筆跡。但是，她特地要求從十九日的報紙開始郵購，比她申請郵購的日期早了兩天，這是為什麼呢？報紙的新聞最早也只是刊登一天前的事。《甲信新聞》不是晚報，因此要求從十九日的報紙開始郵寄，就意味著她想知道十八日以後發生的事。隆治這樣推測著。

他手裡就有報社每天的報紙。他在桌前打開了裝訂好的報紙，從二月十九日的開始，他認真地閱讀著。不僅僅是社會版的新聞，就連廣告欄他也沒放過。

他把範圍設定在Y縣各處與東京有關的新聞上。以這種想法為基礎，他閱讀了每天的報導。整個二月份的新聞中似乎沒發現任何線索。三月份的報導中，直到五日也沒發現什麼。到了十日，還是什麼也沒發現。十三日，十四日……，一直到十六日，他找到了下面這則新聞：

——三月十五日下午兩點左右，林業局工作人員在臨雲峽的山林中發現了一對殉情男女的屍體，已經腐爛近半白骨化，估計已死亡一個多月。男的身穿青灰色外套和深藍色西裝，年齡大概三十七、八歲，女的身穿茶色粗格外套和同色的兩件式洋裝，年齡大概二十二、三歲。遺物只有一個裝了化妝品的女用包。包裡還發現了從新宿到K站的往返車票，可見他們來自東京……

第二天的新聞中，則是刊出了這兩人的身分：

——臨雲峽殉情男女的身份已被查明。男的叫莊田咲次（三十五歲），是東京某百貨公司的保全，女的叫福田梅子（二十二歲），是同家百貨公司的銷售員。男的已有妻室，這件事被看作是一段婚外情的了結。

「就是這個吧！」杉本隆治不由得叫出了聲。東京與Y縣有關聯的線索只有這則新聞。潮田芳子就是看到了它，才停止郵購的吧。她一定是想看這個，才特地郵購報紙。東京發行的報紙上是不會有這種新聞的。

「等等。」他又想起了什麼。「潮田芳子指定報社從二月十九日的報紙開始郵寄。屍體被發現的時間是三月十五日，兩個人的死亡時間大約一個月。這樣的話，如果認為兩個人的殉情時間是在二月十八日前後也是很自然的，時間上能夠吻合得上。她應該是知道這對男女要殉情的。她在等待報紙上發現屍體的新聞。這是為什麼呢？」

杉本隆治突然對潮田芳子產生了興趣。

他盯著報社寄來的潮田芳子的住址。

四

大約三個星期後，杉本隆治收到了某私家偵探社的回覆。

——您所委託有關潮田芳子的調查大致如下：

潮田芳子原籍H縣X郡X村，現住址為世田谷區烏山町XX號深紅莊公寓。根據原籍的戶籍謄本顯示，她是潮田早雄的妻子。公寓的管理人員說，她三年前獨自租下了這間公寓，是個老實人。聽說最近她被拘禁在蘇聯的丈夫很快就要回國了。現在在澀谷的Bar Rubicon做女侍者。

根據Bar Rubicon媽媽桑的說法，她是從一年前開始在那裡工作的，之前是在西銀座巷子裡一家叫做Bar Angel的店裡上班。她向來行為良好，所以有很多熟客，但似乎並沒有關係特別的人。只是，有一個三十五、六歲消瘦的男人，每個月會到店裡兩、三次，點名找她接待，但每次都是由她來結帳。從這點來看，這個男人可能是她以前在Bar Angel時的深交吧。兩個人似乎總是在包間裡單獨說著悄悄話，曾經有人問她：「那個人是你的情人吧？」，可是芳子卻露出了厭煩的神情。那個男人每次來店裡，芳子好像都擺著一副臭臉。沒人知道那個男人叫什麼。

到Bar Angel去詢問，店裡的人說芳子確實兩年前在那裡當女侍者，口碑並不差。只是做為女侍者，她並不會給人一種眼前一亮的感覺，所以抓不住什麼有分量的客人。在

Bar Rubicon那裡聽說的那個男人，似乎也常來找她，那是在她從店裡辭職前的三個月左右才開始的，也就是那個男人與她相識三個月後，她就到Bar Rubicon去工作了。

接下來是關於您委託的有關XX百貨商店保全莊田咲次的資訊。他的妻子說了不少他的壞話，對於他與別的女人殉情一事十分憎恨。莊田負責百貨公司的防盜工作。聽說他只把一半左右的薪水交給家裡，其餘的都花到了別的女人身上。與他一同殉情的是跟他在同一家百貨公司工作的銷售員福田梅子，他的妻子她也認識。「丟臉死了！」她忿忿地說。「我沒把他的骨灰放到佛壇上，而是用繩子捆了捆扔到了壁櫥的角落裡。」在安慰他的妻子後，我們要到了一張莊田咲次的相片，拿著相片到Bar Rubicon和Bar Angel，老闆和其她店員都證實莊田就是去店裡找芳子的那個男人。

再次到深紅莊去拜訪時，管理員看了相片後，搔搔頭說：「其實我隱瞞了一件不太好的事。這個人確實每個月來拜訪潮田小姐三、四次，有時留宿兩晚也很平常。」

由此可見，潮田芳子與莊田咲次是情人關係。只是，不知道兩個人是怎麼牽扯上的。

另外，按照您的交代，我向管理員詢問了她二月十八日的行蹤。雖然沒記清楚日期，但他記得芳子確實有一天早上十點鐘離開了公寓。因為她通常都很晚才離開，所以那次記得很清楚。到Bar Rubicon查了芳子的出席記錄，二月十八日她沒去上班。

以上是到目前為止的調查結果，如果還有什麼特別的委託，我們可以做進一步調查……

杉本隆治把這份報告看了兩遍，感慨道：「果然夠專業，做得真棒。竟然詳細到這種地步。」

至此，可以清楚知道，莊田咲次與福田梅子的殉情事件，潮田芳子是脫離不了關係的，她的確知道兩個人在臨雲峽的山林中殉情一事。二月十八日出事的當天，她早早就離開了公寓，沒去 Bar Rubicon 上班；到臨雲峽得在中央線的K車站下車，她究竟為兩個人送行送到哪裡呢？新宿？還是K車站？

他反覆看著列車時刻表。中央線上開往K市的列車，新宿發的快車有兩班，分別在八點十分和十二點二十五分發車。他們不可能搭夜班車，慢車也暫且排除在外。因為如果要去，基本上是會搭快車的。

如果潮田芳子是在上午十點離開公寓的，她能趕上十一點三十二分發車的普快列車，但看來她似乎是搭十二點二十五分的車。這輛車是在下午三點五分到達K市，從K站到臨雲峽的殉情現場，坐公車再加上步行時間，大概得花整整一個小時吧。莊田與梅子應該是在冬天的太陽快要下山之時到達現場的。杉本隆治的眼前，浮現出了兩個人的身影，在被突兀的岩石所包圍的山峽之中彷徨著。

直到兩個人殉情大概一個月之後，林業局的工作人員才發現了腐爛的屍體，並將其公布於眾。在這之前，只有潮田芳子一個人知道這件事。她是為了這則消息，才想看當地的地方報紙的。在這次事件中，她扮演的究竟是什麼角色呢？

他再次翻開了二月十九日的《甲信新聞》。崖崩、農協的弊端、町議員的選舉……沒有什麼特別的新聞。另外還刊登了一張照片，那是該市出身的大臣在K站前演說的照片。

他凝視著這張照片。不知從何時起，與那次在池邊一樣，他的腦海中湧現出了各式各樣的想法。

杉本隆治放下了手中第二天就要交的稿件，冥思苦想。他沒想到，一個讀者竟把自己捲入一起殉情事件的漩渦裡。

妻子一定以為自己是在為了小說的情節而煩惱吧。

五

潮田芳子正為四、五個客人服務的時候，同事說：「芳子，有客人指名要你服務。」她站起來走到那個包間，看見一個男人坐在那裡，四十二、三歲，頭髮有點長，身材稍胖。芳子對這個人完全沒有印象，看樣子他也是第一次到店裡。

「您是芳子，潮田芳子小姐嗎？」那個男人微笑著說。

芳子來到這家店後並沒有改名，仍然叫做芳子，但在被問及自己的姓名是不是潮田芳子時，她再次看了看那位客人的臉。在昏暗的燈光下，桌上點著一盞帶有粉紅色燈罩的臺燈。在紅色光線中浮出的那張臉，芳子沒有任何印象。

「是啊。請問您是……？」即便如此，芳子還是坐到了客人的旁邊。

「啊，這是我的名片。」男人從口袋中找出一張名片遞給了芳子，名片的一角有些髒了。芳子靠近燈光，看到名片上寫著「杉本隆治」的字樣。她隨口叫出聲：「唉呀！」

「是的。我是妳喜歡的那部小說〈野盜傳奇〉的作者。」看到芳子驚訝的表情，杉本隆治微笑著說。

「我是從甲信新聞社那裡得知的，太感謝您了。我記得曾寄過一張明信片給您。昨天聽說了您的住址，雖然覺得很唐突，但還是去拜訪了您，可惜您不在家。後來知道您在這裡工作，為了當面表達謝意，所以今晚冒昧前來拜訪。」

芳子心想：怎麼回事？真是為了那件事特地來的？我從沒認真讀過〈野盜傳奇〉，他可真是個容易滿足的作者……

「啊！原來是您啊。讓您特意來這裡，真不好意思。小說很有趣。」芳子慢慢將身體靠近，臉上露出討好的笑容。

「謝謝。」杉本隆治看上去更加開心了，有些害羞的看看周圍稱讚道：「真是家不錯的店。」然後戰戰兢兢地看著芳子，嘰嘰咕咕地說：「妳長得真漂亮。」

「哎呀，您真討厭啦！能見到您我也很開心。今晚還請您慢慢享用。」芳子一邊倒上啤酒，一邊笑著向杉本拋媚眼。這個男人仍然認為自己讀過那篇小說吧。僅僅是為了一個讀者的誇獎，就特地跑來當面道謝，真的是個名不見經傳的作家。還是因為對方是位女讀者，才會感興趣呢？

杉本隆治看上去不勝酒力，才一瓶啤酒，就已經滿臉通紅了。芳子本身就很有酒量，再加上另外兩三個女侍者，很快桌上就擺了了七、八個酒瓶，加上桌子上的菜，看上去好不熱鬧。

杉本隆治似乎也在「老師！老師！」的稱呼聲中，心情格外舒暢。一個小時後，杉本隆治離開了店裡。

杉本走後不久，芳子「唉呀！」的大叫一聲。她發現在杉本剛才坐著的位置上，有一個茶色的信封掉在那裡。

「是剛才那位客人的。」她急忙走到門口，但杉本的身影早已不見。

「算了。過一陣他一定還會再來的，到時候再還給他吧。」芳子對旁邊的女侍者說著，將信封放到了懷裡，很快也就把這件事忘在了腦後。

再次想起信封，還是在她下班回到家後。在換衣服的時候，信封掉到了榻榻米上。「啊！對了。」芳子忽然想起來了，把信封撿起來。信封的正反兩面什麼都沒寫，沒有封口，能夠窺視到裡面是報紙之類的東西。這讓她很好奇，想要看看裡面是什麼。

裡頭是半張報紙被折成四折，芳子打開報紙，身子忽然一震。那是《甲信新聞》的剪報，上面印的是ＸＸ大臣在Ｋ車站演講時的照片。

黑壓壓的人群，頭上並排插著幾根白旗，在比群眾更高的地方，大臣站在上面。芳子那天親眼見到的場景，和照片上的一模一樣。

芳子望向虛空，拿著剪報的手有些顫抖。衣服還有一條帶子沒有解開，芳子就這樣敞著衣襟站在那裡。

這是巧合嗎？還是杉本隆治故意把信封忘在店裡讓她看到呢？她感到有些茫然。腳站得有點累了，芳子坐到榻榻米上，也沒心情鋪被子。杉本隆治是不是知道些什麼？猛然間，她覺得杉本是故意把信封忘在店裡的。她的直覺告訴她，這不是偶然，絕不是偶然。

原本以為杉本隆治只是個不錯的通俗小說家，沒想到……芳子忽然開始對他另眼相看了。

兩天後，杉本隆治再次去了店裡，並且指名芳子。

「您好！」芳子坐到了他的旁邊，臉上露出職業的微笑。

「啊。」杉本隆治也笑著回應。還是一副毫無居心的笑容。

「杉本老師，前幾天您把這個忘在了店裡。」芳子一下子站起來，從皮包拿出那個茶色的信封，交給了杉本。嘴上的笑容並沒有消失，眼睛認真的看著對方的表情。

「啊，我還以為忘到哪了，原來是忘在這裡了啊。謝謝妳了。」他接過信封放到口袋裡。芳子臉上雖然還在笑著，眼睛卻瞬間一亮，很快又轉到還冒著泡沫的酒杯上。

芳子感到一絲焦慮。（真危險啊！）為了知道杉本到底想幹什麼？芳子決定冒險試一下。

「那是什麼？很重要的東西嗎？」

「也不是，只是報紙上刊登的照片。是大臣在K市演講時的照片。」杉本說著，露出一排潔白的牙齒。

「被照下來的群眾當中，有一個人我有些在意。因為我認識的一個人，在臨雲峽殉情了。」

「啊！」兩個在場的女侍者驚訝地叫出了聲。

「他認識的兩個女人就在他身邊，其中一個在人群中離他遠一些。我有證據證明他是在那天殉情的。只是如果是殉情，身邊有一個女人就可以了，為什麼還有一個呢？這很奇怪。我想看清楚那兩個女人的臉，可是照片太小根本看不清，所以我把它剪了下來，想拿到報社放大看看。純屬個人愛好，就是想瞭解瞭解。」

「啊！您真像個偵探。」旁邊的兩個女招待笑著說。可是芳子卻屏住了呼吸。

六

這時芳子才瞭解杉本隆治的來意。

杉本隆治在撒謊。照片中不可能有那樣的人，因為自己曾經很認真的看過那張相片。不管是莊田咲次、福田梅子，還是自己，都不在這張照片上。

杉本隆治故意將照片中沒有的東西說成在照片上，這時芳子才明白了他真正的企圖。他是在試探自己。他說自己是莊田咲次的朋友，這也是個謊言。

被試探了，這並不是什麼太大的威脅，可怕的是這件事他到底知道多少？他再繼續調查下去，事情可能不妙。

接下來，杉本隆治的再次試探，加深了她心中的恐懼。

一個禮拜後，杉本隆治再度來到店裡，仍然指名芳子。

「之前的那張照片不行。」他露出天真的笑容。

「報社沒有扔掉照片的底片，只是很可惜，我沒在那張照片上找到什麼有用的線索。」

「是嗎？太可惜了。」芳子說著喝了口啤酒。他的演技很高超。

之後，杉本隆治說話的語氣有了變化。

「對了，對了。說起照片，我最近喜歡上了攝影。今天剛剛洗出來一些照片，想看看嗎？」

「讓我們看看吧！」芳子的同事附和道。

「就是這個。」他從口袋裡掏出三張照片放到桌子上。

「哎呀，真是的，怎麼都是一對情侶的照片啊？」女侍者拿起照片說。

「是啊。是結合背景照的，照的不錯吧。」杉本隆治笑著說。

「您的嗜好真特別，光替別的情侶拍照。芳子，你看。」女侍者們傳看著相片。

芳子在杉本隆治從口袋中掏出照片的那刻起，就有了某種預感，那是一種不祥的預感。警惕，使她的心感到緊張，甚至有些顫抖。當她看到手中照片的那一瞬間，她知道自己的預感應驗了。

照片裡是田間小道上一男一女的背影。看上去好像是在武藏野附近，早春的雜木林因為遠近不同而顏色深淺不一。這是張十分普通的照片，但是，照片中男女的服裝卻讓芳子忽然感到震驚。男人穿著淺色的外套和深色的褲子，女人身上的粗格子外套特別顯眼。因為是張黑白照片，所以在芳子的眼中，浮現出的是莊田咲次那青灰色的外套和深藍色的西裝，以及福田梅子那茶色粗格外套和同色的兩件式洋裝。

該來的終究還是來了。一旦有了心理準備，心跳反而不那麼劇烈了。她低著頭凝視照片，而實際上，可以說她是在凝視著杉本隆治。杉本瞇著縫的眼中瞬間迸出一絲火花，她意識到了這一點。

「照得真不錯。」芳子總算頂住壓力抬起了頭。她若無其事地將照片還給杉本。

「照得很好吧。」杉本隆治嘴上說著，眼睛卻觀察著芳子的臉，雖然只有兩三秒鐘。但她的眼神告訴他，這件事的確跟她有關。

杉本隆治果然察覺到了，他也許已經知道了。芳子的內心煎熬著。那天晚上，直到淩晨四點她都沒能入睡——

在那以後，潮田芳子和杉本隆治兩個人的關係迅速升溫。杉本要是沒來店裡，她還會打電話邀請。她還會寫信給杉本，是那種女侍者們寄給客戶的「商業信件」，與普通的信件不同，通篇充滿了誘惑的語言。

別的女侍者都把他看作芳子喜愛的客人。與杉本隆治到店裡來玩的次數相比，這種關係發展的太快了。芳子甚至知道，有一天杉本一定會約她出去的。

「杉本先生，前幾天不是說要帶我出去玩嗎？我特地向店裡請了一天的假喔。」

杉本隆治皺著鼻子，開心地笑了。「好啊。可是和芳子去哪裡好呢？」

「我們最好是去安靜一點的地方。奧伊豆怎麼樣？早上早一點出發。」

「奧伊豆嗎，很不錯啊。」

「說好只是出去玩唷，老師。」

「嗯？」

「我可不想馬上就那樣，這次只是去玩啊。為了避免引起誤會，您就邀請一位平時關係不錯的女伴吧。您應該有那樣的女性朋友吧。」

聽到這裡，杉本隆治的小眼睛望向了遠方。

「怎麼會沒有呢！」

「那太好了。我也很想和她培養友好關係。這樣可以嗎？」

「嗯。」

「總覺得你好像不對勁。」

「因為如果不是和芳子單獨出去，就沒意思了。」

「討厭！下次吧。」

「真的嗎？」

「我可不是那麼隨便的人。知道嗎？」芳子牽起了杉本隆治的手，搔著他的手掌。
「好吧，好吧。真拿妳沒辦法。那就下次吧。」他同意了芳子的要求。
「那樣的話，現在就定好日期和時間吧。」
「嗯，好的。我等妳。」為了到辦公室去看時間表，芳子站了起來。

七

杉本隆治特地邀請了和自己交情不錯的一位雜誌社女編輯同行，並沒有特別講明理由。那人叫田坂藤子，因為對杉本挺放心的，所以很快地就答應了。

杉本隆治、潮田芳子及田坂藤子三人，在上午抵達了伊豆的伊東。他們計畫從這裡翻過山，走過修善寺，再繞過三島回來。

接下來會有什麼事情要發生吧。因為危險的逼近，杉本隆治如坐針氈，他費了很大功夫掩飾自己內心的緊張。

芳子顯得很輕鬆，一隻手拿著裝了便當的塑膠袋子，滿臉的喜悅。兩個女人毫無拘束地談著話。

公車出了伊東鎮，繞著山路向上爬行。隨著海拔的升高，伊東鎮愈來愈小，在晚春裡相模灣紫色的大海愈來愈寬廣，在遠處與雲的色彩融為一體。

「啊！太漂亮了。」女編輯發自內心地讚嘆著。

車子爬過連綿的天城山麓，那片海也看不見了。乘客並不多，大部分都厭倦了窗外射進來的溫暖陽光和枯燥無味的山景，閉上眼在休息。

「我們就在這邊下車吧。」芳子說道。

汽車停在山中，吐出了三個人，然後白色的車體再次搖搖晃晃地沿路向前駛去。車站旁邊有四、五戶農家，兩旁蜿蜒起伏。

芳子提議在這山中遊玩一下，搭下一輛車或者再下一輛車去修善寺。

「走這條路怎麼樣？」芳子進入曲折的林中，指著一條山路說，額頭上浮現一絲汗珠。山路到處都被湧出的泉水浸濕了。樹木間濃淡不一的綠，看上去美不勝收。耳邊是令人神清氣爽的靜寂，遠處不知何處響起了打獵的槍聲。

樹林的盡頭是一片茂密的灌木叢，草地上洋溢著陽光。

「我們在這裡休息一下吧。」芳子說。田坂藤子也贊同她的建議。

杉本隆治環顧四周。真的是深山老林啊；在這裡，應該很少人來吧——在他眼中，浮現出了臨雲峽山林中的景象。

「杉本先生，您坐。」芳子說。她打開帶來的塑膠布，親切地鋪在草地上。

兩個女人也墊上手帕，伸直腿坐到了草地上。

「我餓了。」女編輯說。

「吃便當吧？」芳子說著。

兩個女人都拿出了自己帶來的便當。田坂藤子打開飯盒，裡面裝的是三明治。芳子也取出了盒子裡的壽司，另外還有三瓶飲料，也被一起放到了草地上。

田阪藤子將一塊三明治放進嘴裡，「一起嘗嘗吧。」她對芳子和杉本隆治說。

「那我可不客氣了。」芳子拿起了一塊三明治，「我帶的是壽司，因為這樣吃著比較習慣。我特地多帶了些，不嫌棄的話，你們也吃點吧。」她指著飯盒對田坂藤子和杉本隆治說。

「是啊，大家一起交換著吃吧。」田坂毫不猶豫地從盒中取出兩個壽司，只是，剛要放進嘴裡，壽司卻從手中飛到了草地上。

「危險，田坂小姐！」杉本隆治打了下她的手，臉上的神情都變了。

「那裡面下了毒！」

田坂吃驚地望著他。

杉本隆治盯著潮田芳子已經變得蒼白的臉。芳子的眼神很恐怖，正面迎著杉本的視線，眼中充滿了怒火。

「芳子小姐，妳就是這樣在臨雲峽把那兩個人殺掉的吧。是妳讓他們看上去是殉情而死的吧。」芳子沒有回答，用力咬著打顫的雙唇，豎起來的眉毛看起來很猙獰。

杉本隆治見到芳子的神情，變得有點興奮，連說話都有些不連貫了。

「是妳在二月十八日邀請莊田咲次和福田梅子一起去了臨雲峽。用同樣的方法把兩個人毒死，使兩個人看起來是殉情而死的，這樣便沒人會察覺是謀殺，地點也正是殉情的理想地點，選在那裡再合適不過了。妳的最終目的就是讓這次事件，以並不稀奇的殉情來結束。」杉本隆治說到這邊，吞了口口水。

八

潮田芳子始終沒有開口。女編輯吃驚地睜大了眼睛，彷彿一點點動作都能將空氣打碎一般。遠處響起了槍聲。

「妳達到目的了。但是還有一件事放心不下。」杉本隆治繼續說。

「那就是妳想知道最終兩個人的死會被如何判定。妳是看著兩個人倒下後才逃回家的，所以想知道最後的結果，否則就無法安心。怎樣，我猜得沒錯吧？犯罪分子大多都有這種心理，想確定犯罪現場最後的情形。妳想透過報紙的報導瞭解員警的判斷是他殺還是殉情。但是，東京發行的報紙應該是不會刊登這種地方小事的。因此，妳申請郵購臨雲峽所在地Y縣發行的地方報紙，這是很聰明的。但，妳卻犯了兩個錯誤。一個是妳在郵購時必須向報社說明原因吧？妳寫的原因是想讀我的小說〈野盜傳奇〉，這是因為妳害怕別人對妳產生懷疑，但實際上正是這一點，讓我對妳產生了懷疑。另一個錯誤是，妳要求報社從十九日的報紙開始郵寄，這讓我推斷出事件是發生在十八日。經過調查知道，果然那天妳沒去上班。再說下去，對妳來說沒什麼作用，只是我的種種猜測而已。我想妳一定是在新宿搭乘十二點二十五分的快車，到達K站的時間是下午三點五分。在去臨雲峽的途中，偶然看見XX大臣在K站前演講，聚集了很多圍觀的人。這場景後來被照了下來刊登在報紙上。我想妳一定也看到了吧？所以我就用那張照片試探了一下。」

杉本隆治又吞了口口水。

「我拜託別人調查妳和莊田咲次的關係，知道妳和莊田之間的關係不太尋常，而且莊田與福田梅子也是有關係的，即使兩個人一起殉情也不會引起世人的懷疑。因此，我對自己的推理更有自信了。我故意將ＸＸ大臣的照片忘在妳那裡讓你看見，而且還稍微撒了個謊。我想妳一定會因此而有了疑心，也就是說我想讓妳知道我是在試探妳。僅僅這樣還不夠，我從新聞中得知了那兩個人死時所穿的服裝，就拜託我年輕一點的朋友穿上類似的服裝，照下來拿給妳看。妳確實知道我在試探妳了吧。妳一定開始覺得我很討厭，並且對我產生恐懼。接下來我就等著妳約我出去，結果妳果然上當了。妳試圖迅速的和我親近，所以今天才把我邀到這裡。你說要我邀請一個女性朋友一起來，是因為警方不可能會認定我是一個人殉情的。要是田坂和我吃了壽司，在那裡面放入的氰酸鉀之類的毒藥會讓我們立即窒息而死，然後妳就可以悄悄的離開現場。三個人少了一個人，最後便是兩個殉情情人的屍體在這奧伊豆的山中被發現。『啊，別人的事情真是難以料到呢。那兩個人的關係竟然到了如此地步，居然一起去殉情！』世人會因此而感到吃驚，而妻子或許也會將我的遺骨無情地扔到壁櫥的某個角落吧。」

聽到這裡，潮田芳子突然仰頭大笑。

「杉本先生。」她的笑容忽然消失。「你果然是小說家，故事編得真好。那你認為這壽司裡面被下了毒了？」

「沒錯。」小說家回答。

「是嗎？那我就把這飯盒裡的壽司全部吃掉，試驗一下這毒藥吃下去會不會死，請你好好看著。如果是氰酸鉀的話，三、四分鐘內就會死亡。其他毒藥的話，會讓人死的很痛苦。不管有多痛苦，都請你不要理我。」

潮田芳子從呆若木雞的田坂藤子手中搶過飯盒，用力抓起壽司吃了起來。

杉本隆治摒住呼吸看著這一切。他一聲也沒出，只是眼睛都快瞪了出來。

壽司每卷被切成七八截，芳子一個接一個的將它們吃了下去。以這樣的速度逐個吃完壽司，她當然是故意的。

「怎麼樣？我全都吃掉了。托你的福，我已經吃飽了。我是被毒死還是受痛苦，你等著瞧吧。」說完，她伸開腿躺到了草地上。

溫暖的太陽照在她臉上，使她的臉看上去光彩照人。她閉上了眼睛，黃鶯在啼叫。經過了很長時間，杉本隆治和田坂藤子始終沒出過聲音。接著又過去了很長很長一段時間。

潮田芳子好像睡著了，身子一動不動，只是閉著的雙眼眼角湧出了一股淚水。就在杉本隆治好不容易想要說些什麼的時候，她一下子坐了起來，彷彿彈了起來一般。

「怎麼樣？時間夠久了吧。」她對杉本隆治怒目而視。

「如果是氰酸鉀的話，我早就該氣絕身亡了。就算是其他的毒藥也該開始起作用了。你現在知道那一切都只是你在胡說八道了吧。你的話說得太絕了。」說完，她迅速的將空飯盒和飲料包了起來，站起來撣了撣身上的草。

「我回去了。再見！」說完，芳子大步離開了。腳步很沉穩，看不出任何變化。她的身影很快地消失在濃密的樹林裡。

九

以下是潮田芳子寫給杉本隆治的遺書。

——杉本老師：

我的犯罪過程就如同您所說的一樣，沒有什麼需要更正的地方。

我確實在臨雲峽親手殺死了那兩個人。只是，為什麼我要這麼做？這是您無法推測出來的，所以我最後打算向您說出原因。

我的丈夫在戰爭結束前，因為是滿洲軍隊中的一員而被抓。那時候我們結婚還不到半年。我聽說戰爭結束時，大部分的滿洲官兵都被送去了西伯利亞，因為我深愛著他，所以感到十分難過。但是我相信只要我好好地活著，總有一天能等到他回來，所以有很長一段時間，我一直在等待。

可惜他一直也沒有回來。我不再到舞鶴去迎接他歸來，這是沒有用的，但是因為他身體一直很好，所以我相信他總有一天會回來的。

長久以來，我一直在等待。期間我換過不少工作。一個女人生活很艱難。我最後的職業便是酒吧的女侍者，在西銀座的Angel。

當女侍者需要很多衣服。因為沒有資助我的人，我過得很辛苦。

有一天，我取出所有的積蓄，到百貨公司去買衣服。我買的都是款式不錯但最便宜的衣服。就在我準備回去的時候，忽然想買副花邊手套，所以就去了特賣場。在眾多的物品中，我選了一副放到了購物袋中，然後就逕自返回一樓打算回去了。就在我剛要走出門口時，一個男人很有禮貌地叫住了我。他是這家百貨公司的保全。他要我把購物袋打開給他看。我被他帶到一個沒人的地方，他從袋中掏出了兩副手套。一副用包裝紙包好了，另一副沒有包裝，也沒有百貨公司的檢驗標誌。我嚇了一跳，一定是從特賣場的櫃檯上掉進了我的包包裡，但因為很輕，所以並沒有察覺。

我向他解釋了，只是那個保全並不理會。他記下了我的住址和姓名。我的臉色變得鐵青，我被誤認為小偷，而那個男人竊竊自喜，讓我先回去。

但事情還沒有結束，接下來還有更恐怖的事。一天，在我要去上班前，那個男人到我的公寓去找我。他坐在榻榻米上，說這件事他想私了。我很開心，雖然不是自己故意做的，那種誤解還是會讓人感到羞恥，因此我覺得放心了。如果被店裡或是公寓裡的人知道的話，我就沒有立足之地了。

對於這樣一個抓住了女人弱點的男人，後來的發展可想而知吧。我是個沒有勇氣的柔弱女子，面對那樣強硬的男人，我失去了抵抗的能力。

那個男人就是後來對我糾纏不休的莊田咲次。他不僅想要我的身體，還不時跟我要錢。在店裡的消費也是由我買單，他只是去喝喝酒罷了。他成了我的情夫。

我開始怨恨我的丈夫。為什麼不早點回來呢？要是他能早點回來，我也不會遇上這下地獄般倒楣的事情。他可能也會怨恨我吧，是我對不起他才是。但是，我真的是那麼想的。

莊田那個男人很卑鄙，他與我的丈夫是不能比的。他有很多女人，福田梅子也是其中一個。他忝不知恥地把我和福田梅子作比較，或許他是想激起我的嫉妒心，以此來和我培養感情吧。而且我也多少有些中了圈套了，我也不知道怎麼會那樣？就在此時，一直杳無音訊的丈夫來信了，說近期就可以回國。我覺得十分開心，但很快地我開始感覺鬱悶，因為莊田咲次。如果我丈夫回來了，我打算把一切告訴他等待他來決定，但是在那之前，我必須與莊田斷絕關係。我把事情原委和莊田說了，請求他答應，但是他非但不答應，反而還燃起了對我的佔有慾。就是這樣，我有了殺死他的念頭。

殺死他的方法就和你的推理一樣。我提議邀請福田梅子一起去臨雲峽時，他對這特別的約會感到很興奮。一起帶兩個情婦出去，這讓他感受到一種近乎變態的榮耀。

我們雖然約好了搭乘新宿十二點二十五發車的快車，但我卻特地搭了十一點三十二分發車的普通車，這是因為我不想被人看見我們三個人一起。這輛車是在十四點三十三分到達K站的，離莊田他們坐的那輛車的到達時間只差半個小時。在那期間，我到站前的小飯店點了份中式蕎麥麵，一邊吃一邊讀著《甲信新聞》上刊登的連載小說，也就是您的作品。當我和剛下車的莊田他們會合時，剛好在站前碰上了XX大臣的演講。

在臨雲峽，我讓莊田和梅子吃了我親手做的牡丹餅，餅裡下了毒——氰酸鉀。兩個人很快就倒下了。之後，我收拾殘局回到東京，只留下兩具殉情而死的屍體。一切都進展得很順利。

我放下心來。這樣一來，我就可以安心等待丈夫的歸來了。只是我還想知道，兩個人的屍體被發現時，員警會認為是殉情還是謀殺。為此，我決定郵購在飯店裡讀過的《甲信新聞》。因為以你的小說作為郵購的理由，結果引起你的懷疑，才有了今天的結局。

無論如何，我都想和丈夫一起生活。所以我又產生了殺掉你的念頭。用殺死莊田同樣的方法。

但是，你識破了我的意圖。你懷疑我在壽司裡下了毒，但實際上我是在飲料裡面下毒。因為吃完壽司之後，一定會因為口渴而一口氣喝下很多飲料。我是這樣想的。

我把當時的飲料帶了回來，但也沒有浪費，接下來，我正要把它喝下去……

一

竹中宗吉年過三十，還只是一個在各地印刷廠打零工的技術工人。現在這樣的技工並不少，但在地方上卻不多。他十六歲到印刷廠當學徒，掌握了石板製版技術。二十一歲出師，開始到各個印刷廠打工。他認為多到幾個工廠做事，有助於磨練和提高自己的技術。實際上也的確如此。

宗吉二十五、六歲時，就已經是個技藝精湛的技工了。他特別擅長製作作工精細的標籤，在附近幾個縣的技工圈子裡，只要提到竹中宗吉，大家都會說「哦，是那個人吧。」他可以說是無人不知無人不曉。正因為如此，他的雇主總會給他優厚的待遇，付給他最高級別的工資。宗吉不怎麼喝酒，有點害怕與女人接觸，節省下來的錢源源不斷的存入銀行存摺裡。他打算將來自己開一間印刷廠。

二十七歲時，宗吉結婚了。妻子叫阿梅，是同一個印刷廠的駐廠女工。阿梅瘦瘦的，單眼皮，眼角稍稍有點往上吊，除此之外，其他部位都很漂亮。兩人因為是同一個廠裡的駐廠工人，關係漸漸友好起來。但工廠主人總是不停地抱怨，因此宗吉帶著阿梅逃了出來，兩個人自然而然的結成了夫妻。

婚後，兩人依舊在各個印刷廠輪流打工。他們沒有因為成家而租房子安定下來，只是借工廠二樓空出來的地方暫住。因為阿梅還兼職當女傭，所以不用準備家庭用品，只帶一個包袱裝些換洗衣服就可以了，銀行存摺也被阿梅牢牢的掌握著。

雖然印刷廠主人也認為這夫妻二人住在廠裡很麻煩，但因為宗吉技術好，也只能置之不理。就這樣，兩個人過著漂泊的生活，漸漸遠離了自己的家鄉，往東邊發展。雖然很辛苦，但他們的存款卻不斷增加起來。

就在夫妻兩人來到S市打工期間，得知當地一家小印刷廠連廠帶設備一起出售。宗吉和阿梅商量，想買下這間工廠。兩人賺錢存錢就是為了這一天，因此阿梅同意了。

宗吉在三十二歲這年，終於結束了四處漂泊的生活，成為一家小印刷廠的主人。

工廠的設備就是一台舊的四開印刷機。不過，這種機器正適合印刷標籤等小物件。在石板印刷的效果上，色版的製版技術影響很大。宗吉經過多年來的磨練，技術爐火純青，印出來的效果非常好。

剛開始，他只能替市內的大型印刷廠做外包。由於不能直接面對最終客戶，外包的利潤很微薄，因此他們的積蓄增加得非常緩慢。

但是，宗吉專業的印刷技術、認真細緻的工作態度讓客戶非常滿意。因此，大印刷廠也認可了宗吉，漸漸地，他們的外包訂單多了起來。於是，宗吉愈做愈起勁，往往從早晨一直工作到晚上十點。他只雇了一名機械工人和一名刷版的製版工人，然後就是兩個學徒。工廠裡的人數非常少，幾乎每天都會加班工作到很晚。

阿梅是個非常好強能幹的女人。她負責往機器裡添紙、替標籤打孔、剪裁紙張。他們沒有孩子，所以沒什麼累贅。宗吉不善言詞，但阿梅卻口齒伶俐。別的印刷廠來訂貨的業務員，大部分都是由阿梅來接待。她那兩片薄薄的嘴唇能言善道，說話時嗓門很大，笑的時候眼角也是吊得高高的。跟宗吉相比，工人們更喜歡阿梅。

就這樣，工廠雖然利潤不多，但他們的積蓄也開始逐漸增加了。

「做外包賺不到什麼錢啊。再過半年，我們買一台半開的膠版印刷機吧。我們的錢應該夠吧？」夫妻兩個人獨處的時候，宗吉說。

「是啊，總是做外包也不是個辦法啊。」阿梅也注意到大部分的利益都被別的工廠賺去了，所以她贊成丈夫的想法。打工技工出身的宗吉，終於熬出頭了。

宗吉就是在這個時候認識菊代的。

菊代是雞肉鍋料理店「千鳥」的女服務員。宗吉為了招待來談工作的印刷廠業務員，常常帶他們去酒館；帶宗吉去「千鳥」的，是業務員石田。反正都是喝酒，石田更喜歡去他比較熟的地方。

「千鳥」不過是市裡的一家二流小店，但是女服務員卻有十二、三人。石田好像是這裡的常客，女服務員們都「小石，小石」的叫他。

「竹中老闆，這是阿春，是這裡的老員工啦。別看她這幅長相，她倒還很自以為是呢。我說破了嘴皮子，也沒占到她半點便宜！她厲害得很呢！」

石田這樣形容緊挨著宗吉坐的那個女人。這女人臉形圓潤、額頭寬廣，還有一雙大眼睛。除了頭髮有點發紅外，她皮膚白皙，體態豐滿，模樣很討男人喜歡。

「別那麼說。我和小石不同，我可是個用情專一的人。來，阿竹，我來替你倒酒。」

這個叫阿春的女人替宗吉斟上酒。她的眼圈微微泛紅，看上去風情萬種。年齡看來大概二十五、六歲，實際上應該大些，她服務得很周到。在座的還有兩三個女服務員，但是阿春好像是認定了宗吉，她把手放在宗吉的膝蓋上，唱歌給他聽。宗吉能看見她白皙的脖子，她唱歌時嘴唇的開闔是那麼的誘人。石田笑嘻嘻地看著他們倆。

宗吉第一次和阿春有肌膚之親，是在三個月之後。

在那期間，宗吉頻繁光顧「千鳥」。自從第一次看到阿春，他就無法忘記她出色的服務，每次去都是讓阿春作陪。在「千鳥」，宗吉是被奉為阿春的客人來招待的。只要他一去，即使阿春當時在別處招待客人，也馬上擱下事情，過來陪他。

宗吉的生意發展得很順利，因此在「千鳥」花點錢是沒有問題的。他每次都給阿春很多小費。

阿春知道，宗吉每天從早到晚拚命工作，總是弄得身心疲憊。所以每次都不忘為他消愁解悶，讓他開心。一到八點，宗吉在廠裡就有些坐不住了，收拾了東西就去「千鳥」那裡，每個月大約會去三次。

嚴格來說，一個月去三次並不算頻繁。宗吉擔心被老婆阿梅發現。阿梅每天工作也很辛苦，晚上八點下班後，她總是爬上二樓倒頭就睡。對宗吉來說，這正是出去的好機會。但是，如果每個月出門四次以上，宗吉就會覺得很內疚。

跟自己老婆狐狸一樣的尖臉相比，宗吉對阿春白皙的圓臉更著迷。而且，阿春能夠放下別的客人來招待自己，對於這一點他打從心裡覺得高興。

「我啊，最喜歡阿竹了。」阿春一邊說一邊把臉靠在宗吉的肩膀上。雖然宗吉知道她對每個客人都是這樣，但他還是被阿春深深吸引著。

宗吉去「千鳥」時，偶爾會碰上阿春在別桌唱歌待客，脫不了身。每到這時宗吉都會覺得很嫉妒。在他身邊的其他女服務員就會說：「哎呀，阿竹好寂寞好可憐啊。我們現在就幫你把阿春叫過來。」在這裡，阿春把宗吉當成自己唯一的ＶＩＰ客戶，對此，他感到很滿足。

阿春一過來，其他的女服務員就很識相地離開了。沒有旁人在時，阿春會一口氣把兩三杯酒倒進嘴裡，然後把宗吉按倒，用嘴餵他喝酒。接著整個身體趴在宗吉身上，道歉說：「抱歉嘛，我好不容易才脫身的。」阿春的身體很豐滿，宗吉感受到自己老婆所沒有的重量感。

一天晚上，宗吉喝得大醉，在店裡睡著了。那天白天的工作特別忙，他實在累得不行了。

宗吉睡得正熟，卻被人叫醒了。他睜開了眼睛。

「已經打烊了。你睡得真香啊。」阿春說道。

宗吉想起阿梅。他從來沒在酒館裡待到這麼晚過。於是宗吉慌慌張張的爬了起來，去了趟洗手間。阿春如同往常一樣在門口等他。

從洗手間裡出來，宗吉的腳步還有些搖晃。他原先不太能喝，但現在已經很有酒量了。阿春在旁邊攙扶著他。

沿著走廊往回走，有一間已經關了燈的房間空著。其他的女服務員好像都已經回去了，整個二樓寂靜無聲。宗吉抱起阿春，把她帶到那間有六塊榻榻米大的幽暗屋子裡。

「不可以。」阿春說，但宗吉硬把她按倒在地，同時伸手拿了一個坐墊，墊在阿春頭下。阿春倒下以後，倒也沒有要拼命掙扎起來的意思。

「阿竹，你是玩玩而已，還是認真的？」阿春在宗吉身下問。聲音很鎮定。

「我是認真的。」宗吉狂亂的喘著氣，說道。

「嗯，你要是玩玩而已，我可不願意。我可從來沒和別人發生過這種事唷。」

「我不是那樣的人。我想著你呢。」宗吉喘息著回答。

「是嗎？真的嗎？你不會拋棄我，對嗎？」

宗吉隱約注意到阿春這些話的意味，他當時衝動的認為：「現在的生意進行得很順利，以自己目前的實力，包養一個女人完全不成問題。」

「把妳交給我吧。」他在阿春的耳邊低聲說。

「真的嗎？」

「我不會騙你的。」宗吉回答。

女人順從的身體，表明她已經相信了宗吉的話。就這樣，在激情之中，宗吉對女人許下了不可動搖的諾言。

從那天開始，宗吉和菊代（她已經告訴宗吉，「阿春」只是在店裡使用的名字，她本名叫菊代）就開始祕密交往了。

宗吉的老婆阿梅完全沒有發覺這件事情。阿梅是個很好強的女人，一旦被她發現可不得了。宗吉明白這一點，一直非常小心地和菊代幽會。菊代的身體和他老婆的不一樣，是那麼的年輕而富有彈性。宗吉忘我地癡迷著她。

過了三個月，菊代說自己的身體有了異常。

「我不能到店裡工作了。他們好像已經覺察到我和你的關係了。」

菊代強烈要求宗吉給自己一個家。這個要求宗吉不能拒絕，也無法拒絕。因為他曾向菊代保證過，這個約定他是無法擺脫的。雖然他早有預感，但是沒想到這一天來得這麼快。

話雖如此，宗吉倒也沒有什麼不滿的地方。曾經他只是到處打零工，如今已經有能力包養自己喜歡的女人了，這讓他很有成就感。而且，頭一次當爸爸的自豪感，也向他湧來。

宗吉認為，至少自己可以照顧菊代的生活。他想如果自己小心謹慎的話，阿梅應該不會發現自己金屋藏嬌。走一步算一步吧！到時候總會有辦法的。就這樣，這種狀況一直維持了八年而平安無事。

二

宗吉避開阿梅的視線，把菊代藏起來整整八年。這簡直太不可思議了。而且，八年中他們有了三個孩子。長子已經七歲，長女四歲，次子才兩歲。宗吉為他們買了一棟房子，那裡離S市僅僅一小時車程。

當然，能瞞住阿梅這麼長一段時間，也不是毫無原因的。首先，阿梅一直瞧不起自己的丈夫，認為自己對他瞭若指掌。她覺得不論是從長相還是性格來看，宗吉都不是有女人緣的人。在外人看來，他也是個怕老婆的男人。

而且一直以來，生意都很興隆，八年的時間裡，添購了兩台四裁膠版印刷機。曾經有一次，業務員侵吞了一筆訂單的大部分利潤，他們從中汲取教訓，工廠已經不做外包了，宗吉開始直接與客戶接觸。不僅僅是周邊地區的生意，宗吉甚至還把事業發展到了更遠的地方，醬油廠、酒廠也開始在宗吉這裡訂製標籤。跟過去做外包的時期相比，現在的利潤相當豐厚。這也為宗吉在外留宿創造了有利條件。

條件有利是因為宗吉可以從收到的帳款裡，隨心所欲地給菊代生活費。諸如對方延期付款，錢暫時無法收到、替對方打折扣……等，要給老婆阿梅一個交代，理由要多少有多少。

宗吉一個月只能在菊代那裡住兩三次。每次，菊代都興高采烈地歡迎他的到來。這個女人總有著自己老婆沒有的那種嫵媚，皮膚跟在「千鳥」時相比，絲毫沒有衰老跡象，而且一點贅肉都沒有。

宗吉和菊代的長子叫利一，中間是個女孩子叫良子，最小的孩子名叫莊二，今年才兩歲，還不太會說話。兩個比較大的孩子，每次見到宗吉，總是跟前跟後的叫他「爸爸、爸爸」。宗吉每次去，都會送孩子們喜歡的東西做為禮物。

孩子們長得不太像宗吉，倒很像媽媽菊代。每次宗吉這樣說的時候，菊代總是笑著說「哎，是嗎？我倒覺得他們是跟你一個模子刻出來的呢。」一邊說著，一邊看著孩子們的臉，同時替宗吉做飯，那是他喜歡吃的生魚片。宗吉因而感到非常心滿意足，用筷子夾起生魚片，餵到孩子們嘴裡，享受著當一個父親的幸福。

八年的時間，宗吉隱瞞得很好。雖然他偶爾也會想，事情敗露的時候阿梅會怎樣，但是日子還是如舊。不，要是不去想，事情就不會有什麼變動，就維持現在這個樣子的話，也許還能隱瞞更長時間吧！

但是，天有不測風雲，還是出麻煩了。先是鄰居家的大火殃及了宗吉的印刷廠，房子和機器都被燒得乾乾淨淨。幸好為了預防萬一，宗吉事先有買了保險，得到不少賠償金。賠償金加上多年的積蓄，終於又買了一處小房子和一台機器。但這幾乎花光了宗吉夫婦所有的錢。

緊接著，S市內成立了一家設備先進、技術精良的大型現代化印刷公司。宗吉這種傳統的、依靠手工的印刷廠顯然落伍了，在與大公司的競爭當中只能甘拜下風。生意漸漸開始走下坡。

宗吉的印刷廠淪落到不得不再次去做外包的地步。雪上加霜的是，其他的印刷廠對他們也很苛刻。以前做外包的時候，宗吉到那些訂貨人那邊，總對他們態度很粗暴。他們都很憎恨宗吉，因此落難的時候，即使他低聲下氣到處求人，也沒人跟他做生意。

宗吉非常焦急。最讓他坐立不安的是，不能像以往一樣給菊代生活費了。不僅如此，因為現在經濟條件困窘，阿梅把日常的開銷盯得緊緊地，精打細算，一點都不能通融。

宗吉去跟菊代道歉。菊代皺著眉頭對宗吉抱怨。聽著菊代的怨言，宗吉十分難受。每一次，宗吉都是留下一些好不容易張羅來的錢，對菊代千哄萬哄，才得以回去。

不過，宗吉辛苦張羅來的那些錢，只能維持暫時的平靜。當宗吉連一千圓都拿不出來的時候，事情終於暴露了。

「我被你這傢伙給騙了！」菊代怒氣沖沖地吼道。宗吉做夢也沒想到，一直以來那麼可愛的臉龐，竟會露出這樣的表情。

「只會說些大話，那算什麼啊？這八年裡，我一直都是你的玩具而已。我竟然跟了你這樣的男人，真是天大的不幸啊！」

菊代不斷追問宗吉今後他會怎麼對自己。但是，菊代家裡的那些大立櫃、三面鏡、自動洗衣機、冰箱和答錄機……等，還都擺在那裡。菊代是個注重精緻東西的人，這些東西還都很新。櫃子的抽屜裡，一定也整整齊齊的擺滿了各式各樣的衣物，這些全部都是宗吉讓她買的。兩個人應當共度難關的，她為什麼不把那些東西當掉，或者賣掉來過生活呢？這些話已經到了宗吉嘴邊，但是，他無論如何也說不出口。他只能垂頭喪氣地找一些理由搪塞了事。

宗吉不想看到菊代惱怒的臉，也不想費盡口舌找理由解釋。這使他漸漸不願意進菊代家門。至少，在他沒去的這段日子裡，能對這件麻煩事做到眼不見心不煩。但是，這樣也不過是自欺欺人罷了，宗吉的心情片刻都沒有輕鬆過。不知道事情會在什麼時候發生什麼變化，這種恐懼無時無刻不在折磨著他。

生意愈來愈走下坡，錢也愈來愈捉襟見肘。

三

一個夏天的晚上，菊代帶著三個孩子，闖進了宗吉的家。

剛開始，她把宗吉叫到外面，譴責他的虛偽。

「你想這樣扔下我們嗎？辦不到！你難道沒答應過我要照顧我一輩子嗎？總之今天晚上，你得想辦法解決我們的生活問題！」

菊代身上穿著連衣裙，腳上穿著木屐，背上背著兩歲的莊二。七歲的利一和四歲的良子一邊一個，緊緊貼著他們的媽媽。

「這件事情，你現在來跟我說，我也沒辦法啊！明天我到你那裡去，我們好好談談。今天晚上你們先回去吧。」

宗吉滿頭大汗，拼命勸說菊代，但她一個字也聽不進去。「你說你會來，你會來的，這話一點都靠不住！」

兩個人爭執了將近一個小時。菊代背上的莊二被蚊子咬到不停地哭著。

「老頭子，你在那幹什麼呢？有話要說的話，到家裡來說吧！」

背後突然響起了阿梅的聲音。宗吉不知道她是什麼時候來的。他的腿開始發抖，不停地哆嗦著，舌頭跟打了結似的，嘴巴也不靈光了。如果可以的話，宗吉真想從這裡逃走。他不是沒想像過今天這樣的局面，但是這局面來得太突然，宗吉真有點六神無主了。

進到屋子裡面，兩個女人異乎尋常的平靜。菊代把連衣裙下擺整齊地圍住膝蓋，跪坐在那裡，鄭重其事地跟阿梅寒暄著。

「太太，我一直受宗吉先生的照顧。真的是很抱歉，在這邊，我向您道歉。」

菊代沒有激動，臉色也沒什麼變化。可以說，她做了充分的準備才來到這裡。菊代本來就伶牙俐齒，她把所有事情原原本本地說出來。與其說她是試圖解釋，更確切一點，不如說她是為了母子四人今後的生活所迫，才不得不到這裡詳細說明這些事情。

阿梅敞著浴衣，緩緩地打著蒲扇搧著風，還可以看到她瘦骨嶙峋的身體。「是嗎？」「哦，這樣啊。」等等，她只是短短地應和著菊代的話，灼灼的目光不時看向坐在一旁抱頭懊惱不已的丈夫。宗吉原本以為阿梅會哭鬧，會叫罵，可是她異常的平靜，這讓宗吉感到些許放心，卻又有些害怕。阿梅漫不經心的聽完菊代的話，問：「那三個孩子，都是家裡的嗎？」

菊代背上的莊二兩腳拖著在榻榻米上，垂著頭睡著了。兩個大孩子都躲在媽媽背後，驚恐地看著阿梅。

「沒錯，都是宗吉先生的孩子。」菊代覺得自己好像被懷疑了，於是仰起臉昂然說道。

「最大的孩子幾歲？」阿梅像對待下人一樣，故意明顯地露出傲慢的表情。

「七歲了！」菊代察覺了阿梅隱含的敵意，不甘示弱地回敬道。

阿梅哼了一聲，轉頭面向宗吉，開始用尖銳的聲音叫著：「你很厲害啊，這八年你瞞我瞞得好苦啊！你是什麼時候開始有這能耐，在外面養女人？」

說著，阿梅突然給了宗吉一個響亮的耳光。緊接著她好像失去理智一般，瘋狂地捶打著宗吉的頭和臉。宗吉兩手護頭，躲避著阿梅的毆打。菊代冷眼旁觀，兩個孩子驚恐地哭出聲來。

那天晚上，幾個人沒能談出什麼結果來。阿梅對此事甩手不管，讓宗吉自己隨便怎麼善後。

「家裡什麼錢也沒有。你是向別人借也好，出去搶也罷。趕緊打發這個女人。」阿梅對丈夫說。

「太太，妳別說得那麼難聽好不好？妳當我是什麼人？」菊代強硬的對阿梅說。兩個女人開始用污穢的言語對罵著。宗吉卻一句話也插不上。他只能鐵青著臉，在旁邊轉來轉去。

「你說該怎麼辦吧。你要是個男人就說句話啊！怎麼辦？」

菊代逼問著宗吉。宗吉在阿梅面前沒什麼道理可講。背後襯衫濕得像從水裡剛撈出來似的，原先就很稀薄的頭髮剛才被阿梅抓得一片狼藉，頭頂上已經禿了的地方都被抓紅了，臉上、脖子上大汗直流。

談來談去都沒什麼結果。剛才被嚇到的兩個孩子也已經在榻榻米上睡著了。等他們反應過來，已經過了十二點，三個人都筋疲力盡了。

「這麼晚已經沒有回去的火車了。今晚我們就住這裡了。」菊代眼睛閃著光，說道。

聽到這話，宗吉驀地變了臉色，他偷偷地窺視著阿梅的表情。出乎意料的是，阿梅很平靜。

「嗯，無所謂。你們就睡那邊吧。」

阿梅用手指著旁邊的板間。因為臺階下面用來作為工作室，所以屋內只有一間四塊半榻榻米大的房間和三塊榻榻米大的板間。在板間的角落，堆滿了裝印刷用油墨的罐子和紙張。

阿梅熟練地從壁櫥裡拿出夏天用的被子，並在四塊半榻榻米的房間內掛上蚊帳，菊代也趕緊抱著孩子到了板間。

「你，替我們拿蚊帳來。」菊代對宗吉說。這時阿梅回話了：「我們家就夫妻兩個人，所以蚊帳只有這一頂。」

菊代瞪著阿梅。

四

菊代在板間裡根本無法入睡。

好不容易，阿梅拿了一張蓆子給他們鋪，但是睡在上面非常生硬，根本無法躺下。孩子們也許太累了，睡得很香。無數的蚊子也蜂擁而至，從寬敞工作室的黑暗角落裡，一大群蚊子嗡嗡叫著撲過來。菊代不停地搧著蒲扇。

不僅僅因為這些她才睡不著。菊代密切地注意著那頂明黃色蚊帳中的動靜。那邊離這不到三塊榻榻米的距離，裡面男人和女人竊竊私語的聲音、咳嗽的聲音，都讓她心裡十分煩躁。菊代努力地要自己別去聽，可是那些聲音就像銳利的針一樣，硬扎進她的耳朵裡，還不斷聽見拍打身體時發出的「啪嗒啪嗒」聲。

即使關了燈，藉著微弱的光亮，也能隱隱約約看到明黃色蚊帳中的白色被子。菊代半開半閉的眼睛，下意識的覷視著那裡。本來只能朦朧地看到一些白色，但是那團白色卻不時的動彈。菊代想起了宗吉到自己那裡去時的動作，目光冰冷起來。

要是只有一頂蚊帳的話，至少應該把孩子們一起安置進去吧！菊代到現在還對宗吉那副唯唯諾諾的窩囊樣子感到生氣。他們夫妻兩人悠哉的在蚊帳裡睡得安穩，也不知道現在在幹什麼。她們母子睡在這個板間，忍受大群蚊子的瘋狂轟炸，而他卻對此不聞不問。不，他不是不知道，是阿梅故意這麼做的，她想藉此報復她們母子四人。

阿梅這麼做的意圖，宗吉一定是心知肚明的。很久以前，宗吉夫婦還在各地流動打工的時候，在某地曾經被安排住在印刷廠的二樓。由於沒有準備蚊帳，宗吉和阿梅在蚊群中度過了一個悶熱的夏夜。阿梅曾經說過，真想擁有一間自己的房子，然後掛上蚊帳，好好的睡一覺。她是想讓菊代嘗一嘗他們那時候的痛苦經歷。

宗吉沒辦法起來到菊代身邊去，他想等阿梅睡了再悄悄過去。可惜平時一躺上枕頭就鼾聲大作的阿梅，今天卻遲遲不見入睡。從剛才開始，宗吉的肋下和大腿，都被阿梅掐得青一塊紫一塊，頭臉也都被她抓出了血痕。阿梅既不哭泣，也不叫　，而是在薄薄的被子下對他進行懲罰，宗吉默不作聲的任她折磨。菊代再也忍不住了，她渾身不停地劇烈顫抖。阿梅的眼睛在黑暗中，閃著磷火一樣幽幽的光。

「畜生！」突然板間裡響起了菊代的叫聲。她走了過來。

「你們夫妻簡直就是魔鬼！」她在蚊帳的旁邊喊道。

「你們還算是人嗎？你那麼想要這個男人的話，我就把他徹底還給你。誰也奪不走他，這樣可以了吧？」菊代從嗓子喊出的這句話，聲音聽起來都有些異樣。這些話都是衝著阿梅說的。

「不過，孩子是這男人的。他們都要留在這個家！」

阿梅裝作一副沒聽到的樣子，在那裡裝睡，身體一動也不動。宗吉不知道怎麼辦才好，訥訥的說不出來話來。心臟劇烈地跳著，令他十分難受。黑暗中傳來木屐的聲音，宗吉忍不住想要起來，阿梅使力地按住他。

「被騙了的到底是你還是我？說不清楚了吧，沒出息的東西！」

這是菊代留給宗吉的最後一句話。外間響起了木屐的聲音，門被猛然推開了，木屐聲在外面大路上飛快的遠去。宗吉終於忍不住了，他跳了起來，掀起蚊帳，光著腳跳到地上，向門口跑去。

跑到路上一看，一個人都沒有。宗吉找遍了整個二號大街，還是沒看到人影。只有吊在電線杆上的路燈，在路面投下一個孤零零的光圈。在這深寂的夜裡，無論是亮的地方，或是暗的地方，都沒有東西在活動。纖細的一彎明月大得出奇，漸漸向西邊落去。夜風徐徐吹著。

宗吉為菊代感到極度傷心。現在怎麼責備他，都無濟於事了。想到自己給了她八年的承諾，到如今只落得如此下場？想到這裡，宗吉不禁顫抖起來。那時候一句含糊其詞的話——「總會有辦法的」，到最後把一個女人害得如此悲慘。宗吉深深地覺得後悔和無能為力。

不過，菊代的出走，反而讓他莫名的鬆一口氣。這是一種終於有種辦法收拾殘局的安心感。跟菊代出走的寂寥相比，此時此刻，他的這種安心感要更多些。

宗吉開始擔心起阿梅，便回家了。在路燈的光圈當中，蚊子成群地飛舞著。到了家門口，他意外地從外側的玻璃窗發現，屋子裡燈亮著。

宗吉不知道阿梅在幹什麼，他小心翼翼地進屋內。阿梅開著燈，站在板間。睡在那裡的三個孩子，還不知道媽媽已經走了，腳對著腳睡得正香。阿梅藉著燈光，目不轉睛地俯視著這群孩子。看著阿梅側臉的嚴峻神色，宗吉不由得吞了口口水。

「這些，都是你的孩子？」阿梅知道宗吉回來了，回過頭淩厲地瞪著他。光線的變化讓她一隻眼睛的瞳孔閃著光。

看宗吉無法回答，阿梅丟下一句：「長得不像你啊！」就啪的一聲關了燈，一個人快步回到蚊帳了。

五

第二天午後，宗吉帶著三個孩子到菊代家。與其說他是自己想去，不如說是阿梅把他轟去的。

「我才不照料別的女人生的孩子呢！你把他們給我送回到那個女人那邊去！」阿梅說。沒有辦法，宗吉只得背著兩歲的莊二，帶著兩個大孩子搭上火車。孩子們因為馬上就要回自己家了，變得突然有精神了起來。

到菊代家一看，門鎖得緊緊的。問了認識的鄰居，他們都說，菊代今天早晨叫來了搬家公司，把行李打包運走了，還跟他們打招呼，說是要回自己的老家去。

「哎，我們都以為你已經知道菊代走了呢？」

周圍的鄰居都盯著宗吉看，他背著一個，又牽著兩個，樣子看上去莫名其妙。宗吉逃也似地離開了。

菊代的老家在東北地區。她真的回家了嗎？還是搬到別的地方去了？不管怎樣，宗吉已經沒有精力去搬家公司查記錄然後再去找她了。

七歲的利一已經懂事了。他發現又要回到「爸爸家」去，不禁有點沮喪。

「媽媽去哪裡了？」他問。

「媽媽有重要的事，到別的地方去了。在媽媽回來之前，先回爸爸家玩吧，好不好？要乖乖的聽阿姨的話啊。」

利一沒有繼續聽宗吉說些什麼。利一的眼睛烏黑清澈，膚色蒼白，瘦瘦的，腦袋跟身體不大協調，顯得稍大。

在火車上，宗吉買了零食給孩子們。他仔細地審視著三個吃東西的孩子。宗吉想起了阿梅說的話。的確，到目前為止，他一直都以為孩子們只是長得像菊代而已。現在看來，他發現這三個孩子真的沒有絲毫長得像自己的地方。

他們真的是我的孩子嗎？宗吉對此起了疑心。這是他以前從未曾想過的事情。如果不是我的，那又是誰的呢？算來，菊代懷了長子利一，應該是他剛和菊代發生關係後不久。或許，利一是……宗吉突然懷疑起來。眼前浮現出把他帶到「千鳥」的那個印刷廠業務員石田的臉。

石田是「千鳥」的常客了，他跟菊代的關係十分可疑。在那次去過「千鳥」之後，石田就再也沒出現在宗吉面前。本來以為，那只是因為宗吉的工廠不再做外包，和其他工廠沒什麼往來了。如果是那樣的話，那兩個較小的孩子又如何呢？他們兩個是自己把菊代安置在那棟房子後出生的。到菊代住的地方，搭乘火車有一個小時的車程，況且自己也不常去，一個月只能住個兩三次而已。如果菊代和石田還藕斷絲連的話，有的是時間瞞過自己的眼睛。

宗吉彷彿在檢查似的，仔仔細細地看著孩子們的臉、眼神、鼻子的形狀、嘴角、下頜的輪廓，都和菊代十分相像。在利一小的時候，菊代曾經說過他長得和宗吉很像。但是現在看來，利一沒有半點長得像自己。她說的那些話，應該是哄騙自己的一種策略吧。儘管如此，宗吉也沒從孩子們臉上找到石田的影子。他無法斷定到底怎麼回事。

但是，當阿梅打開燈，俯視孩子們的模樣時，曾說過：「這些是你的孩子嗎？長得不像你啊！」。這句話驚醒了宗吉。那應該是女人的直覺吧？他感覺阿梅一語道破了他一直以來沒注意到的事。

宗吉帶著三個孩子回到家裡，阿梅看到他這副樣子，眼裡閃著凶光，問：「這是怎麼回事？」宗吉據實回答。

「你真是個好人啊，居然能養活別人的孩子，那個女人實在比你高明不少。對不起，我是不會照顧這些孩子的。」阿梅挖苦道。

從那以後，阿梅逢人便提這些孩子的事。

「這些孩子啊，都是那個小老婆生的。真讓人吃驚啊，老婆在家裡又是添紙，又是替標籤打孔的，每天從早到晚忙著工作的時候，他卻在外面養小老婆。就算如此，這些孩子到底是我們家的，還是別人的，還不知道呢！」

阿梅到處宣傳，言談中有著掩飾不住的輕蔑和譏諷。第一次聽到這番話的人，無不驚訝得睜大了眼睛，說不出話來。她從不考慮說話的對象是誰，即便對自己雇用的兩個通勤工人也毫不隱瞞。

宗吉必須要照顧這三個孩子。最大的利一臉色蒼白，不怎麼愛說話。這個孩子好像已經隱約知道大人之間發生了什麼事情，他整天悶在二樓那間陰暗的、只有六塊榻榻米大的紙倉庫裡，用鉛筆在破紙片上塗鴉作畫，一整天也不下樓。四歲的良子有點愛撒嬌，總是黏著宗吉。她的頭髮微微捲曲，微紅，這一點跟她媽媽很像。她老是纏著正在工作的宗吉，「爸爸、爸爸」地叫個不停。她一直穿著的那件有花紋的連衣裙已經弄髒了，但阿梅根本不讓宗吉替孩子們買衣服，所以也沒辦法換洗。這孩子來到這個家以後，一次也沒叫過阿梅「阿姨」。她總是躲著一臉戾氣的阿梅。

「那個最大的孩子，老是瞪著那雙大眼睛，真是煩死人了！」阿梅說，她非常的厭惡利一。每次她到二樓拿紙的時候，在樓下工作的宗吉都是一邊彎腰工作，一邊仔細傾聽樓上的動靜。即使傳來阿梅打人的聲音，也從沒聽利一哭過。

良子的頭髮是捲曲的，所以阿梅叫她捲毛，叫兩歲的莊二死小孩。莊二搖搖晃晃地走路，有時因為擋住了阿梅的去路而被踢倒，也只能趴在那邊哭。

阿梅對宗吉的態度有點歇斯底里。她尖尖的臉上，那對眼睛更往上吊了。那對疏淺的眉毛和上吊的眼尾，使她看上去像歌舞伎演員一樣。在她的逼迫之下，每次只要家中響起莊二的哭聲，宗吉都感到腦袋撕裂般地疼痛。

「老闆也很可憐啊。」雇工小聲地，對故意裝出一副毫不知情的樣子，卻在紙片堆中僵硬不動的宗吉說道。

莊二生病了。剛開始的時候還不知道他得了什麼病，只是一直沒有精神，總是用細細的聲音哭個不停。莊二的嘴唇發白，眼神十分呆滯，沒有生氣，瞳孔也不怎麼轉動。

「你自己的寶貝兒子，就自己好好照顧吧。我是不會管他們的。」阿梅宣佈。其實不用她說，宗吉根本就沒奢望過她會照顧孩子。

莊二一點食欲也沒有。宗吉親自下廚煮粥，拿布過濾後餵他，可惜莊二馬上就把粥吐了出來。量了體溫，他也沒發燒。大便像草一樣呈青綠色。

宗吉請來了醫生。

「這是營養失調。而且他的腸道也有問題。」聽了醫生的話，宗吉的臉變得通紅，顯露出心虛的表情，他覺得醫生像是在指責他平時沒有照顧好孩子。

醫生替莊二打了針，囑咐了護理的方法，就留下藥走了。

但是，宗吉無法像醫生說的那樣無微不至地看護莊二。他不能長時間陪在孩子身邊，也沒辦法兼顧孩子與工作。而且，只要他稍微多花一點時間，阿梅就會滿臉不高興地進來，逼他去工作。

莊二的病情一直沒有好轉。他用微弱的聲音不停地哭泣，也已經不能大聲嚎哭了。莊二張著嘴，像小狗一樣哈哈地喘著氣。餵他溫牛奶也無法喝，反而全噴到了枕頭上。

莊二被安置在一間三塊榻榻米大小的屋內，那是一間照不到陽光的陰暗屋子，平時堆放著一些破爛雜物，現在空出來給莊二。宗吉在工作的時候，有時會突然間感到心慌。他總是擔心，阿梅會不會到莊二那間屋子去，對他做出什麼事呢？

宗吉在石板上寫著字，沾滿油墨的尖細毛筆尖不停地顫抖著，握著刻刀的手說什麼也不聽使喚。宗吉再也按捺不住，衝到了莊二躺著的那間屋子裡，可是屋內只有莊二躺在黑暗的角落，斷斷續續地發出幾乎快聽不見的哭聲，沒有其他任何人。這種情況一天會發生好幾次。

莊二日漸消瘦，呼吸也愈來愈微弱。有的時候，他就只是睜大眼睛，眨也不眨地盯著天花板。其實那天花板又舊又髒，積滿了灰塵，十分昏暗，什麼也看不見。

一天，宗吉雙手在印版上推油印輪時，心底又湧起了那種恐慌。他四下張望，發現阿梅正忙著把印刷用紙整理整齊。宗吉暫時放下心來。但是不久，那種坐立不安的恐懼感再度襲來。

宗吉快步來到那間三塊榻榻米大小的房間。他沒有看到本應躺在那裡的莊二的小臉，只有被單凌亂地堆在那裡。宗吉發不出聲音來。等他的眼睛適應了屋內昏暗的光線後，他發現一張皺巴巴的舊毯子蓋在莊二的臉上。那張毯子很重，而且全是皺褶。給人的感覺，這張毯子好像是掉在孩子臉上的。

宗吉急忙抓起毛毯，莊二蒼白的小臉露了出來。他的頭沒有動，也沒出聲，他像一個陶瓷娃娃一樣紋絲不動。

宗吉用手拍了拍莊二的臉，孩子的頭隨著他的手無力地搖晃，完全沒有抗拒的跡象。用手撥開他的眼睛，瞳孔一動不動，呼吸也停止了。

宗吉連忙將手中的毛毯扔到牆角邊。破舊粗糙的毛毯拿在手裡是那麼的沉重。這毯子平時是罩在那一堆行李上當作外罩的，就算它從行李堆上滑下來，掉在莊二臉上，也應該還有一段距離。這種不正常的現象讓宗吉慌張起來，忙不迭地把毯子扔到角落。很明顯，就是這塊毛毯讓原本呼吸微弱的莊二窒息而死。宗吉一個人跑出家門找來了醫生。

醫生開了死亡診斷書。對於這個孱弱的孩子的死，醫生好像並沒有起疑心。這讓宗吉放了心。

「這樣一來，你也輕鬆了不少啊。」阿梅對宗吉說，眼角帶著近來難得一見的笑意。

到底，那塊毛毯為什麼會從行李堆上滑下來呢？到目前為止從沒發生過這種情況，照理說不應該突然出現這種事。即使毛毯真的滑下來，也應該掉在離莊二枕頭三公尺左右距離的地方才對。

宗吉認為，這件事情一定是自己的老婆阿梅所為。雖然沒有任何證據，但是除了阿梅以外，沒有人會做這種事。不過，他沒辦法去質問阿梅，不僅僅是因為沒有證據，而是因為在宗吉心中，這個結果也讓他鬆了一口氣。

實際上，宗吉開始覺得，一直照顧兩歲的莊二實在很麻煩，這孩子倒不如死了乾脆。明確地說，莊二的死讓宗吉得到了解脫，內心安心了不少。不知不覺中，這種意識在逐漸增長。

莊二夭折的那個晚上，阿梅破天荒的主動挑逗宗吉。這是自從發生菊代的事件以後，絕無僅有的。並且，那天晚上阿梅異常的興奮。

令人不解的是，阿梅的身體緊緊地纏住他，這是他記憶中不曾有過的事。這讓宗吉明白了一些他原本想不通的事情。宗吉異常興奮，沉溺於情欲之中。在兩個人的內心深處，都無意識地埋藏著相同的罪惡感。這種罪惡的陰暗，更使兩人更加陶醉於情欲之中。於是，在歡愛中，阿梅要宗吉答應他去做一件事情。宗吉不得不應允了。

六

宗吉帶著良子搭上火車。這個有著捲曲的微紅頭髮的孩子，跟宗吉最為親近。兩個人搭乘快車離開家來到東京，路上花了整整三個小時。在車上，宗吉替良子買了霜淇淋和零食。這讓坐長途火車的良子非常高興。

「我們離東京還很遠嗎？」良子問。她問問題的時候，縮著下巴，看著別人的額頭，這一點和他媽媽菊代一模一樣，或者說，這孩子完全像媽媽這一點，正是她不幸的地方吧。從良子的臉上，宗吉找不到絲毫跟自己，或者跟石田相像的地方。宗吉覺得菊代騙自己騙得很深。

「良子，你能說出爸爸的名字嗎？」宗吉試探著問。

「爸爸的名字就是爸爸呀。」四歲的良子有點撒嬌地說。

「那，良子的家在哪裡呢？你知道我們住在哪裡嗎？要是旁邊有個叔叔這樣問你，良子怎麼回答呀？」

「良子的家啊，在一個有好多好多紙的地方啊。」聽了這個回答，宗吉多少有些緊張。

那個「有很多很多紙的地方」，說的就是印刷廠啊。但是，就憑這一點，其他人也不會知道是什麼地方吧。宗吉點了一根煙，抽了起來。

坐在前排的一個中年婦女，笑起來鼻子周圍都是皺紋。她給了良子一些花生。

「謝謝。」看了看爸爸，良子接過花生。

「這孩子真乖。你們去哪裡呀？」中年婦女問道。

「我們去東京。」

「哎呦，真好。那你是從哪裡搭乘這個噗噗噴氣的火車的啊？」

良子抬頭看著宗吉的臉。宗吉吐出一口煙，然後扔掉煙蒂，用鞋子把它踏熄，然後抱著胳膊裝出一副睡著的樣子。那個女人也就沒再多問什麼。

宗吉不想讓良子有任何機會跟別人說話。他在東京站下了車，站內人頭攢動。但是，宗吉覺得自己的計畫不能在這裡實行。現在的話還太早。

宗吉和良子搭乘電車，在數寄屋橋附近下了車。他牽著良子的手在銀座溜達。出乎意料的是，銀座的行人很少。本來是下決心在這動手的，結果到這才發現，這裡的人群十分稀疏。

他們從銀座走到了新橋，結果新橋的人更少。良子覺得十分新奇，不停地東張西望。

宗吉若是想找機會的話，並不是找不到。但是，他一時還下不了決心。他總覺得別人隨便回頭看，就會發現自己似的。

兩人又從新橋回到銀座，往東京橋方向走去。結果，宗吉到處都找不到他認為合適的地方。良子走得很累，直嚷著肚子餓。於是宗吉帶她到商場的餐廳去吃飯。

他們乘電梯來到六樓。餐廳裡很擁擠。良子骨碌骨碌地轉動著眼睛四處張望，不肯在椅子上乖乖坐著。餐廳裡其他孩子手裡都拿著三角形的小旗。旗子上畫著大象，良子看著也很想要。樓頂上有兒童遊樂場，據說小旗是從那裡得到的。

「良子也想要那個小旗嗎？」宗吉問。良子嗯了一聲。

「那，等下我們就去要。樓上還有猴子和熊貓呢。」

「真的有猴子嗎？」良子眨著眼睛問道。宗吉這才發現，原來這孩子連猴子都沒看過。跟菊代生活在一起時，她一次也沒帶孩子們出去過。良子突然變得多話起來，津津有味地吃著端上來的散壽司飯。

爬上樓頂，有個小型動物園。在炙熱的陽光下，猴子們都躲在陰影裡坐著，只有四五隻無聊地在樹枝上爬來爬去。

良子和其他小孩子們一起，圍在猴子籠子外面看著，手裡拿著剛得到的小旗。她那髒兮兮的連衣裙很顯眼。

宗吉發現，自己終於找到了滿意的地方。他彎下腰對良子說：「爸爸現在有點重要的事，妳在這邊等一下子。」良子答應了一聲，眼睛仍然盯著猴子看。

宗吉走開了。他走到下樓的出口處回頭看時，發現良子正看著自己，不知道想要做什麼。強烈的陽光把她的臉照得雪白，頭髮似火燃燒一般通紅。宗吉有點驚慌，他沒有再往後看，走進了下樓的電梯。

當他抵達一樓，走到門口時，聽到一個女人的聲音在廣播找人，說有孩子走失了。宗吉大吃一驚，不過，廣播中那個走丟的孩子是個男孩。

宗吉在火車上一直望著窗外。與來時相同的景色飛快地向後愈行愈遠。他在心中不斷地對自己說：「那不是我的孩子。那不是我的孩子。」

宗吉隻身一人回到家。這讓阿梅的臉上浮現了淡淡的笑意。

這天夜裡，阿梅又一次主動向宗吉求歡。每處理掉一個孩子，這個女人都會像燃燒的火一樣，異常興奮。

「這樣一來，你肩上的擔子也輕了不少啊！」阿梅輕聲說道。

是啊，的確是輕鬆了不少！他從老婆的不滿，從孩子們沉重的存在感中解放了出來，這種感覺是貨真價實的。

宗吉對旁人說，她已經把良子送回到親生母親那邊去了。

不過，孩子還剩下一個！

七

阿梅最討厭的就是利一。

「真是個令人討厭的孩子。一天到晚老瞪著他那發亮的眼睛，不知道在算計些什麼！」阿梅說。

確實像阿梅說的那樣。利一的頭跟身體比較起來顯得有些大，加上他那沒有血色的薄薄的皮膚，和一雙閃著光的大眼睛，讓人感覺這個孩子似乎有些畸形。利一的眼睛之所以看起來發亮，是因為他眼白部分比較多，而且白色裡還透著些微青光。

這孩子整天在二樓那間放紙的倉庫裡玩。倉庫內滿地都是破紙，除了一些白紙之外，還有一些印壞了的廢紙。利一就在那些廢紙上用鉛筆畫畫。其實那些根本稱不上是畫，就是一些亂七八糟的圈啊線啊什麼的。但是利一就像在認真畫圖形一樣，樂此不疲。

倉庫裡面不僅有紙，還扔著一些已經壞掉的印刷石板。因為要把刻上去的廢棄舊版磨掉，這些石板在經過砂紙反覆地磨擦、研磨之下，石材漸漸的由厚變薄，最後碎掉了。倉庫裡面有的地方凹了下去，一下雨就會積水。阿梅就把兩、三塊已經廢棄的石板弄得更碎，與其他一些石頭混在一起，把凹的地方填補起來。利一把這些碎石板挑出來，用鉛筆在上面畫畫。

這些石頭都很光滑，鉛筆在上面很容易滑動。而且用水一洗，鉛筆的痕跡就會消失，感覺起來十分有趣，所以利一不光在紙上，在石片上也一心一意地畫起來。

這個孩子專心致志地做著這件事。很少到外面去，也很少下樓。在孩子心中，他好像也很不想和阿梅見面。

「那個孩子本質就不好！」阿梅對宗吉說。「跟她那個媽媽一模一樣！」

阿梅說，每次她到二樓去拿紙，在那昏暗的屋子裡，看到利一閃亮的眼睛盯著自己，就覺得渾身不對勁。

「我一看見他就滿肚子氣，忍不住想揍他。可是不論你怎麼打，他都一聲不響，實在很倔強。」

宗吉默默聽著。覺得阿梅的抱怨也不無道理。他感覺到，一種不祥的預感正在慢慢朝他逼近。

一天晚上，阿梅在宗吉耳邊說：「那個利一，沒辦法用像對待良子一樣的方法應付。他已經七歲了，可以說出家裡在哪，自己叫什麼名字。就算把他扔了，也會馬上找回來的。」

阿梅還說，她不能忍受這個孩子老待在這裡。宗吉怎樣她不管，總之她忍受不了了。阿梅逼宗吉盡速把利一送走。

「我該怎麼辦？」宗吉問自己。那種預感終於要變成現實了。他的心在顫抖。

阿梅拿來一個小紙包給宗吉看。打開紙包，裡面是一些白色的粉末。很像感冒時吃的阿司匹靈。

「前陣子我從銅板工廠那邊拿了一點回來，這是氰酸鉀。」阿梅低聲說。宗吉的臉刷地一下白了，阿梅繼續說：「你不必擔心。讓他一次吃下去絕對會被查出來的，我們讓他一點一點的吃進去，這樣他的身體會漸漸衰弱，別人就只會認為他是生病了。沒關係，沒人會注意到的。」

這些白色的粉末帶給宗吉一種脅迫感。阿梅那雙吊吊眼一直盯著宗吉的臉。這樣一來，宗吉就認為本來就是自己理虧，而覺得開始動搖了。而且，他隱約認定了自己做了兩件事。在莊二臉上蓋毛毯的並不是他。但是，從把良子扔掉這件事開始，他就模模糊糊地覺得，在他自身的行為意識中包括了那件事。他產生了一種錯覺，開始覺得兩件事都是自己做的。也就是說，在他逐漸認同阿梅的想法的過程當中，經歷了莊二和良子這兩個心理階段。從現在開始，他已經無所謂了。他只求快點解脫。

阿梅買了一些豆沙包回來。

「我對付不了那個孩子，你自己來吧。」她把豆沙包交給宗吉。只有一個，宗吉接了過來。阿梅很快溜走了。宗吉將這個白胖的豆沙包拿在手上很長時間。

宗吉緩慢地走上二樓。樓梯吱吱嘎嘎的聲音，在這個時候出奇地響。

「利一。」宗吉叫了一聲。利一從黑暗的角落裡把頭抬了起來。

「你在幹什麼呢？」宗吉問。

利一只嗯了一聲，並沒有多說他在幹什麼。他身旁紙散了一地，在微微的昏暗中，孩子的眼睛閃動著光芒。宗吉明白這是旁邊窗戶照進來的微弱光線的緣故，但他認為，這眼神的確如同阿梅所說的一樣，令人討厭。

「來吧，吃個豆沙包吧。」宗吉把他手中白胖的豆沙包遞了過去。

「嗯。」利一如同他想的一樣，高興地把豆沙包接了過去。

宗吉屏住呼吸，看著利一把豆沙包湊到嘴邊。他背光看著這個孩子半邊臉龐的輪廓。

這個孩子不是我的。宗吉在心底喊道。

突然，利一把豆沙包吐了出來。宗吉倒吸一口氣。

「我不要。」這是利一把豆沙包吐出來的理由。

宗吉想，是不是利一嘗出內餡裡面氰酸鉀的味道了呢？他是個神經質的孩子，所以才會這麼敏感。他覺得渾身沒有力氣，卻稍稍地安下心來。

從二樓下來，宗吉發現阿梅在樓梯下面窺視著樓上動靜。宗吉讓她看了看那個咬過的饅頭，站在樓梯上搖了搖頭。

八

阿梅並沒有放棄。她說，既然在豆沙包裡下毒沒有成功，那就換成其他內餡更多的點心，這樣利一絕對吃不出來。而且在家裡讓他吃的話，他可能心裡有所戒備，帶他到外面吃一定沒有問題。況且這附近認識的人太多了，她要宗吉帶利一到東京去。

一個晴天，宗吉帶著利一來到東京。他記取了先前良子的教訓，事先就想好地方，那就是上野公園。

宗吉明白，他已經沒有辦法逃避阿梅的要求了。不管怎樣，他都得照她的要求做。總之，他想快點從這個地獄中逃離出來。

在上野車站的站前，宗吉買了五個豆沙餡的糯米點心，那是二十日元一個的高級點心，裡面放了厚厚的餡，都已經露到外面來了。

兩個人去了公園，參觀了動物園。來到猴子籠子前面的時候，宗吉想起了良子。良子現在不知道怎樣了。東京有專門收容孤兒的地方，她現在一定是在那裡吧，或者，也可能是被哪個不認識的人收養了吧。如此一來那孩子會好過一點。不管怎樣，她也不是我的孩子。既然不是我的孩子，那樣也挺不錯的……

從動物園出來，宗吉盡可能找了一張不引人注目的長椅，帶著利一坐了下來。

「怎麼樣，有意思嗎？」宗吉問。

「嗯。」利一回答，微微地笑了笑。他也不聊剛才看到的獅子、老虎什麼的，臉上依舊沒有絲毫血色，他搖晃著兩隻從長椅上垂下來的腳，泛青的兩眼閃著光芒，望著遠處景色。

「利一，吃些點心吧。」宗吉拿出紙包。

「給我一個。」利一伸出手，拿了一個大口大口地吃著。宗吉看到這情景，便偷偷地用手指在別的點心餡裡放進一些白粉。

「怎麼樣，好吃嗎？再吃一個吧。」宗吉問。利一搖了搖頭。

「之後再吃。」利一說著，從長椅上下來，從口袋中掏出一塊石頭，用穿著白色帆布鞋的腳尖踢起石頭來。那是一塊煙盒大小十分平整的石頭。宗吉知道那是扔在倉庫裡的那些石板碎片。他看著利一用雙腳輪流踢著石頭，玩了一會。

「利一，好了，玩夠了吧。我們要很晚才能到家呢，快點過來把這個吃了。」

聽見宗吉的話，利一乖乖地停了下來，把石頭放進口袋，走到宗吉身旁。

宗吉拿出點心。他看了看四周，遠處只有幾個人在活動。

這次利一也馬上把點心放進了嘴裡。宗吉屏住呼吸看著。可是利一的嘴巴只動了兩三下，就啪的一聲把點心和口水一起吐了出來。黑黑的餡掉到了地上。

「不要了。我不喜歡！」利一說。他還是吃出味道不對了。

「才沒這回事呢。剛才你不是還說很好吃嗎？來，快點吃吧！」

宗吉把利一吃剩的點心搶到手裡，按住利一的頭，硬要把點心塞進他嘴巴。利一緊緊咬緊牙關，扭過臉去，拼命地搖晃著腦袋。兩人就這樣僵持著。

旁邊突然響起人的腳步聲，宗吉放開手。三個路過的人走過來。他們奇怪地看著這父子倆，從旁邊走了過去。

宗吉失去了再次動手的勇氣；他跌坐在長椅上，茫然地望著四周。西垂的夕陽，把這對父子的影子冗長地拖在地面上。樹梢間稍微看見的博物館的藍色屋頂，在暮色中顯得十分朦朧。

「爸爸，我們回去吧。」利一無精打采地坐在他旁邊。那樣子，好像是覺得爸爸很可憐，在安慰他一樣。

宗吉第一次流下了眼淚。

九

幾天以後，宗吉帶著利一來到A海岸。在那裡有一個供奉弁財天女神的小島，岸邊有著很長一座橋，是這一帶的名勝。

宗吉先帶利一去參觀水族館。利一頭一次看到這麼多魚，顯得非常高興。

從水族館出來，兩人向海岸的方向走去。夏天馬上要結束了，但是天氣依然炎熱，在海上可以划船。

「利一，我們來划船吧。」利一望著大海，嗯了一聲，點了點頭。在強烈的陽光下，那些漂在海面上的小船閃著白光。

宗吉去小船出租處租了艘船，然後與利一一同坐到船上，用力將船划走了。利一很新奇地東張西望著，宗吉往海面上划去。

海面很平靜。但從小島划出來之後，海浪變得很大。其他的船也不太接近這一帶。

阿梅告訴宗吉的計畫，是把小船弄翻，讓利一掉到海裡淹死。只要宗吉自己抓住小船被救上來就可以了。致造成無心的意外事故，讓孩子被淹死。這件事一定不會有人懷疑。

阿梅一心一意要殺了利一。宗吉無法擺脫阿梅的控制。上次他們兩個人從上野回來的時候，宗吉被阿梅修理了一番。

「你要養著這個別人的孩子到什麼時候啊？我現在連看都不想看到他。你無論如何得給我想點辦法。」半夜的時候，阿梅近乎瘋狂地逼著宗吉，並口不擇言地咒詛他與菊代的關係。宗吉很少見到阿梅這麼瘋狂，他的神經都快崩潰了。

小船划出了近海，海浪變得很高，小船不斷地晃動著。利一的臉上顯露出害怕的表情。

「爸爸，我們回去吧，我們回去吧！」他說。

「好的，我們回去。」

宗吉把小船折回去。這裡是宗吉事先計畫好的位置。橫向捲來的大浪排山倒海般襲來，小船兇猛地搖晃著，好像馬上就要翻過來似的。利一嚇得眼睛瞪得老大。

但在此時，宗吉心裡也害怕了起來。他不會游泳！他根本沒辦法把小船弄翻之後，再抓住船，這個步驟太困難了。所以，他根本無法好好利用湧來的大浪讓船晃得更猛。

海浪可不會去考慮他的感受，只是用劇烈力量搖晃著小船。現在，宗吉拼命的想從這裡逃出去。他奮力划著槳，但在巨大的海浪面前，他的努力顯得無濟於事。船不停搖晃著，好像馬上就要翻了。宗吉的臉失去了血色。

利一再也忍耐不住了，放聲大哭起來。他的哭聲傳到了離他們最近的一條船上。那條船迅速趕到這邊救援，其他的船隻也相繼趕來。

宗吉帶著利一平安無事的回來。阿梅滿臉陰險地瞪視著他們。

夏去秋來。

宗吉把利一帶到了伊豆的西海岸。他們先搭火車，中途又換了公共汽車。

公共汽車上，只有兩三個看起來像是要去洗溫泉的客人，其他多是漁村裡的人。坐了差不多兩個小時，在一個叫M的小鎮下了車。

他們在飯店吃了一頓很晚的午飯，但是紅燒花枝非常美味，利一吃了一大盤。

從M鎮往西不到半公里就是海岸。在秋日的天空之下，可以看到美麗的富士山。海面上遠遠可以瞭望到一些山。

兩個人在草地上坐了下來。從旁人眼中看來，這無疑是父親帶著孩子出來玩。利一覺得很無聊，就又把那塊石頭拿出來踢著玩。這時候宗吉站了起來，走到草地的盡頭向下望著。這一帶的海岸到處都是懸崖峭壁，從上面望下去，在數十丈的陡壁之下是一望無際的藍色海面。而這正是兩個晚上前，阿梅計畫中想要的地方。

宗吉在往下望的時候，利一靠了過來。

「爸爸，這裡真高啊。」利一也看著下面說。

「是啊，很高啊。」宗吉回答。他一邊回答一邊看著利一，現在利一的姿勢正是他所期望的。意識到這一點，宗吉的心涼了起來。他現在還沒準備好，他需要做好充分的心理準備，才能從背後把利一推下去。

宗吉就像是在查看地形一樣，又一次向下望去。這次他發現，懸崖下零星停著三四艘漁船，剛才自己沒注意到。只要有這些漁船在，他就不能行動。無奈之下宗吉只能在那邊等。看樣子那些漁船好像不會輕易開走。

十

時間流逝著，夕陽沉到了海面上。開始起風了，微微有些涼意。

「我們還不回去嗎，爸爸？」利一問。

「嗯，我們再玩一會就回去。」宗吉說，利一也就沒再多問，拿起周圍的草玩了起來。那雙讓阿梅十分討厭的眼睛，現在這樣看起來是很普通的。利一的頭有些大，手和腳卻像萎縮了似的細長。皮膚上泛著青筋。

這個孩子，是我的嗎？宗吉再次懷疑了起來。不，他不是我的孩子。首先眼睛就不像，還有鼻子和嘴也不像自己。雖然他長得像菊代，但卻沒有絲毫長得像自己的地方。他不是我的孩子，他不是我的孩子！宗吉努力讓自己接受這個想法。

周圍逐漸沒入一片黑暗，利一因為疲累而睡著了。宗吉將他抱到膝蓋上，脫下上衣蓋在他身上。孩子小巧的鼻子均勻的呼吸著，有小蟲子飛落在他臉上，他厭惡地扭動著脖子。

天色已全黑了，不知道位於何處的漁村或小鎮，遙遠地在閃著燈光。已經完全看不見大海的顏色了，風吹送來海潮的氣息。

宗吉抱著利一站了起來。孩子沒有發覺，繼續睡著。周圍很黑，看不清孩子的臉。這一點幫了宗吉的忙。

宗吉抱著利一站到懸崖邊緣。在黑暗中，感受不到遠近感，周圍彷彿一片平坦。只是，腳下響著海浪的轟鳴。這裡什麼都看不見，只能聽見下面大海的聲音，這讓人感覺到上下的距離差。

宗吉把利一扔了下去。黑暗中看不見物體的運動方向。他的手腕突然間變輕了。現在，手上的這種輕鬆感，不正是他所追求的解脫嗎？他猛地閉上眼，轉過身，朝來時的方向狂奔而去。

早晨，一艘經過伊豆西海岸的船隻，發現峭壁的半空中掛著一個白色的東西。船上的漁夫凝目望去，發現好像是個人！船隻緊急靠岸，那個白色的東西，正是一個穿著白色開襟襯衫的男孩。他抓住了從懸崖上突出來的松樹根，吊在那裡。

漁夫們帶著漁網爬上懸崖，抱著那個孩子回到船上。孩子又凍又怕，累得筋疲力盡。船上的六名漁夫照顧著他。

孩子稍稍恢復了一些精神，漁夫們自然向他詢問情況。但孩子卻不肯多說什麼，只回答是爸爸帶他到這裡玩，他睡著的時候掉下來的。問他爸爸現在在哪裡，他回答說不知道，再問他的名字和住址，他也默不作聲，問他年齡他回答七歲，但每次問到他的名字，他就閉口不答，好像在隱藏什麼事情。

漁船回到漁港，漁夫們去了警署說明情況，把孩子交給了員警。

員警詢問了跟漁夫們問過的相同問題。問他為什麼會掉到那樣的地方，孩子回答說：「我是和爸爸一起來玩的，我睏了就睡著了，就是那個時候掉下來的。」除此之外，他什麼也不說。

「小朋友，你叫什麼名字啊？」

「你的爸爸媽媽叫什麼名字啊？」

「你從哪裡來的？」

「你知道你家住在什麼地方嗎？」

「你爸爸是做什麼的呀？」……

這些問題，無論怎麼問，他都一言不發。看他並不是搖頭聽不懂的樣子，員警們明白孩子其實知道怎麼回答，只是不回答而已，看來有什麼更複雜的情況，讓這個孩子執意沉默不語。或者，這個孩子可能想試圖掩護誰，所以才頑固地不肯開口。

警察署判斷，這個孩子是被人推下來的。於是決定將這件事作為殺人未遂案展開搜查。

這個孩子的衣服沒有什麼特點，襯衫和褲子都十分常見，衣服的材質比較粗劣，看來應該是個中下等家庭的孩子。

孩子身上沒有攜帶任何物品。不過從他的後褲袋裡發現一塊火柴盒大小的石頭，石頭大約有兩釐米厚，一面有凹凸不平的缺損，另一面十分的扁平光滑。

「小朋友，你帶的這塊石頭很不錯啊。是做什麼用的啊，這個？」員警把石頭拿在手裡問道。

「跳房子。」孩子回答道。他有著一雙青白色的臉和一對神經質的大眼睛。

「是嗎？真好！」員警說著，把石頭放在桌子上。他打算放棄從這塊石頭上找線索。

就在此時，碰巧有個印刷廠的業務員進來送訂貨單之類的東西，眼神不經意地發現了桌子上的那塊石頭，就把它拿在手上把玩著，好像看到了什麼稀罕東西似的。

其他的員警在旁邊看見，就問印刷廠的人說：「喂，你在看什麼呢？」

印刷廠的業務員拿著石頭給他看：「這塊石頭啊。」

「那是什麼東西呀？」

「做石板用的石頭碎片。」

員警將石頭一把搶了過來。

員警帶著這塊石頭去了鎮上的石板印刷廠，印刷廠的人十分熱心地觀察這塊石頭，發現上面微微劃著一些白線之類的東西。他說這是用砂紙打磨後沒弄掉的舊版所留下的痕跡。

印刷廠的人在員警要求下，在石頭上塗上了阿拉伯樹膠，再塗上黑色的製版用黑墨水，嘗試再現廢棄的舊版。石頭表面變得漆黑，乍看之下根本無法看出上面有些什麼，但可以隱約辨認出那是精細圖樣的一部分。

在用放大鏡仔細地審視圖樣後，發現似乎是酒類或醬油廠商的標籤，最後終於辨別出是「某釀造廠商」名字的一部分。

根據此線索，員警們展開搜查。

一年半

待て

一

首先，從事件本身講起。

被告須村里子，二十九歲，罪名謀殺親夫。

里子在戰爭時期畢業於ＸＸ女子專門學校，畢業後進入一間公司當職員。因為戰爭時期各家公司男性雇員短缺，所以便招募了大量的女職員進入公司工作。

戰爭結束後，入伍的男性陸續回到祖國後，便取代了女職員。兩年後，在戰爭時期被聘用的女職員們一起被辭退，這當中也包括須村里子。

不過，里子在公司的時候有了交往對象，所以離職後兩個人便步入了婚姻禮堂。里子的另一半叫做須村要吉，比里子大三歲。因為自己只有中學畢業，所以對女專出身的里子十分憧憬，並向她求了婚。他是個個性溫柔的人，而里子正是看上他這一點。

就這樣，兩人安靜地度過了八年的婚姻生活，育有一兒一女。因為要吉只有中學畢業，所以一直沒有太大出息，只能當個平凡的職員。但是他的工作態度十分認真，薪水雖然不多，可也累積了一些積蓄，生活還算過得去。

可是到了昭和ＸＸ年，公司因為發展得不好，於是打算裁員，於是，能力普通的要吉與年老體衰的員工一起被辭退了。

要吉有些慌了，到處想辦法，去了兩、三家公司面試，不是因為不適合，就是因為薪水太少，最後還是沒有找到合適的工作。因此，里子不得不出去工作。

她最初在一家信用合作社當業務員，不僅在身體方面非常勞累，而且工作情況也不好。後來經由一個認識的朋友介紹，成為了ＸＸ生命保險公司的推銷員。

剛開始里子業績並不好，直到後來前輩教了她一些業務上的技巧，業績於是逐漸好起來了。里子並不漂亮，但有一雙大眼睛，笑起來露出一排整齊的牙齒，看上去格外動人。在推銷保險的業務員中，擁有女專學歷的里子算得上是個知識分子，所以在與客戶交流的時候，讓人感覺更有智慧。因此，里子逐漸獲得了客戶的好感，在工作上也更加順手了。推銷保險的要領就是要有毅力、嫵媚和溝通的技巧。

里子每個月收入大概有一萬二、三千圓，而她的丈夫要吉卻完全失業了，什麼工作都勝任不了的他變得無事可做，兩個人只能依靠里子的收入生活。要吉每天對著妻子說「對不起、對不起」，在家中無所事事地度日。

可是，里子的收入不要說月薪了，就連基本薪資也相當地少，大部分都是依靠佣金。因此，每當成績不振的那個月，她的薪水就少得可憐。

各家保險公司的推銷員間競爭十分激烈，在廣大的東京市內，到處充滿此類競爭，甚至到了無法繼續開拓新客戶群的地步。「既然在市內開拓新業務的可能性微乎其微，何不到別處去開發新的領域呢？」里子這樣想著。

里子看中的地方是水壩施工現場。由於各個電力公司都在從事能源開發，水壩的工程可說多不勝數。這種施工多由ＸＸ建設、ＸＸ組這樣的大型營造公司承包，每個施工現場都有上千至上萬的工作人員。這些工作人員多數從事高空堤壩作業或是炸藥爆破工作，隨時可能會受傷，甚至危及生命。施工地點多在交通不便的深山，即使是十分聰明的保險推銷員也還沒能涉及到該領域——不，只是還沒有人發覺罷了。

這塊待開發的領域被里子發現了，於是，她約了關係不錯的另一個推銷員一起，來到了附近縣內深山的水壩施工現場，當然旅費是由自己承擔的。

除了到處流浪居無定所的工人以外，營造公司直屬的技師、技術員、機械人員以及現場的主任等都是她們推銷的對象。這些人都是公司的職員，還是能讓人放心的。

在這個新的領域之中，保險業務進展得很順利。在他們之中的一些人加入了集體保險，而因為他們也知道自己身處危險之處，所以推銷起來很容易，業績迅速上升。考慮到收取保險費用的不便，大家都是支付了一年的保險費。

她在新領域的拓展工作十分成功，收入也成倍數成長，每個月都有三萬圓入帳。

如此一來，他們的生活便寬裕了起來，而要吉也隨之變得更加懶惰，依賴心態不斷增強，擺出一副全靠里子薪水生活的姿態，不再有出去尋找工作的念頭，整天無所事事地過日。

不僅如此，要吉還開始毫無顧慮的出去喝酒。經常出門在外的里子總是把家中生活費全部交給要吉管理，於是他開始偷偷拿出一些錢出去喝酒。剛開始的時候只是一點點，隨著里子收入的增加，他膽子愈來愈大了。

里子考慮到自己出去工作時，丈夫自己在家會很鬱悶，所以對要吉的所作所為也就睜一隻眼閉一隻眼。而且，里子擔心他偷偷摸摸喝酒會產生自卑感，所以有時候回家後，自己還會勸丈夫出去喝點酒。那時，要吉便會開心地出門，似乎顯得很安心的樣子。

就這樣，要吉在外面有了別的女人。

二

在事後看來，里子多多少少也得負點責任。那個女人是里子以前一個朋友，而且正是里子自己將她介紹給要吉的。

那個女人叫脇田靜代，是里子的同學。有一天兩個人在路上巧遇，一聊才知道靜代的丈夫已經過世，現在她獨自在澀谷經營一家酒館。靜代留了一張名片給里子，學生時代的靜代十分漂亮，但現在像完全變了一個人一樣，面容枯瘦，還有著一副狐狸臉。但就是這樣的一個女人，自己租了店面經營起了小酒館。

「有時間要過來玩啊。」兩個人相互道別。靜代聽說了里子的收入，十分羨慕。

里子回到家後就與要吉提起這件事。

「有時間去她那裡喝喝酒吧，畢竟是妳的老朋友，應該能算便宜點。」他邊說，邊斜眼看著里子的臉。

里子心想反正要喝酒，當然是去便宜的地方好，況且還能順便幫上靜代的忙。

「好啊。去試試也不錯。」里子回答說。

不久，要吉真的到靜代的店裡去喝酒了。

「那個酒館真的很小，只容的下五、六個人，雖然環境有點髒，但酒還算不錯。多虧了妳，酒錢少算了一些。」要吉對里子說。

「是嗎？那很好啊。」里子說。

里子每個月有一個禮拜的時間會待在水壩的工地上。跟大家混熟了，便有人幫她介紹其他的施工現場，工地A、工地B、工地C……就這樣，一天天地，工作之餘毫無閒暇時間，但收入從未少過。

所有的收入全都交給了要吉作為家用。在這個家中，丈夫和妻子的位置有些顛倒。這是件很不好的事，事後里子很感慨地說。

要吉愈來愈怠惰了，總想耍些小聰明在生活費上搞鬼，然後拿著那些錢出去喝酒。漸漸地，要吉變得更加放肆，里子下班回到家，兩個孩子經常被餓得直哭。而要吉卻大白天出門，直到夜裡很晚才吐著酒氣回到家。

里子生氣地責備要吉，但大多數情況下他不但不在乎，反而反過來對里子發火。「我是這個家的主人，不是女傭！世上的男人生來就會喝酒，別以為能賺錢就了不起！」他擺出一副理所當然的樣子，衝著里子大吼。

一開始，里子以為要吉是因為自卑才會這樣，並且對他還有些同情，但要吉總是故態復萌，讓她逐漸地充滿了怨氣。為此，兩個人爭吵的次數漸漸增多，要吉更擅作主張，拿了錢喝醉後很晚才肯回家。里子下班回家後，還得做飯照顧孩子，去工地時，便不得不把孩子託付給鄰居照顧。

也許本性懦弱的男人，骨子裡總有些暴力傾向吧，要吉每天都對里子拳打腳踢。但最讓里子苦惱的，是要吉的揮霍無度。雖然每個月家中都有三萬圓的收入，但家裡有時卻連買米的錢都沒有，更別說孩子學校的家長會費、餐飲費等費用了。要吉不僅沒替孩子買過新衣服，還養成了喝醉酒回家後叫醒睡著的孩子，施以家庭暴力的惡習。

有些知情的人看不下去，偷偷地告訴里子說要吉在外面有了別的女人。而當她知道第三者就是脇田靜代的時候，她大為吃驚，接著便是一把無名火猛烈燃起。「真讓人難以相信。」那個人當時說。里子也想追到對方那裡，與對方大吵一架，讓所有人知道她的行為，但她還是理性地忍了下來。在旁人看來這可能有些愚蠢，不過這種做法會更理智，里子這樣想著，壓下了自己的憤怒。

「妳這個女人，靜代比妳強多了。我很快就會和妳離婚，去和她生活啦！」在被里子責備時，要吉放話說道。在那以後，兩個人每次吵架，他都會這樣說。

要吉從一旁衣櫥中拿出衣服去典當。因為里子不在家，他變得變本加厲，里子的衣服一件也沒有剩下，甚至連件換洗衣物都沒有了。典當的錢要吉悉數花在那個女人身上，在他與靜代認識的半年內，家中生活變得窮困潦倒。

「世上再也沒有比自己更不幸的女人了吧。」里子這樣想著，眼淚不自覺流了下來。想到以後孩子的生活，晚上連覺也睡不著。即便如此，第二天早上醒來，還是必須擦乾眼淚，冰敷哭腫的眼睛，強顏歡笑出去推銷保險。

昭和二十X年二月的一個寒冷夜晚，里子睡在孩子身邊，不斷哭泣。要吉還是沒有要回家的跡象，問了孩子才知道，他在傍晚的時候出門了。

凌晨十二點多接近一點的時候，要吉回來了，敲著外面的門。那是四塊半榻榻米、二間大小的狹窄房間。榻榻米已經破損了，到處都是用厚紙修補過的痕跡。里子踩過破舊的榻榻米，去替要吉開門。

接下來發生的事情便是里子的供述。

三

「我丈夫他醉得一塌糊塗，兩眼發直，臉色蒼白。看見我在哭，一屁股坐到了孩子的枕邊指著我說：『哭什麼哭？我到外面喝了酒回來，所以故意哭給我看嗎？』」

我好不容易賺到的錢，幾乎都被他拿去喝酒了，孩子在學校該交的錢絲毫未付，連吃飯都成了問題，每天晚上都喝得醉醺醺的才肯回家，弄得我們兩個人成天吵架。而那天晚上，他的樣子與平時相比，更是有過之而無不及。

「別以為賺錢就了不起，妳看我失業就瞧不起我對吧！我可不是好惹的！」他怒氣沖天地說。「妳是不是嫉妒啦？妳這個蠢貨，整天哭喪著臉，看著就覺得煩！」說著，他就打了我一巴掌。

我想他又要揍我了，於是把身體縮了起來。「我要和妳離婚，和靜代一起生活會更好！」他說，臉上浮現異樣的表情。但是我忍下了，奇怪的是，我並沒有感到嫉妒。

我雖然不知道靜代現在是個什麼樣的女人，想必她也沒打算和這個吊兒郎當的人結婚，那只不過是他信口開河而已。

緊接著他說，「妳那是什麼眼神？是一個妻子應有的眼神嗎？哎！真無趣！」他大叫著，站了起來。我的腰和下腹被他踹了好幾下。看到我屏住呼吸動也不動，這次他用腳「啪」地一下掀開了孩子們蓋的被子。

睡著的孩子們被嚇醒了，一睜開眼就抓住他的衣襟開始磕頭。當時，就與他每次酒醉後打孩子的瘋狂樣子一樣。孩子們哭著大叫「媽媽！媽媽！」。我突然從夢中醒來一般，走向門口。

想到孩子們將來會更加不幸，想到我的悲慘境遇，再也沒有比這更可怕的了。我真的很害怕。於是，我抓起了鎖門用的橡木棍子，用力將它握在手中。

要吉還在毆打孩子。較大的七歲兒子哭喊著逃開了，而年幼的五歲女兒仍在遭受他的打罵。她的兩頰被打得火一般的紅，瞪著雙眼聲音嘶啞，不斷抽泣著。

我高舉手中的木棍，用力朝他頭上打。他一下被我打倒了，卻仍踉蹌著要過來打我。我感到更害怕，所以慌亂中又打了他一棒。

最後他倒下了，身體軟了下去。我感覺他倒下後還會再起來，恐懼之中又第三次揮棒打了他的頭。

他被打得躺在榻榻米上不斷吐血。就在短短的五六秒內，我就像耗費了大量的體力，無力地癱軟在地上……」

有關須村里子謀殺親夫的情況大抵如此。

她是自首被捕的。根據她的口供，警視廳搜查一課展開了詳細調查，最後確認她的供述均屬事實。須村要吉的確是後腦勺遭受硬棒大力敲擊，後頭蓋骨骨折而死。

這個事件被報紙報導出來時，里子獲得了廣大同情，警視廳內陌生人的安慰信紛紛而至，當然大多都是婦女們寫來的。

案件進入到公訴階段，人們對她的遭遇更加同情了。事情經過還被特別刊登在婦女雜誌上，同時並附上評論家的評論。當然，那評論是同情須村里子的。

在各評論家中，對這件事最感興趣、發言最多的，就屬廣為人知的女性評論家——高森多紀子女士。她從報紙開始報導此事件時，就發表了自己的觀點，在各類雜誌、特別是偏向女性的雜誌都刊登了她的專欄，將她所發表的文章綜合起來，大致內容歸納如下：

「再也沒有比這次事件更能體現日本家庭中丈夫的暴力了。明明毫無生活能力，卻完全不顧家庭，把錢拿去喝酒找女人，這種男人，腦袋裡完全沒有妻子的不幸、孩子的未來。而且那些錢還是妻子靠自己柔軟的肩膀，為家裡辛辛苦苦賺來的生活費。

中年男子厭倦了自己的妻子，受其他女人吸引而產生了興趣，這是違背道德的行為，是被禁止的。日本家庭制度中丈夫的特殊位置，使他們產生了這種自私的自我意識。世上一部分人似乎對於這種錯誤的惡習，還存有寬容的想法，這種觀念必須被打破。

尤其是這次事件性質十分惡劣。從情婦那裡喝得爛醉回到家，對家庭中的唯一支柱——妻子施以暴力，連自己的孩子也不能逃脫被打的厄運。這種人毫無人性。

須村里子對丈夫的惡行寬容到那種地步，這是做為妻子的傳統美德，但這是錯誤的。她接受過高等教育，本身具有一定的素質修養，卻仍然會犯這種錯誤。但是，放下她的這個缺點不談，我作為一名女性，對她丈夫的行為由衷感到義憤填膺。丈夫對自己的虐待、自己的孩子就在眼前被毆打，這讓她對於未來的不安和恐懼更加嚴重。

我認為這次事件只能算是正當防衛。在那種情形下，她的心理和立場，無論是誰都能理解。對她的判決應當減到最輕。而我本人主張須村里子無罪。」

高森多紀子的意見得到了社會上女性的廣泛認同，每天都收到數封贊同自己觀點的來信。其中，還有不少人希望高森女士能夠以特殊辯護人的身份，站到法庭上親自為里子辯護。

為此，高森多紀子的名字更加廣為人知。她親自動員和自己有同感的婦女評論家，連名上書給審判長，要求讓須村里子減刑。實際上，她還親自擔任里子的特別辯護人。她穿著肥肥的和服的樣子，還和被告低頭認罪的樣子一起被拍成了很大的照片，並刊登在報紙上。在照片的煽動下，法院收到了全國寄來的減刑請願書。

最後，里子的判決是「三年有期徒刑，緩期二年執行」。

里子接受了法院的判決。

四

發生了這樣一件事。

一名陌生男子前去拜訪高森多紀子。雖然高森多紀子以業務繁忙為由推託，但當對方說想問她一些有關須村里子的事情時，她決定在接待室見一下這個人。男人遞過名片，名片上寫著他的名字——岡島久男，不知道為什麼，左側的地址被塗黑了。

岡島久男看起來三十多歲，身材魁梧，膚色黝黑，是那種太陽曬出來的健康顏色。濃密的眉毛、高挺的鼻樑、豐厚的嘴唇，雙目清澈，讓人感覺充滿活力。多紀子因為他那雙漂亮的眼睛，對他產生了一絲好感。

「有什麼事？關於須村里子的什麼事情？」她抓著名片問道。那手指圓圓的，彷彿嬰兒的手指一般。

岡島久男突然以十分誠懇的態度說：「百忙之中，多有打擾，十分抱歉。各雜誌上刊登的您對於須村里子事件的報導，我全都看過了，對您感到十分敬佩。」

「最後判為緩期執行，結果相當令人滿意！」多紀子那張圓圓的臉瞇著眼，點頭說道。

「您的力量真大。完全是托您的福啊。」岡島說。

「不，與其說是我的力量大，倒不如……」多紀子皺了皺她那小鼻子，笑著回答。「不如說是民心所至、大勢所趨。這是輿論的力量。」

「但推動社會輿論的是您，所以說是您的力量大啊。」

多紀子淡淡地笑了笑。她尖尖的下顎看起來很可愛，微開的薄唇中露出雪白的牙齒。對方的讚許讓她聽起來十分舒服，多紀子臉上露出鎮靜的微笑，那是名人所具有的一種恰如其分的自負。

只是，這個男人究竟想打聽些什麼呢？雖然他聽似對須村里子十分同情，但他的眼神卻始終避免與多紀子正面接觸，一直在看窗外的春色。

「我可以說和須村里子有點熟。」岡島像是看出了多紀子的疑慮，說道：

「經由須村小姐的推銷，我加入了某公司的生命保險。其實，我覺得這次的事件並不像看上去那麼簡單。」

「哦，是那樣啊。」多紀子彷彿認可對方似的點了點頭，露出了她脖子上的兩層肉。

「里子是一個討人喜歡、平易近人的女人。真不敢相信那樣的女人會殺死自己的丈夫。」岡島說出了他對里子的印象。

「即使是里子那樣的女人，在衝動的時候也會失去理智的。無論如何，畢竟她一忍再忍。即便是我，在那種情況下也很難說會做出什麼樣的事。」多紀子依舊眯著眼。

「老師您嗎？」岡島有些吃驚，抬起了頭。這樣一位冷靜的女評論家，要是發現有了第三者，也可能會像市井女子一樣衝動嗎？他露出懷疑的眼神。

「會的。人要是憤怒到了極點，就會喪失理智的。就如同須村里子一樣，即使是女專出身的女人也在所難免。」

「被氣昏了頭啊。」岡島用那清澈的眼神盯著多紀子。

「這與須村里子的生理上沒有什麼關係吧？」

因為岡島突然說出了生理兩個字，多紀子顯得有些錯愕。接著，她想起閱讀當時的審查紀錄，里子在犯罪時並非生理期。

「我認為並沒有這方面的特別原因。」

「不。」岡島顯得有些害羞。

「我說的不是那個生理，我指的是平時夫妻間的肉體關係。」

多紀子臉上的笑容消失了。這個男人似乎知道些什麼，但他想問什麼呢？

「也就是說，她丈夫在生理上有缺陷嗎？」

「不，正好相反。我在想須村里子生理上是不是有什麼缺陷。」

多紀子沉默了。她喝了一口已經涼了的茶，掩飾一下內心的尷尬，再次望向岡島的臉。

「有什麼這方面的證據嗎？」

就像每次辯論時的態度一樣，為了抓住對方的弱點，總要先冷靜下來思考。

「不，沒有什麼算得上是證據的東西，不過……」岡島因為被多紀子盯著，表情顯得有些尷尬。

「事情是這樣的；我認識須村要吉的一個朋友，聽那人說，要吉從很久以前，大概一年半前開始，與里子就沒有發生過夫妻間閨房之事。因此我在想，須村里子是不是生了什麼病，使兩個人之間的房事產生了障礙呢？」

「不知道。」多紀子有些不滿。

「站在特別辯護人的立場上，我閱讀了判決時的紀錄，上面並沒有這方面紀錄。員警在辦案時通常也會對這個部份進行調查的。既然沒有這方面的紀錄，我想里子並沒有生理上的障礙。難道不是要吉與情婦勾搭上之後，里子才拒絕行房的嗎？」

「不，這件事發生在要吉與脇田靜代外遇之前。因此，才有些荒謬。如果里子的身體上並沒有什麼障礙的話，不是很奇怪嗎？不是嗎？」岡島陷入了沉思。

五

高森多紀子皺了皺眉。她的眉毛與眼睛一樣薄而細長。

「奇怪？你這是什麼意思？」

「我不明白她為什麼要拒絕丈夫。」岡島小聲答道。

「所謂的女人啊……」多紀子用輕蔑的語氣回答說。「女人有時會對夫妻生活產生強烈的厭惡感，這種生理上的心理現象有些微妙，你們男人也許是無法明白的。」

「原來如此。」岡島點頭認同，但臉上卻流露出一副疑惑不解的表情。

「但是，里子與丈夫的那種狀態是發生在他與脇田靜代勾搭之前的半年。也就是說，里子拒絕同房半年後，要吉才與靜代開始交往。我想，這兩件事情之間是不是有什麼關聯？」

岡島加重強調了「因果關係」四個字，這讓人難以理解，但是其中意味所指，多紀子猜得出來。

「也許吧。」她眉頭鎖得更緊了。「也就是說要吉的不滿，在靜代的身上找到了發洩。」

「嗯，算是吧。」岡島拿出一支煙，接著說。「脇田靜代是里子的老友，要吉最初去靜代的店也是里子介紹的，也許她自己並沒有意識到會發生那樣的結果，但是，她卻親自為丈夫和靜代的狼狽為奸製造了機會。」

岡島點著了香菸，多紀子那細小的眼睛閃閃發光。

「你是說，里子是故意讓丈夫接近靜代的嗎？」

「不，這一點我不能肯定。但是，從事實上來看，她至少為兩個人勾搭在一起創造了前提條件。」

「如果是從結果來反推的話，這個結論未免太牽強了。」多紀子顯得有些激動。「結果往往是出人意料的。」

「那倒是。」岡島坦率地認同了她的說法。他從厚厚的嘴唇中吐出煙霧來，煙霧繚繞在窗前的陽光中。

「但有時也能得到預期的結果。」他說了這樣一句。

多紀子感覺到他話中有話，心想：「哎呀！」

「那麼，里子在最初就是這麼計畫的嗎？」

「這個別人無從得知。我只是推測而已。」

「可是你憑什麼這樣推斷呢？」

「因為里子把錢交給要吉，讓他去靜代那裡喝酒。雖然只是剛開始的時候。」

「但那又能說明什麼呢？」多紀子兩眼發光，反駁道。「那是里子心疼丈夫。他失業在家整天無所事事。做為妻子，又不得不因為工作離開家，怕丈夫會因此而感到寂寞，所以才對他那麼體貼。要他去靜代的店裡喝酒也是因為價錢可以便宜一些，而且還能幫靜代的忙。可是好心沒好報，這樣的結局是她無論如何也想不到的。你這是以小人之心度君子之腹，我完全無法認同。」

「如果從她體貼的角度考慮也可以。」岡島點頭認同，繼續說道。「明明是出於自己的關心，而要吉卻癡迷於靜代，背叛了她。妻子辛辛苦苦賺到的錢，全部花到了別的女人和喝酒上。拿家中物品去典當，完全不管家裡窮困潦倒，還照常去別的女人那邊，每天很晚才回家。回到家就發酒瘋，虐待妻子和孩子。沒想到里子的寬宏大量卻惹禍上身，他們的家庭因為靜代變得一團糟。也就是說，對於里子來說，靜代是她恨之入骨的人。既然這樣，為什麼里子沒去靜代那裡抗議呢？至少，在事態演變到這種地步之前，她就應該去找靜代。她們是朋友，沒有理由毫不知情的。」

「這種情況是很正常的。」多紀子平靜的回答。「這世上確實有到丈夫的情人那裡怒斥第三者的妻子，但那是一種愚蠢的行為，連自己也會受到傷害。有教養的女人把出軌視為最大的恥辱。丈夫的恥辱就是妻子自己的恥辱。站在妻子的立場上，還得考慮面子和責任。里子是女專出身的知識份子，不可能做出那種沒有教養的事。」

「果然如此。或許是那樣吧。」岡島再次表示認同。

「但是——」他用同樣的語氣說。「里子無緣無故拒絕與丈夫行房，才導致丈夫與脇田靜代走在一起。對方是個寡婦，自己的丈夫喜歡喝酒，同時還使其處於性饑渴狀態，前提條件都具備了。當然這樣的事是在兩個當事人之間開始的。但是里子卻置之不理，根本沒有提出異議。這樣看來，她很可能是另有企圖。」

六

高森多紀子那看上去睡眼惺忪的眼睛露出了敵意。多紀子花了很大心思，把接待室佈置得能讓人心情平靜。牆壁的顏色、接待客人的傢俱、四周的背景，無論在哪方面都顯現出多紀子高雅的情調。

但是，主人本身卻無法繼續冷靜下去。她顯得有些焦燥不安。

「你所說的企圖，是說須村里子早就有那樣的計畫了嗎？」多紀子迅速反問道。

「只是推測。是用我所掌握的現有資料推論出來的。」

「根據極其有限的資料推論出來的是吧。」多紀子立即說。「我很會觀察人，對於大多數的人，我一眼就能看個八九不離十。接手這次事件以來，我翻閱了大量的相關資料，還以特別辯護人的身份多次與須村里子會面。

沒有任何證據能夠證明你的胡言亂語。況且，見過里子的人都會被她高尚的人品所打動，看她那清澈的眼神就知道她是個單純的人。

這樣的人為什麼要忍受丈夫對她的虐待呢？相反地，對於她的丈夫我感到很氣憤。像里子這樣出色、有教養的妻子世間罕見。我相信我的直覺。」

「里子是個很有教養的人，這一點我很贊同。」岡島那厚厚的嘴唇動了動。「我完全是這樣想的。」

「你到底是怎麼認識里子的呢？」多紀子質問道。

「先前我說過，須村里子介紹我加入了生命保險。我忘記提到，我在東北深山裡ＸＸ水壩建設工地工作，是ＸＸ組的技術員。」岡島首次表明了自己的身分。

「我們在深山裡的生活，除了工作沒有任何娛樂活動。」他接著說。

「在小鎮的火車站下車後，還得搭一個半小時的卡車才能到那個地方。每天晚上下班後，什麼樂趣也沒有，只能過著吃了睡、睡了吃的生活。

就算是有上進心的人，也會慢慢地隨波逐流，到了晚上，下下將棋或打打麻將什麼的。每個月兩次的假日，就去一公里外山腳下的小鎮，到那些因為水壩工程臨時修建的小店內，打發百無聊賴的時間。在那裡，不論是誰每次都會消費一、二萬圓。

然後，再次無精打采地回到山裡，沒人會感到滿足。我們從學校畢業，找到了自己喜歡的工作，卻是從這座山輾轉到那座山，慢慢的，我們開始懷念起城市裡的生活。在層巒疊嶂的山裡，實在是無處可去。」不知從何時開始，岡島的語氣變得異常沉靜。

「在那裡，也不是沒人談戀愛，但對方不過是附近山中農家的女兒，既沒有頭腦也沒有教養，僅僅因為是女人，沒有選擇的餘地，只能勉強接受了。看到那些成了家的都後悔不已，只能放棄。真的太可憐了。」

多紀子默默地聽著，她挪動了一下有些發福的身體，椅子輕輕地響了響。

「這時，須村里子和藤井小姐為了推銷保險，從遙遠的東京去了那裡。藤井差不多四十了，也可能沒有看上去那麼老，但須村里子的確是很受大家的歡迎。

雖然里子算不上是美女，但有著一張討人喜歡的臉。和她互動，能感受得到她的睿智。她從不故弄玄虛，但從骨子裡散發出來的氣質，讓她光彩照人，真是太神奇了。不，在深山裡，她的確是個美女。而且，她抑揚頓挫的語調，搭配豐富得體的肢體語言，和腦海中的東京美女一模一樣。不可能不受到大家的歡迎。

況且她對每個人都很親切。當然，那是為了自己的工作。雖然大家都知道這一點，卻依然很開心。不僅自己參加保險，還把自己的同事、朋友介紹給她，於是她的業績也超乎想像。她一、兩個月去工地一次，大家都很歡迎她，她似乎也為了報答大家，不時地從東京帶些糖果之類的特產過去。這種東西讓大家感覺她對待每個人都一視同仁，所以大家都很開心。哪怕只是看見東京店裡的包裝紙，也感到格外懷念。」

說到這，岡島停了停，喝了一口涼茶。

「可是，大家之所以對她充滿好感，還有另一個原因──那就是她說，自己是個寡婦。」

眼睛半閉的多紀子猛然睜開眼，看著岡島的臉。

「說穿了，這也是沒辦法的事，因為推銷保險這種工作，個人魅力很重要。說極端一點，就算是妓女，只要說自己還是獨身，也會有同樣的效果。『因為自己一個人，所以只能這樣工作。』須村里子總是笑著說明自己的理由。她的話沒人懷疑。甚至還有人寫情書給她。」

七

岡島再次點起已經熄滅的香菸繼續說：「當然，里子並沒有將自己的地址告訴別人，信件都是寄到公司的。這樣的小欺瞞也是可以理解的吧，為了工作，她也沒有辦法。但是，這讓她的身邊聚集了幾個男人。

其中有人建議她拋棄藤井，一個人過來。她在工地住的地方，是為了現場勘查工作的人單獨準備的一間房屋，但到了很晚還會有人賴在那裡不走。

但是里子總是微笑著避開那種誘惑。由於工作關係，不能讓客戶感到不舒服，所以她懂得如何與不同的人周旋。她絕對不是一個不貞的女人，這一點我可以斷定。但是……」

說到這裡，岡島說話的語氣有些變化。那是種一邊思考一邊低語的說話方式。

「但是，在水壩的工作現場，有很多傑出的人，是那種為了工作全力燃燒生命的男人。說得冠冕堂皇些，就是些往重重山巒迎接挑戰的人們。那是運用人力來改變大自然的工作，他們是男人中的男人。

每次見到那些男人，再想起自己那吊兒郎當的丈夫，里子心中一定會對他產生一種厭惡感。這種差異愈來愈明顯。一邊看上去健壯出色，另一邊卻寒酸得令人厭惡——」

「不好意思，我打斷一下。」一直靜靜傾聽的女評論家，露骨地露出不耐煩的表情說道。「這是你的想像嗎？」

「是我想像的。」

「如果是想像的話，就請你長話短說。我還有其他的工作要做。」

「對不起。」岡島久男低頭道歉。

「那麼我簡要地概述一下。須村里子於是對山裡的一名男子產生了好感，這種假設也是很合理的。假如那個男人對她也有好感，這也是合理的，因為他以為她的丈夫已經離世了。而且，他可能認為在這世上，再沒有比她更加聰明的女人了。

里子會為此感到苦惱吧。她的丈夫——要吉還健在。這讓她感覺厭煩至極。隨著她對那個男人的動心，她更加希望自己能從丈夫那裡解脫出來。但因為要吉是絕不會放手的，所以離婚是不可能的。她如果想解脫，除非丈夫死了。就如同她所說的那樣，成為一個寡婦。不幸的是，要吉的身體十分強壯，既然等不到他自然死亡，就只能對他設下圈套了。」

高森多紀子聽到這些，臉色蒼白，一句話也說不出來。

「但是，殺夫是重罪。」岡島繼續說。「即使把自己的丈夫殺掉，自己也會被判死刑，只能在獄中度過餘生，這就沒什麼意思了。聰明的里子不停地盤算著，有什麼一舉兩得的辦法，既能除掉丈夫，自己還能逃脫法律的制裁。辦法只有一個，就是緩期執行。只要往後不再犯罪，就能夠保持自由之身，除此之外別無他法。

但是，要獲得緩刑是有條件的。雖然當時要吉沒有謀生能力，但並不符合減刑的條件。因此，只有自己想辦法創造條件了。她冷靜地為自己計畫了條件，當然這得充分把握要吉的個性，透過適當的牽引，就可以水到渠成了。她的一年半計畫就這樣開始了。

最初的半年裡，她不斷拒絕要吉的需求，使他處於饑渴狀態，這是她計畫中的第一步。

接下來，就是要想辦法讓要吉到沒有丈夫的靜代那裡喝酒，處於饑渴狀態的丈夫一定會勾引那個女人，這也是她它計畫的一部分。

如果在脇田靜代這邊失敗的話，還會再去找別的女人吧，因為那樣子的女人到處都是。恰好，脇田靜代就是她所需要的那種女人。要吉沉迷於靜代，他那毀滅性的性格與他的酒瘋一起破壞著兩個人的生活。她說的都是事實，但是，因為缺少能夠站出來指證的證人，所以或許在那其中有些誇張的成分。這個過程大約持續了半年。

半年內，要吉隨著她的計劃，一步步走向深淵。也就是說，酌情減刑的條件就這樣產生了。她根據要吉的性格精準地勾勒著每一步。

接下來她行動了，然後就是法院的判決。大約半年後，判決出來了，判決結果如她所料。也就是說，從最初一直到結束，持續了一年半。是的，如果這項計畫夠精確的話，社會輿論應該也在她的計畫之內——」岡島說完，看著那位婦女評論家的臉。

高森多紀子的臉變得慘白，圓潤的臉上沒有一絲血色，薄薄的嘴唇不停地顫抖著。

「你……」多紀子用她那低矮的鼻子喘息著。「這些是你所想像出來的嗎？或者是有確切的證據？」

「不僅僅是想像。」黝黑的岡島久男回答說。

「須村對於我的求婚的答覆，是要我等她一年半。」

說完這些，他把煙盒放回口袋，準備從椅子上站起來。

接著，在離開之前，他再次回頭看了看那位女評論家。

「但是，這種事情無論我再說什麼，也不會改變里子緩期執行的判決結果。這一點請妳放心。即使有證據，也會依據『一事不再理』原則，一旦判決結果出來，對其本人不利的再審是不被法律所承認的。里子應該也料到了這一點吧。只是——」他那單純的眼睛直直地盯著多紀子。「只是，她忘了考慮一點。一年半的等待，對方的心已經不在她身上了。」

說完這些，他低頭走出了房間。

投影

一

太市不得不離開東京這座城市。

他跟報社的部長大吵一架，就辭職了。

去別的報社工作又覺得於心不安，辭職之後太市才開始明白，新聞記者這行想要換工作太困難了。

由於對於東京的生活也有些厭煩了，於是他和賴子商量說：「我想到鄉下去。」

「好啊。」賴子並沒有反對。

於是，兩個人帶著公司的離職津貼，來到了鄰近瀨戶內海的S市。到這並不是因為在這裡有熟人，只是因為從地圖上看這裡似乎離海很近，可以經常去釣魚，而且適於居住。

只是，隨著津貼愈花愈少，賴子不禁擔心了起來。

「太市，我們往後的日子怎麼辦呢？」

儘管賴子這樣問，但太市自從來到這塊土地上之後，總是有種茫然若失的感覺，就連生活的窘迫，都沒辦法產生確切的危機感。「嗯，嗯。」太市心不在焉地回答著，拿起魚竿出去了。

說太市與部長發生衝突是婉轉說法，實際上是他太迷戀賴子，連班也很少去上。他每晚都會去賴子工作的地方跟她約會，兩個人還一起到東京附近去洗溫泉，把預支的退休金和從朋友那裡借來的錢，悉數地花在了賴子身上。

起初太市還會找合理的請假理由，但隨著次數的增多，藉口愈來愈少，後來索性就不去上班了。

在報社，社會版這一組是最忙的，想偷懶不工作是不可能的事。太市的辭職表面上是他咎由自取的結果，但實際上，也是因為太市原本就與部長有疙瘩。前任部長很欣賞太市，他自己也全心全意的投入於工作之中，稱得上是部長的得力助手。只是不知道怎麼回事，新來的部長偏偏看他不順眼。太市受到冷落，總覺得自己有一天會憤然離開，不去上班只是讓這種預感更早實現罷了——他就是抱持著這樣一副宿命觀。儘管人有為太市失去在一流報社工作的機會而感到惋惜，但太市自己卻不這麼認為。

太市的辭職情況無法拿到太多離職津貼，而要在東京再找一份自己滿意的工作也不容易。太市以前曾聽人說過自己的學長在這城市的地方報社工作，而且很有地位，於是太市也沒事先通知，便和賴子兩個人來到了這裡；然而到了之後才知道，那位學長早就不在這裡工作了。

這種時候，與其飢不擇食地找工作，倒不如在這座物價不高的城市裡暫時安頓下來，再寫信拜託東京的朋友幫忙找工作，總會有辦法的。

在租來的房子裡，太市和賴子愉快地生活著。可是無論當地物價水準多低，如果毫無收入，只是每天去釣魚的話，三個月後就會坐吃山空的。

就連在這種就業壓力不大的城市，工作也很難找，更何況太市本來就沒用心找。他的手早已握慣了新聞撰稿用的4B鉛筆，對於其他工作，他並不感興趣。所以當賴子問「太市，怎麼辦啊？」的時候，他便一邊心不在焉的回答，一邊拿起魚竿去海邊釣魚了。

一天傍晚，太市回到家，發現賴子穿著出門時的衣服坐在那裡。那是賴子唯一一件盛裝，加上賴子漂亮的妝容，使得六塊榻榻米大小、帶有些許陰暗的房間突然有了生氣。

賴子並沒問太市去了哪裡，而是看著太市的臉笑咪咪地說：「我找到了一個工作，很抱歉事先沒和你商量。可是我們只剩下五百圓了。」儘管賴子所說的工作，太市大概猜得出來，不過他還是開口問道：「什麼工作？」

「我去這座城市最好的夜總會，和他們的經理見了面，很快便得到了答覆。所以我決定明晚起到那邊去工作。」

為了替這種情況做準備，賴子特地從東京帶來了兩件禮服。

「太市，對不起。」賴子偷看著太市的臉色低聲說道。

其實這並不是一件需要道歉的事，所以，太市苦笑著說：「我也要開始吃軟飯了。」

「傻瓜！」賴子敲了敲太市的肩膀。

二

夜總會的名字叫「銀座」，從外面看起來與東京郊外最大的夜總會大小相當。太市每晚都到夜總會附近去接賴子下班。不過漸漸地，太市也開始考慮：「這樣下去不是辦法，必須找個工作才行。」

太市認真了起來，每天瀏覽報紙上的徵才廣告。可是他只深刻發現，適合三十多歲男人的工作太少了。

賴子本來就很會逢場作戲，再加上在東京見過大場面，她很快地在夜總會裡熱門了起來。但靠賴子養活，太市總感到有些自卑，心情始終很壓抑。

「別那麼著急。」察覺到太市心事的賴子說道。

然後，一天早上，太市在地方報紙徵才專欄的一角，發現了這樣一則徵才資訊：「誠徵有能力的記者，要求有韌性，工作認真努力。陽道新報社。」

「這只不過是個地方的無名小報社。」太市心裡這樣想著，但人卻已經飛奔出了家門。

太市依照報紙上的地址找了許久，終於在一片雜亂無章的空地上，看見「陽道新報社」的招牌突兀的掛在一戶老舊民房的外面。

儘管早已做了充分的心理準備，但面對眼前巨大的落差，太市還是不免退縮了起來。人在屋外可以透過狹窄的玄關，看見破舊不堪的榻榻米坐墊、辦公桌，以及旋轉起來咯吱作響的轉椅。

出來迎接的是位穿著圍裙的中年婦女，似乎已為人妻。她似乎對打扮乾淨俐落的太市第一印象很不錯。

問清楚太市的來意後，女人返回了房間，很快又走出來。

「請進。」女人微笑著對太市說。

走過了一段狹窄晦暗的樓梯，來到二樓一間鋪著地板、八張榻榻米大小的房間。

「因為丈夫這半年來一直臥病在床，所以只好在這裡見面。實在是不好意思。」女人面帶歉意地說道。

很快地，一個在被子裡躺著的人坐了起來。那是一個十分消瘦的男人，眼睛很大，顴骨很高，大約五十多歲，給人的感覺很嚴厲。由於頭髮已經半白，面容又很憔悴，看上去顯得很老，實際歲數也許會年輕一些。

但是，他銳利的目光和得體的談吐，讓人感覺到他這個人很不簡單。

他自我介紹說：「我就是陽道新報社的社長畠中嘉吉。」

「你曾在哪家報社工作過？」他盯著太市問道。

當太市回答有三年多的工作經驗後，他便沒再深入地問下去。相反地，他向太市敘述起這座城市特殊的地理位置、市政建設的漏洞，以及中央政府對地方的放任等情況。

在講了大約二十分鐘後，他便要求太市當場以新聞記事的形式，將剛才講的內容要點寫出來。對於這種最基本的考試，即使太市沒太認真聽，歸納起來也是不成問題的。

社長要夫人拿來眼鏡，邊看太市的稿子，邊用鼻子發出了「嗯，嗯」的聲音。

「這是我們報社的報紙，請就目前的政治問題將你自己的觀點寫下來，明早交給我。」說著，他將一份折成兩折的報紙遞給了太市。

回到家之後，太市讀起了那份《陽道新報》。他發現報紙兩面都是市政記事，沒有社會版。所謂的市政記事，也不過是一些報導和攻擊等雜亂無章的內容，立場毫無客觀性，也就是說，這是一個典型的地方小報。

太市橫躺著反覆翻看那份報紙，不知不覺已淚流滿面。他覺得很感慨，自己竟淪落到如此地步，曾經立志成為堂堂日本一流報社健筆的自己，現在只能在這種地方性小報混飯吃。但想到眼前嚴峻的生活壓力，最終他還是屈服了。只是那種失落感是沒有辦法控制的。

「懷著正義與市政之惡鬥爭到底！」太市一邊念著「陽道新報」四個大字旁邊反白的口號，一邊走到漆黑的路上去迎接賴子。

三

第二天，太市被錄用時，畠中社長兩眼閃閃發光從床上坐起來，這樣說道：「實際上你是第十一個申請加入公司的，我覺得你還不錯，一定要努力好好做。因為你不是本地人，還不瞭解現在的市政狀況，所以要先和你說一下，以後你自然會理解的。首先，這個城市的市政分為兩派：市長派和副市長派，每件事副市長都反對市長。副市長本來是市長的得力助手，但市長不知何故卻開除了他。在黨羽的幫助下，市議員們都成了副市長的人馬，而且他打算參加下次市長選舉。同時，他也很受政府領導的歡迎，勢力逐漸擴大，這也是市長開除他的原因之一。為了進一步擴大勢力，對股長以上官吏們所說的每句話，他都照做無誤，那些官吏就是市議員們的支持者。你聽明白了嗎？這就是現在這座城市的現狀。」

社長所說的這段話，字字句句鏗鏘有力，抑揚頓挫。

「那麼你是市長派了？」太市反問道。

社長使勁地晃了晃他那半白的頭。

「我既不是市長派，也不是副市長派。我是二十萬市民的夥伴，懷著與市政之惡鬥爭到底的信念，一直走到現在的男子漢。市長、副市長、市議員以及官吏們，他們都覺得我很礙眼。這樣也好，即使只有我一個人，我也要鬥爭到底。遺憾的是我現在臥病在床，那些人可能正在為此暗地裡竊喜呢。他媽的，我怎麼可能會輸呢！你就替我把這市政之惡徹底挖出來，對誰都不要客氣。對了，替你介紹一下同事。他叫湯淺新六，是個很認真的男人，只可惜少了點進取心。」

畠中社長拍了拍手，讓穿著圍裙的妻子把新六叫了出來。

新六看上去年紀不小，膚色黝黑，面頰乾枯，背有點駝。

在新六的盛情邀請下，兩個人來到了一家關東煮店。

「這座城市的上層人物都很討厭社長，因為他就像隻瘋狗一樣，不管是誰都會咬上一口。他還是連續八次在市議員選舉中落選的記錄保持者，因此他才會有那種怪癖。」新六一邊抿著酒一邊說道。「對於社長的生病，我感到很遺憾。社長並不十分賞識我，我的嗅覺不夠靈敏，筆鋒也不夠犀利。但我一直是都是一個人完成對開版週刊的。當然編出這種報紙，也沒有什麼可驕傲的。」

說著，新六自己笑了起來。原來這個男人這樣自卑。以前他曾在什麼樣的報社工作過呢？畠中社長並未詢問太市的工作經歷，想必也沒詢問過新六吧。這樣也挺好的。

漸漸的，新六有些喝多了。

「但是我很喜歡社長，從不貪圖榮華富貴還很樂觀。即使窮得米缸都見底了也能笑得出來，夫妻兩人都是如此。社長夫人也很不錯。我說太市，社長就拜託你了。」

連著喝了兩三家酒館後，新六醉得有些不省人事了，太市只好攙扶著他走路。

太市進入報社後，除了社長，就只有兩個員工，切割、校對、排版什麼都得自己來。印刷也只是委託一家又髒又小的印刷廠，太市以前上班的那家大報社，擁有現代化的照明設備以及熱鬧的印刷廠，相比之下，這裡只有一、兩個電燈泡孤零零的吊在不太明亮的拼版台上，兩者相比簡直是天壤之別。看著老工人磨磨蹭蹭的替換著各個鉛字，太市簡直欲哭無淚。

「那份工作你不太喜歡吧？如果不喜歡就別做了。」賴子安慰太市說。這句話有些顛倒了丈夫和妻子的立場，太市默默地抽著菸。他還沒有勇氣把自己陽道新報社記者的名片給別人看，讓太市在意的是畠中社長所說的稅後八千圓的月薪。

第二天，太市去了最大的新聞出處——市政府。在那座不太乾淨的建築物裡，他隨著新六來到各課課長的桌前。無論哪個課長都露出不屑的表情，沒把傻笑著的新六放在眼裡。

不僅僅是這些課長們沒把陽道新報社和新六他們放在眼裡，由各大報社的地方分社，以及五六家地方報社所結成的市政記者俱樂部，也拒絕陽道新報社的加入。

總之，陽道新報社處處受到排擠。新六在這些充滿蔑視的白眼中，駝著背，低聲下氣地傻笑著，進行著自己的報導工作。看到這情景，在新六那看上去低聲下氣的動作背後，太市好像忽然感覺到了畠中社長那鬥志昂揚的反抗精神。

四

兩個月以後，太市慢慢步上軌道。一天，太市去土木課的時候，透過門口的窗戶，看到課長桌前站著一個肩膀很寬的高大男人。

土木課長姓南，是個很隨和的男人，所以太市並沒有介意便走近課長的辦公桌。這時，忽然響起一陣怒喝：

「說話別太狂妄了！」

是站在那裡的高個子男人的斥責聲，再一看，南土木課長低著頭，臉漲得通紅的坐在那裡。

（今天真是來錯地方了……）儘管太市這樣想，但已經來不及避開。立在那裡的男人已經望過來，兇狠地盯著太市看。這人唇下留著撇鬍子，有著雙下巴，四十多歲，闊公臉，有些發福。太市不認識這個男人，當然對方也不認識太市。但對方看太市的眼神充滿了敵意。很明顯地，他對於太市在這個時候出現感到很不滿意。

「你給我記住！」南課長低著頭，怒吼聲再次迴盪在他的頭上。這大概是他離開前的台詞吧。只見男人轉過身來，經過忍氣吞聲的課長，然後從容地從走廊走了出去。

南課長像個被訓斥的小學生，總算抬起了頭，從衣服裡掏出打火機點著香煙，手指在顫抖著。很明顯，他在壓制著自己的怒火。

但是，在課長那有些蒼白的臉上，露出了一絲壞笑。

太市剛要開口問發生了什麼事，課長銳利的眼神卻投向了別處。土木課有三張股長辦公桌，其中坐在最中間的那個男人若無其事地站了起來。南課長的眼光就是移向了他。

他離開辦公桌，似乎是要去洗手間，慢慢地走出走廊消失了。課長的眼光別有深意，直到對方消失，才變回平常的樣子。這如默劇般的瞬間只有二、三秒，卻沒有逃過太市的眼睛。

此時，課內職員送來公文，課長手握紅色印章，投入到了新的工作中。戴著老花眼鏡的他，鬢髮已經花白。

「發生了什麼奇怪的事嗎？」太市吐了口煙問道。

「什麼都沒有。」課長頭也沒抬，看著公文回答說。一支菸的工夫後，太市離開了。

當天晚上，太市約新六到關東煮屋說了這件事。新六臉色黯淡，兩眼卻放出光芒。

「唉……很有意思啊。」新六喝了一口酒，對太市說。

「那個大塊頭男人是市議員石井圓吉。他為什麼會那樣訓斥南課長呢？應該有什麼內幕吧。石井可是在這個市裡很有來頭的人物。」

「那個股長叫什麼？」

「那應該是港灣股的山下股長吧。絕對是帶著一副效忠的表情追石井議員去了。

唉……真有意思啊。那個人，以前不是那樣追隨石井的。」

「課長和股長的關係不太好吧。」

「表面上並不差。我倒是認為石井議員和山下的關係有些可疑。但是，你說的那一幕的確很有意思。你雖然對這些事情還生疏，卻能觀察得這麼仔細，眼光太敏銳了。」

「沒什麼啦。」太市倒滿酒。

「可是，太市。」新六湊到太市旁邊，低聲說道：「在這其中一定有什麼內幕，挖挖看怎麼樣？那個叫做山下的股長是副市長派的，精明能幹，有些好色。還有，石井議員是紅燈區背後的靠山，是個性格強烈的男人。老實的南課長會被欺負，這裡頭一定大有文章。調查一下應該能挖些什麼出來。我還真想讓社長開開心；最近陽道新報的版面沒有什麼頭條新聞，社長正為此焦慮呢。」

五

「銀座」夜總會在半夜十一點打烊，舞女們大概是十一點半左右回家。在等著接賴子回家的這段時間裡，太市覺得無聊時，總會自然而然地到關東煮店坐坐。

那天晚上，太市如同往常一樣喝著廉價的酒，忽然從身邊的客人中發現了一張熟悉的臉。那人臉頰凹陷，雙鬢斑白，胳臂抵在桌子上低著頭喝酒，太市一下子就認出了他——南課長。南課長一直都保持著沉思的姿勢，看上去很是落寞。

「這不是南課長嗎？」太市站了起來，走過去向南課長打了聲招呼。南課長轉過頭兩眼直盯著太市看，一臉的疑惑。

「啊，是你啊。」南課長好像突然想起來了，臉上露出了笑容。與辦公桌前的冷漠態度截然不同。如同他鄉遇故知一般，臉上綻放出一絲熱情。

「打擾了。」太市說著把酒杯遞了過去。

「謝謝。」南課長毫不客氣，邊道謝邊接下了酒杯。

「課長也常到這裡來嗎？」太市問道。

「不，不是的。」課長淡淡的笑著，笑容裡帶著一股自嘲的味道。

在觥籌交錯間，兩人的氣氛漸漸融洽起來。但課長被市議員石井圓吉斥責的那一幕，仍然深深地刻在太市的腦海裡。「這件事很有意思。背後一定有什麼內幕。不如趁現在試著打探一下。」新六的話他記憶猶新。（在這裡與南課長偶遇，真是太幸運了。或許可以趁機探聽些什麼吧。）太市想。

「在市議會的議員中，是不是有人說過些莫名其妙的話呢？」酒興正濃之時，太市終於試探著問道。

一聽到這句話，正打算喝口酒的南課長，一下子被觸及要害，嘴唇有些顫抖了。（糟糕！）太市心想。這話問得太直接了，再委婉點就好了。

那天發生的事剛好被太市撞見，南課長內心因此產生了自卑的情緒，但程度完全超乎了太市的想像。

課長看了下錶，站了起來。臉上那和藹的笑容頓時不見了。太市感覺到他準備要走了。

「不好意思，我先失陪了。」南課長說道，站在原地呆立了兩三秒鐘。

（果然不出我所料。）太市心想。

「我的信念支持著我的工作。」這時，滿身酒氣的南課長湊了過來，結結巴巴的說道。

太市感覺到，南課長是想留下這句話給他，所以才對著他講的。就這樣，南課長那瘦弱的背影，消失在關東煮店的門口。

在信念的支持下工作啊——要說出這句話其實並不難，但南課長還是猶豫了兩三秒鐘。要發牢騷很容易，但他現在的心情似乎很沉重，這一點太市很清楚。人愈是在認真的時候，愈能說出平凡的話。

這件事的背後倒底隱藏著什麼呢？原本太市並沒有太在意新六那番話，可是在與南課長喝酒聊天的過程中，太市逐漸對這件事產生了興趣。

時鐘走到了十一點。太市站起身來，準備去接賴子。

霓虹燈下的「銀座」，店內已經熄燈。在離銀座二十步遠的陰暗轉角處，太市一邊抽著菸一邊等著賴子出來。夜晚有點涼，與往常一樣，女人們陸續地走出來了。只是今晚門口停著一輛車，一個大塊頭的男人從車內出來，走到那群女人中間。女人們忽然開始大聲地說笑。

那個男人牽起了一個女人的手，似乎想要她上車。那個女人拒絕著，其他的女人們則吵嚷地鬧著那個男人。

那個男人好像放棄了，笑著在說著什麼。男人的塊頭很大，那個寬闊的肩膀似乎在哪裡見過，女人們簇擁著讓那男人上了車。

在女人們的道別聲中，車子離開了。又一陣女人們的笑聲響起來。

之後，女人們便三三兩兩的離開了，其中一個女人走向太市，就是剛才和男人說話的那個人——賴子。

「讓您久等了。天氣這麼冷，真是不好意思。」如同往常一樣，賴子寒暄著。兩個人肩並著肩默默地走著。

「那個男的是誰啊？」太市問道。

「唉呀！被你看到了啊。真是的，那個男人很黏，非要用車送我回家不可。」

「他對你有意思嗎？」

「不知道，只是感覺他很煩。每天晚上這個時候都來和我跳舞。」

「那個男人是市議員石井圓吉吧？」

「哎呀！你認識他啊？」賴子看著太市說道。

「嗯。有點面熟。」

太市覺得今天很有意思。先是偶遇南課長，之後又見到了石井議員，真是太巧了。南課長那句「在信念的支持下工作」，背後究竟隱藏著什麼呢？而石井議員那句「你給我記住」又是什麼意思呢？

「怎麼不說話，在想什麼呢？不會是在吃醋吧？」賴子抬起頭看了看太市，拉起了他的手。

「別胡說。」

六

儘管有太陽，但海面吹來的風還是涼颼颼的。在一片空曠的場地上，能看到雜草叢生的地面、堆滿了鐵桶的放置場，以及像是倉庫一樣的建築。

藍色海面上漂浮著幾個小島，不時有巡邏船在小島間穿梭；通往大阪的貨船在揚帆遠航，好一副瀨戶內海的招牌風景。

「就是那個，那棟建築。」新六用手指著，告訴太市。

那是兩棟細長的臨時搭建的鐵皮屋，既不像工廠也不像倉庫，窗戶的玻璃大多已經破碎，看樣子已經荒廢很久了。蓋在那邊，讓人看到感覺孤伶伶的。

「那一座生產鐵絲的工廠，是石井的。走，去看看裡面什麼情況。」

走到屋邊，透過破碎的窗戶往裡邊看，只有兩三台機器倒在地上，除此之外，空無一人。

今天早上太市剛到陽道新報社，就被新六拉到了這個地方，還一直說：「我有東西要給你看。」

「我知道這是石井圓吉的工廠。可這又怎麼了？」太市問道。新六劃著火柴點上香菸。為了讓火不被吹滅，還刻意用手擋了擋風。

「走，回去吧。」新六吐著煙圈走了。在回來的路上，他說：「那家工廠是石井在兩年前建的，因為不景氣半年前停業了，後來就慢慢變成了現在這副模樣。因為這樣，石井大概損失了兩百萬圓。這還不算什麼，關鍵是那個破工廠所占的那塊地，已經被劃定為城市港灣擴張道路用的建設用地。為此，市裡曾要求他將工廠遷移到其他地方，但聽說石井要求四百萬圓的拆遷補償。」

「四百萬圓？未免太獅子大開口了吧！」

「是啊。他說雖然現在停產，但可以再開張。就像我們所看到的，那只是一座廢棄的破舊工廠，沒有什麼可擔心的。但石井堅持從未來公司的發展前景考慮，四百萬圓的補償費已經很便宜了。」

「市裡面的看法呢？」

「聽說是由土木課的山下股長企劃，向南課長提出申請的，但是南課長沒有同意。」

「是不是要求的金額太高了？」

「不，南科長認為一毛錢也不能賠給他。」新六吐了一口煙。

「那又是為什麼呢？」

「這些是從土木課職員那裡打聽來的，其他的還沒來得及調查呢。」

「但是，儘管大家都知道石井要求的補償金額有些高，但南課長為什麼說一毛錢也不賠呢？」太市很困惑。難道石井圓吉是因為這件事，才怒斥南課長的嗎？如果一毛錢也得不到，石井生氣也是理所當然的了。

「就是為了調查這個原因，才準備和你去這個地方。」新六打開已經有些髒了的記事本，給太市看用鉛筆標記的位址和姓名。

「從登記處查來的，是石井那個破爛工廠用地的地主。」他解釋說。看到新六的工作進展，太市開始重新評估他的能力了。僅管他說自己的嗅覺不夠靈敏，但也絕非等閒之輩。

要拜訪的那塊建築用地的主人，是家當鋪的老闆。

「沒錯，那塊地是屬於俺的。但石井他蠻不講理，硬是在那裡建了工廠。那個時候俺也有找他理論過，怎麼能在別人的土地上平白無故蓋起自己的房子，太過分了！」他坐在有些陰暗的帳房中，向太市和新六說明事情的經過。

「但後來石井承認了錯誤，對方是市議員，又說每個月會支付很高的地租，所以俺也就默認了。」

「這麼說來，既然沒有經過允許就建了工廠，那麼事先應該也沒有辦理相關手續吧？」新六問。

「這個俺就不知道了。」

這一點不用問他。到市政府的建築課一查，果不出所料，是違章建築。

「難怪南課長他不同意補償。對於違章建築是不應該給予補償的。」新六說。

「但是，那座工廠是兩年前建的。石井一定是知道這裡會用作道路建設，所以才這樣做的。」太市推測。

「也就是說，石井最初建廠的目的就是為了獲得補償金。工廠只不過是個幌子，石井的最終目的是那四百萬的補償金。」

「你說的很對。」新六稱讚太市說。

「恐怕真的是那樣。但是，出乎意料的是，南課長不同意對他進行補償。南課長知道工廠是違章建築。但是以此為由拒絕的話會引起衝突，所以才委婉地回絕了他的請求。石井並不知道，對官吏來說，有權有勢的議員竟會如此恐怖。他有把柄在人家手裡，所以才會丟下那句『你給我記住』後離開。因為是牽扯到他的事，所以才有可能要山下股長去替他跑腿。」

太市想起了南課長所說的那句話——我的信念支持著我的工作。想必他是在石井這位有權有勢的市議會議員的高壓下，拚命抗爭著吧。

「這位南課長真的很偉大啊。」太市說。

「嗯。雖然並不是很可靠，但十分正直。只是，事情發展到這種程度，還不足以成為我們報導的題材。好不容易才挖到的消息，社長可能會感到沮喪吧。」新六皺了皺眉，低聲說。

七

這個地方的人事調整似乎很隨便。不久，市裡就有了人事變動，土木課長手下的山下股長被提升為港灣課長。據說是因為港灣計畫關係到城市未來發展的遠景，所以隸屬於土木課的港灣股便獨立成課，並任命山下為港灣課課長。

「太可疑了。」看到這個報導，畠中社長坐在病床上，目光如炬。

「很明顯這是為了將山下提拔為課長，才將港灣股從土木課抽出來的。這麼看來，石井是副市長派的吧。大概是因為南課長使自己的計畫無法實行，所以才提拔了山下，將其作為自己的後盾。這件事絕對不能疏忽。副市長派的人為了讓自身加倍受大家擁護，總是對市議員及官員們言聽計從。沒人知道接下來會發生什麼事，請各位一定要多加留意。」

雖說是「各位」，不過陽道新報的編輯人員，只有太市和新六兩個人。

不久後，在一個早上新六一見到太市就說：「事情愈來愈有意思了。快跟我來。」在東京的報社工作時，到哪去都是搭公司的車，車上社旗隨風飄揚。而在陽道新報社，只能搭乘有軌電車或者走路去。

太市跟著新六到了曾一起去過的那個海岸，關鍵人物石井圓吉的舊工廠已經被拆除，拆下來的舊板材堆了一地。從島上能看見蔚藍的大海，以及被拆除後的建築物痕跡，宛如一幅油畫般。

「看來山下成為港灣課長後，石井很快就將補償金騙到手了。」太市說。

「那是當然的了。石井絕不會隨便同意拆除廠房。調查看看吧。」新六兩眼發亮說道。

「我們要從哪裡開始呢？」

「很簡單。補償金一事由總務課負責，只要到總務課調查一下，很快就能見分曉了。」

二人隨即往市政府方向走去。

沒想到，到總務課一查，卻發現並沒有向石井支付補償金的記錄。

「怎麼會這樣呢？」新六大惑不解。

「看來石井還是乖乖的讓步了。」太市低聲說道。

「絕對不可能。石井絕不是那麼容易好打發的人。」新六反駁。

「他一定是拿到了補償金。只有拿到錢，他才會拆掉那座破爛工廠。而且是山下成為課長之後，立刻就拿到手了。如果總務課並沒有支付補償金的話，在這之中一定有什麼內幕。好吧，讓我們把這裡頭的內幕挖出來！」他有些興奮。

當天晚上，太市去了「銀座」夜總會。雖然以客人的身份到自己妻子工作的地方，心裡感覺有些不舒服，但今晚他另有打算。

店內裝修並不豪華，昏暗的燈光，略顯鄉土氣息的裝飾，看上去一點也不張揚，設備也很一般。

一坐到桌前，服務人員遞上飲料單，點了單之後，穿著禮服的侍女便坐到了旁邊。在地面十三、四組旋轉彩燈的照射下，人們隨著音樂不停跳著舞。

太市看了看，很快的在跳舞的人群中找到了賴子，和她一起跳舞的男人肩膀很寬，正是石井，看來他和往常一樣，仍是賴子的常客。看到自己的妻子被這樣一個男人摟著跳舞，太市感到有些奇怪。

音樂一停，舞池中的人們便散開了。石井回到包廂坐下，跟隨在他身後的賴子似乎朝太市這邊看了一眼，但不曉得她有沒有沒看見太市。

石井將賴子攬在身邊，一口氣喝下一杯酒後，便與圍在旁邊的四五個舞女聊了起來。舞女們也嘰嘰喳喳地說個不停，但是離得太遠，聽不清她們在說什麼。

石井叫來了領班，一邊笑一邊說了些什麼，領班點了兩三次頭，石井站起來拍了拍領班肩膀。於是，舞女們也相繼站了起來。

當然，石井並沒有離開賴子。太市觀望著，心想到底發生了什麼事？這時，賴子好像有事情想離開一下，正當賴子微笑著要離開包廂時，禮服的裙子被人拽住了。看樣子，賴子似乎在告訴石井，自己看到了一個熟人，要去打個招呼。

「唉呀，好久沒見了！」賴子說。因為旁邊坐著其他舞女，所以賴子只能這樣與太市打招呼。

「嗯。」太市隨聲附和著。

「等會兒要和石井先生一起去坐潮樓。我們下次再見吧。」賴子說著與太市握了握手，又重新回到了石井的身邊。石井喝著酒，眼睛卻一直盯著這邊看，臉上一副陌生的表情。

石井帶著賴子和三四個舞女離開時，太市向旁邊的人問道：「坐潮樓是什麼地方？」

一個扁平臉的舞女回答說：「坐潮樓，你不知道嗎？那可是這裡最有名的飯店呢。」聽到這些，太市明白了剛才賴子的話。她是在暗示太市到坐潮樓去。

太市結了帳，正要出門的時候，在寄存處看到領班站在那裡，面色凝重。

領班對太市深鞠一躬，太市試探地問道：「舞女們突然少了，感覺沒什麼意思。發生什麼事了？」

領班露出為難的表情，「是這樣的。石井說今晚有個攝影會，想帶三四個人出去一個小時。在店裡最忙的時候，這些『商品』還走了這麼多，真的很為難。」

領班將賴子她們形容成「商品」，這讓人感覺有些可笑。「什麼夜間攝影會，石井還有這樣的愛好啊。」太市心想著。

「拒絕不就行了嗎？」

「要是能拒絕的話我就拒絕了，可是石井是市裡的老大，我們這種小本經營的買賣，要是被他盯上了，以後的日子就不好過了。」

出了門，太市習慣性的看看手錶，八點四十分。

來到坐潮樓的門口，從外面看起來果然很壯觀。因為靠海很近，還能聞到海風帶來潮水的氣息。

走過鋪著小卵石的玄關，精心化妝、穿著整潔的女服務員們並排坐在臺階旁。

「我是來參加石井先生的攝影會的。」太市大膽的說。

「啊，這樣啊。這邊請。」服務員站起來穿上木屐，幫太市推開了庭院的木門。

庭院很寬闊，鬱鬱蔥蔥地種植著許多樹木，看上去很寬闊。太市擔心走得太近就會穿幫，所以對服務員說：「到這裡就可以了。我認得路。」便將服務員支開了。

太市躡手躡腳的走過去，見到女人們並排坐在草坪上，前來拍照的有二十幾個，吵鬧地說個不停。草坪上的燈光很灰暗，看不太清楚是些什麼人，但似乎都拿著照相機，指揮著模特兒們擺姿勢。

「哎呀，九點了。差不多可以開始了。」太市聽見石井那沙啞而混濁的聲音。在他的催促之下，人們開始忙碌了起來。

總算是聽見了人們的說話聲。「好的，就這樣。」「再稍微歪一點點。」……瞬間，閃光燈開始閃個不停。

在那以後，閃光燈就沒停下來過。不管怎樣，畢竟是二十幾個人同時在拍照，閃光燈也不可能有停下來的時候。

接下來，大家休息了十分鐘，然後閃光燈再次閃了起來，女人們也適時地擺弄著風情。

看到這個情景，太市不禁覺得無聊，心想，這樣的場合賴子應該不會有什麼危險，便悄悄地離開了坐潮樓。

抬頭仰望天空，漆黑的夜晚沒有月亮，只有幾顆星星掛在天上。這情景使得太市不禁懷念起了東京。

這個時候，真的很想去看看夜晚的大海。往海風吹來的方向走去，破舊的建築物排列在街道兩邊，暗黑的建築好像是倉庫。不一會兒，海就出現在眼前。

在這個漆黑的夜晚中，海面風平浪靜。用風平浪靜來形容應該再恰當不過了。沒有一絲風的吹動，海浪一片平靜。再前面就是懸崖，遠處能聽見微浪擊打著岩石的聲音。

對面有座小島，島上沒有燈光。右手邊離岸不遠的地方停著一艘小汽艇。船桅上一盞燈閃閃發光。在這片漆黑的大海上，唯一能看得到的光亮就只有它了。

在小汽艇與懸崖之間，還有另外一艘船停在那裡，因為沒有點燈，所以只能看到船影。

這一切加在一起，就是夜晚寂寞、漆黑的大海。

太市不知不覺已淚流滿面。他開始想回東京了。面對內海無名的小城中落魄不堪的自己，太市第一次感覺到了悲哀。不，實際上他是對賴子——跟隨自己來到這裡的女人，感到更加憐愛了。

太市在那裡待了五、六分鐘，便回家了。

回到家，感覺很累，躺在枕頭上就睡著了。

「攝影會怎麼樣啊？」不久，被賴子叫醒後，太市詢問道。

「我不清楚攝影會是什麼，但時間久了，就知道不是那麼一回事。亂七八糟的拍個不停，持續了大概一個多小時，好累啊。小費倒是給了不少。」

「是嗎。那不是挺好的嗎？」

「你去了沒有？我明明跟你暗示了啊。」

「嗯，稍微去看了一下，很快就回去了。」

「你可真是個靠不住的人呢。」

八

一天早上，太市躺在床上看早報，發現地方版上有一大篇報導關於南土木課長下落不明的消息。太市一下子驚醒了。

——南土木課長十號晚上徹夜未歸，家人因為擔心四處打探，但毫無消息，所以向警署提出了搜查申請。南課長做事一向嚴謹，從未有過夜不歸宿的情況發生，所以家人十分擔心。

十號當晚九點十分，由土木股長升職為新設港灣課課長的山下健雄，為慶祝工作調動舉辦了宴會。南課長當晚參加了這個宴會之後才回家。聽說當時他好像喝得酩酊大醉，儘管大家極力勸阻，但他還是堅持騎著自行車回家。

根據山下港灣課長的說法：「南課長當時已醉得不省人事，我還勸阻他不要騎車，走路回家比較好。可是南課長說他習慣了，所以還是騎著自行車回家了。那個時候，我要是把他送回家就好了。真希望他沒發生什麼事情。」

太市扔掉那份報紙，一下子跳了起來。因為賴子晚上很晚回來，所以太市的動作儘量輕巧，避免吵到她，但太市的那股力道還是吵醒了賴子。

「發生什麼事了？」賴子問。

「不，沒什麼。我現在要去一趟公司。妳繼續睡吧。」

太市洗了把臉就出去了。所謂的公司，指的就是陽道新報社。過去太市要是說到公司，那可是天下一流的報社。

來到公司，湯淺新六已經挺直背，端坐在了畠中社長的面前，這讓太市感到很吃驚。他看見太市進來，抬起睡眼惺忪的眼睛說：「早安。」還是和往常一樣，讓人感覺不到任何變化的乾枯臉龐。

相比之下，畠中社長坐在床上，卻是一副興奮的神情。大概由於這個原因，他臉色少有的紅潤，兩隻眼睛閃閃發光。

「太市。」社長說。說話語氣力道十足。

「我們城市的市政腐敗終於弄出醜聞來了。」

太市抬起臉問：「醜聞？什麼醜聞？」

「你不知道嗎？那你為什麼這麼早就到公司來了？」社長用手指敲著報紙問。正是那份報導了南土木課長下落不明的早報。

「但是，南課長的下落不明不能直接說是醜聞吧。在還沒弄清楚是怎麼一回事之前，總不能——」

「你說什麼？」社長有些生氣了。「我還以為你對市政有些瞭解了呢！」

「不，我覺得已經瞭解了。只是南課長的下落不明，現在和市政還扯不上關係。」

太市起了個大早來到這裡卻遭怒斥，心中不免有些不高興，因此有點想要反駁這位老人。

「這絕對不是一般事件。這是可以斷言的。」

「但是，並沒有證據能證明啊。」

「沒有證據我也知道。我即使像現在這樣臥床不起，對於市政的事也瞭若指掌。如果沒有這樣的直覺，就不會標榜要將報紙做成市政的淨化劑了。」

「社長您的直覺可能確實很強，但是我們必須有足夠的證據，才能下結論啊。」

畠中社長緊盯著太市。

「你以前是在大報社工作，只是負責一小部分，所以才會這樣目光短淺。要洞察真相，必須放開眼界。你口口聲聲說證據、證據，可是你和南課長說過一句話嗎？」

「說過。」太市想都沒想，回答道。他確實與南課長說過話。南課長還曾對他說：「我的信念支持著我的工作。」

太市確實聽見南課長這樣說過。

這麼說來，這句話好像也可以說明什麼問題。忽然太市覺得眼前的老人，有些深不可測。

「你看看這個。」畠中心知太市在想什麼，於是乘機說道。

「臨時抱佛腳是不行的，實力要靠平時的累積。在平時，要一直累積——」

這時，電話響了。並不是那種樣式新潮放在桌上的電話，而是老式的鑲在樓梯口牆壁上的那種電話。

「誰打的？我來接吧。」一直沉默著的新六，慢慢地站起來，拿起了聽筒。一拿起電話，就聽見他一直在說「是的、好的」；在一句毫無感情的「謝謝」之後，新六放下了電話。

「什麼事？」畠中社長問道。

「員警岩間次長打來的電話，說是已經找到了南土木課長的屍體。」

「真的！」社長瞪大了眼，感到十分震驚。

「那，那麼說，這到底是怎麼一回事？」因為著急，他變得有些結巴。

「聽說是連人帶車一起被找到了。因為沒有明顯的外傷，所以初步判斷是過失死亡。」

新六毫無感情地說。

「蠢貨。」社長怒極了。

「絕對是謀殺！」

九

下午三點，南土木課長的葬禮在家中舉行。

太市決定去給南課長上炷香。雖然在他生前，太市與這位可憐的課長並沒有太深的交情，但也不能說是陌生人。

太市總是無法忘記，曾在居酒屋裡遇見的那個南課長，低著頭，自己獨自喝著酒，臉瘦得凹陷了下去。

「我的信念支持著我的工作。」南課長的這句話，仍然迴盪在太市耳邊。

所謂的信念，是什麼呢？

在市議員石井圓吉的壓迫下，南課長決定抗爭到底的心情，用這句話表明了出來。

——地方市政領導對待市政府的官員們是相當粗暴的，尤其像石井這樣的人，大家都很怕他。不管是市長也好，副市長也好，市議員也好，都得給石井面子。石井擁有相當強大的勢力。

南課長面對的是這樣一個蠻橫的石井。所謂的「信念」，是南課長面對石井這種專橫跋扈的不正之風，抗爭到底的決心。對於這樣一個性格軟弱的小課長來說，這是一種多麼堅固的決心啊！太市深刻地瞭解到這一點。

即使是很有手段的石井，面對南課長的抵抗，勢力也一定會被削弱的。如果僅僅就事論理的話，石井是毫無辦法的。雖然南課長在石井的施壓下，一直堅持到了現在，但他還是沒有辦法對付石井吧。

石井將心腹山下股長提拔為港灣課長，很明顯是為了削弱南課長的實權。但是，南課長卻在這個時候遭遇了不測。

「是謀殺！」畠中社長在床上大叫。但這只是他氣急敗壞之下說出來的話，並沒有證據。

不管怎樣，太市認為南課長是個不幸的人，才到他的靈前去上炷香。這也算是種緣分。拜訪了南課長的家，確認了他家地址，太市不禁大呼：「我的天啊！」因為他發現幾天前他曾來過這個地方。

「到底是什麼時候呢？我確實到過這裡。」

太市停下來四處觀望，總算想起來了。十號那天晚上，他去參加石井圓吉舉辦的夜間攝影會，曾去過坐潮樓，而坐潮樓就在這附近。

因為那時是晚上，所以和現在看起來有些不同，但坐潮樓確實就在這附近。沿著路向前走，在左手邊看見了坐潮樓的屋頂，右手邊是曾經見過的那個倉庫。那天晚上，他就是路過那個倉庫去看海的。

也就是說，南課長的家碰巧在坐潮樓的附近。

實際上，再往前走就是個十字路口，左轉就是南課長家。為了防止參加葬禮的人找不到路，電線杆上還貼了路標——「南家」。

轉過彎大概四五分鐘，就到了南課長的家。這一帶已算是郊區，所以附近很少住家，還有不少田地。

太市正信步閒晃著，忽然發現有人爬上了電線杆。仔細一看，是個電工正在修理路燈。住在附近的一個老人抬頭往上看著。

「居然還有人做這種壞事。如果是個孩子也就算了，可大人竟然也……」老人對電工說。

「老爹，您看到了嗎？」電工問。

「我在屋裡聽到匡啷一聲，出來一看，發現路燈已經被打碎了，一個男人拿著根棍子似的東西逃走了。好像是空氣槍吧。用空氣槍打碎路燈，竟然還有作出這種惡作劇的男人。」

太市聽見這番話，心想：「在鄉下，竟然還有人搞這種惡作劇。」

來到南課長的家，不愧是市政府官員的葬禮，道路上都擺滿了花圈，參加葬禮的人進進出出的，絡繹不絕。

在接待處有三四個市政官員坐在那裡，太市拿出奠儀的白包，很認真地鞠了一躬。家人接過名片，看到名片上「陽道新報記者」的字樣，不禁愣住了。因為畠中社長總是挖市政的各種新聞，市政府的人都認為這種小報記者很可恨。

太市迅速地走過去，來到了裡面。

失去了丈夫的南課長夫人，帶著還很小的孩子坐在靈柩旁。家中親戚也並排站在那裡。這倒也沒什麼，只是港灣課山下也在其中，這讓太市感到些許吃驚。

但仔細想想，這也沒什麼好驚訝的。山下原本就是南課長的下屬，在葬禮上幫忙也是理所當然的。只是因為知道了南課長生前與山下之間微妙的關係，所以感到有些奇怪。

在靈柩前，太市虔誠地燒了炷香。這是怎樣的一種緣分啊，才剛來到這個地方，就遇上了這件事情。太市雙手合十，忽然想起人類不可捉摸的命運這類東西。

站起來的時候，太市與山下四目相對。太市總到市政府去採訪，山下認識他。

山下狠狠地瞪著太市。

十

太市離開了南課長的家，沿著原路返回十字路口。來時看見的那盞正在修的路燈已經修好了，換上了新的燈泡。

到了十字路口，如果一直往前走，可以走到海岸邊，因為前面可以看到一部分蔚藍的大海。

太市本來想到海邊去走走，但又覺得麻煩，就放棄了，逕自回到家中。

賴子正在熨禮服。

「唉呀，怎麼了？」賴子看到太市手臂上的黑紗問道。

「啊，我去參加了市政府土木科南課長的葬禮。」太市摘掉黑紗，躺到榻榻米上。

「啊。報紙上登了，說是喝醉酒掉到海裡面死了。真是個可憐的人。」

「嗯，嗯。」

太市往外伸展四肢，仰頭躺著。

「唉呀，要睡覺了嗎？不去公司上班，大白天的在家睡覺，真討厭。」

提起公司，聽起來就像是個笑話。連同社長以及下屬的記者一共三人，半張紙大小的報紙印刷也是委託街道上的工廠在做。以前要是提到公司，那可是天下數一數二的大報社，但現在——

「我累了。賴子，讓我在妳的腿上躺一會。」說是累了，實際上是淪落到這般境地後內心的疲勞。

「你這個人真討厭。」

即便如此，賴子還是放下了熨斗，坐了過來。太市把頭枕到賴子的膝蓋上，頭下有種柔軟、有彈性的感覺。

太市朝上看著賴子的臉，她看起來吃了不少苦頭。

「你在目不轉睛地看什麼呢？」賴子低頭看著太市，眼裡含笑。

「妳總是那麼漂亮啊！」

太市話剛說完，賴子忽然咬了咬嘴唇。太市心中衍生出一股憐愛的情緒，伸手抱住了賴子的腰，低聲說：「讓妳受苦了，真對不起。」

賴子搖了搖頭。眼睛直直地看著太市，溫柔地說：「你是個不錯的男人。」

想到從東京來到這裡，自己是這個女人唯一能夠依靠的人，不免對賴子更加疼愛。

「賴子。妳的身體沒事吧？」太市問。

「你才是。不管什麼時候都要健健康康的，不然我會擔心的。萬一你像南課長那樣有個什麼閃失，我可是會難過死的。」

「不會有問題的。你放心吧。」

「真的嗎？一定哦。你要是把我扔在這種地方不管，我會連個去的地方也沒有。那多鬱悶啊。」賴子如同往常一樣跟太市撒著嬌，這讓太市心裡輕鬆了些。

「那個時候，你就去找石井圓吉吧。」

「唉呀，那樣可以嗎？」賴子調皮的做了個鬼臉。

「可以。」

「那就這麼辦吧。那個傢伙，還是一樣難纏。」

「嗯。」

「他不只一次問我是不是單身，要不要他來照顧我。我雖然適當的回絕了他，但他還是糾纏不休。」

「是不是已經發生什麼事了啊？」太市聽到這些，心裡有些動搖了。

「你又吃醋了啊？」

「笨蛋。」

「那樣的話，會做很多事情呢。他是想有身體上的接觸吧。但是，你放心吧，我絕不會讓他做出太過份的事的。」

「那是當然的。妳是我的妻子嘛。」

「呵呵，是啊。但是，對於石井絕不能大意，他正在尋找機會，例如前幾天的夜間攝影會。對了，就是南課長掉進大海的那天晚上。那天回來的時候，他還說要帶我走，要我在那裡等他把車取出來。我雖然掉頭逃掉了，但還是有些害怕。就是怕有那種事情發生，才打暗號要你一起去的。可是你卻先回來了，真是個靠不住的人。」

「對不起，我錯了。」

「只會嘴上說說，真討厭。」

「不是只會嘴上說啊。妳看。」太市再次抱住賴子，深深地吻了她的唇。她閉上眼享受著。想到賴子是自己的女人，一股幸福的暖流湧上太市的心頭。

「我說太市，我有種很奇怪的感覺呢。」賴子說。「上次的夜間攝影會雖然是由石井提議舉辦的，但後來聽說石井對攝影一點興趣也沒有，這有點可笑吧。會不會是為了得到我，才特地舉行那個攝影會呢？」

「嗯。」太市趴在那，抽著煙。

太市一邊抽著煙，一邊思考那件事確實有些蹊蹺。難道真像是賴子所說，為了得到她才那麼大費周章嗎？太市並不這麼認為。但是，一個對攝影並不感興趣的男人，為什麼要舉行夜間攝影會呢？

這樣說來，那天確實和南課長墜海是同一天。攝影會與南課長的死，這兩者之間似乎有著某種莫名的關係？如果說是偶然，又有點太巧合了。

「南課長絕對是被謀殺的。」太市耳邊再度響起了畠中社長的話。

（好，再去現場看看吧！）太市說著，一躍而起。

「要出去嗎？」賴子睜開眼問。

「嗯。去工作。妳差不多也該準備去上班了。」

十一

太市站在十字路口上，在傍晚夕陽的照射下，他的影子顯得更加修長。

那麼，哪邊是南？哪邊是北呢？對了，因為海在南面，所以如果以這個十字路口為中心，南課長的家就在海的對面，也就是在北邊。從道路北側稍往裡走，就能看見坐潮樓的屋頂。

南課長回家的時候是從西面的市政府，騎自行車從這個十字路口向北轉的。那天晚上，從宴會上回來，到這個十字路口也必須要走同樣的路線。

但是他卻沒有向北，而是向南轉了彎。如果向南一直走兩百米左右就是懸崖，懸崖下面就是大海。也就是說，從十字路口向左轉是回家的路線，向右轉就是大海。

難道是南課長把方向弄錯了？照道理說這種事情是絕對不會發生的啊。這條回家的路南課長已經走了十五、六年了，他對這條路再熟悉不過了，即使是在晚上，即使自己喝醉了酒，也絕不會弄錯回家的路，這是人的本能。

太市從十字路口向南走向懸崖。

看見大海了。無論何時大海的景色都是一樣的美。幾座小島浮在海面上。落日餘暉投射在他的眼中，顯得有些哀傷。就在不久前的夜晚，他還在這裡欣賞夜景，因為想念東京而淚流滿面。

十號那天晚上，就是南課長的人連同自行車一起從懸崖掉入大海的那個晚上。

太市站在懸崖上往下看。海的顏色看起來很深沉，海面一片平靜，海浪卻不斷拍打著岩石，激盪起朵朵浪花。南課長就是被這海浪給吞沒的。

太市朝大海的方向望去，忽然覺得有些不太一樣。與十號晚上相比，大海似乎寬廣了許多。

很快的，太市找到了問題的答案。那天晚上，在這個懸崖對面停泊了一艘貨船，而且在貨船的對面，還有一艘汽船停在那裡，但是現在沒有了。太市感覺大海變寬了，就是這個原因。

太市坐下來，凝望著遠處的大海。夕陽已經完全落下了，天空中還殘留著一絲餘暉。那種無法忘懷的感覺再次湧上心頭。什麼時候才能回到東京啊？有樂町一帶的繁華景象再次浮現眼前，太市想起了那座七層的建築物，想起那扇直到深夜仍舊亮著的窗戶。太市當時一時衝動與部長大吵一架，現在想想開始有些後悔了。但是在那種情況下，他也是身不由己啊。

相比之下，畠中社長是多麼讓人喜歡的老人啊！一心想淨化腐敗的市政府，並以此為目標，努力發行了一部印量只有幾百幾千的小報。因為老人真心熱衷於這個事業，他並沒有像那些黃色小報一樣，強行刊登廣告，也沒有接受任何資助。他絕不做威脅恫嚇之類的行為，嘴上總像個年輕人一樣，天天喊著正義、正義的。

僅有的一位資格更老些的記者湯淺新六，也是個很有意思的男人，外表動作卻有點遲鈍。當《陽道新報》的記者，再也沒有比他更適合的了。本來看起來有些遲鈍，事實上卻很有想法。這種記者在東京是根本混不下去的。

兩個人都很喜歡太市。如果自己沒有野心，甘心在這個農村一樣的小城生活下去的話，就和這兩個人繼續一起工作也蠻不錯的。太市這樣想著。

太市並不想就這樣在這裡沉淪下去。他還不能放棄自己的夢想。無論如何，帶賴子來這個地方，實在是太對不起她了。

（但是，我還年輕。）

對了，必須得和畠中社長聯繫才行。那個老人一定在擔心自己究竟去了哪裡。

太市起身返回十字路口，在道路兩邊尋找有電話的人家。

太市幸運地找到了一家雜貨店。即使是這種鄉下地方，小店裡也還是有電話的。

他向店主人借了電話。店裡的人並沒有在東京常見的那種厭煩神情。不管到哪裡，這裡的人都很熱心。

接電話的正是畠中社長。

「社長嗎？我正到處調查有關南課長的死因。」雖然算不上到處調查，但還是對社長這樣說了。

「是嗎？辛苦你了。」老人混濁的聲音富有磁性。

「新六也在市政府拚命地調查。你也要好好的努力。」

「好的，我會的。」

「聽好了。南課長的死絕非偶然，絕對是謀殺。雖然員警判定為非人為原因死亡。一群笨蛋員警，什麼也不知道。在這個時候就更需要我們。我們一定得替南課長查明真相，讓那些無能員警開開眼。聽好了，一定要沿著這條線索繼續查下去。我期待你會有出色的表現。」

「好的。我知道了。」

放下電話，畠中社長那激昂的聲音仍然迴盪在耳邊。似乎新六也正鬥志昂揚著。

太市離開店內，回到路上。

來到十字路口，北面有盞很亮的燈。太市想起白天去給南課長上香的途中，曾見到有個電工在修理路燈。

向西轉過去，太市忽然發現對面東側能看到微弱蒼白的燈光。

那裡似乎是一座鐵工廠，夜晚也在工作，焊接時會發出亮光。太市站在那裡看了許久。

他想去那座工廠裡頭看看。於是，他循著光線找到了工廠。出人意料的，那是座很小的工廠，在門口燈光的照射下，能看見低矮的門上掛著「大隈製鐵廠」的招牌。

太市打算進去探聽一下，於是推開了一扇看似是工廠辦公室的門，裡面有一名工作人員。

幾分鐘後，太市從辦公室出來，臉上帶著少有的興奮。

回到租屋處，賴子還沒下班，太市用鉛筆十分認真的畫了一張圖。

太市一邊看著那張圖，一邊陷入沉思。

十二

第二天早上，太市去上班。畠中社長的夫人正在打掃客廳，見到太市便說：「社長正在樓上等著呢，你去樓上吧。」樓下的舊榻榻米上，二張桌子並排擺著，實際上那裡就是編輯部。

樓梯發出咯吱咯吱的聲音。到了二樓，畠中社長一如以往盤腿坐在座墊上，湯淺新六一個人孤零零的坐在他對面。

「早安！」社長對太市說，從臉上的表情可以看出他今天的心情相當不錯。

「田村，來，你坐那裡。」

「好的。」

「新六蒐集到了很好的資訊。他最近很不錯。」

新六那乾枯的臉上露出了一絲苦笑。

「那真是太好了。和石井那件事有什麼關係嗎？」

「那當然了。新六，說給他聽聽。」老人說著喝了一大口茶。

「太市，我總算知道石井的把戲了。」新六對太市說。

「把戲？」

「嗯。你看，石井不是自己親手把那座破工廠拆了嗎？」

啊，是那樣的。太市想起來了。石井違章修建了一座簡易工廠，因為所占場地要修路，所以向市府要求補償。當然，在建廠的時候，他就已經知道那塊地要當作道路建設了。他本身的目的就是補償金。

南課長知道這些，所以駁回了石井的請求。石井雖然給南課長施加了很大壓力，但還是無法讓南課長動搖。石井因此提拔了自己的心腹山下股長，使他成為了港灣課長。

山下上任不久，石井就拆了那座破舊工廠。那個時候，太市和新六還去現場確認過。

但是調查的結果卻是，土木課未向石井支付補償金。南課長當然也是不會支付的，而石井自然也不可能一分錢沒拿就拆毀建築物。所以石井一定是已經拿到錢了。

「這背後就有文章了。我要把這其中的內幕給挖出來。」新六說。「現在，我已經知道了石井的小把戲。」

「那麼你真是立了大功啊。究竟是什麼把戲呢？」

「錢是由港灣課出的。不管怎樣，他在土木課是拿不到一毛錢的。」

「啊，是嗎？那麼是山下支付的補償金了？」

「是的。山下對石井是絕對忠誠的。」

「原來如此。但是，是以什麼名義支付的呢？」

「以港灣擴張費的名義。」

「哼。」太市低聲哼著。港灣擴張費，確實是一個不錯的理由。這座城市預計用五年時間完成港灣擴張，為此，國家從國庫中拿出了不少資金用來資助。

「這麼說來，石井得到了多少補償金呢？」

「六百萬圓。」

太市對於這個數字大吃一驚。

「那個破舊的工廠竟然值六百萬圓。是誰評估的呢？」

「是石井和山下串通好的。因為石井是港灣委員。」

「但是，其他的委員和議員竟然沒有提出異議？」

「大家都畏懼石井的勢力，議長和副市長又都是和石井一個鼻孔出氣的。」一直沉默不語的畠中社長大聲說。

「那些人，全都是腐敗分子。我們市政府到處散發著銅臭味。田村，聽好了，國民和市民所繳的納稅錢被如此濫用，這樣對嗎？這是絕對不可以的。我們陽道新報就是要為市民討回公道，就是要抨擊這腐敗的市政！」

太市想，這真是太過分了。鄉下市政做事太沒有分寸了，太市對此覺得非常訝異。怪不得地方政府總是哭窮，原來是這樣啊。

對於太市來說，這個時候，除了畠中社長慷慨激昂的話語，再沒有更中聽的話了。

「對了，太市，昨天晚上你打電話說知道了南課長的死因。原因究竟是什麼呢？」社長迅速地轉向太市問道。

「啊，現在還只停留在推測階段。我也認為南課長是被謀殺的。」

「那是當然的。我早就這麼說了。」老人昂然說道。

「還得再等等，我需要更進一步的調查取證。」太市說。老人迅速地點了點頭，這讓太市感到有些意外。

「好的，這事就全權委託給你了。這次的殺人事件真要是曝光的話，可是個爆炸性的新聞，你要謹慎行事。」

太市放心了。如果現在不小心說出了自己的推測，還不知道社長會多麼慷慨激昂呢！

「可是社長，如果南課長是被謀殺的話，那誰又是兇手呢？」

「這還用說嗎？當然是石井他們了。」老人不慌不忙地說。

「但是，即使石井沒有下手除掉南課長，不也已經達到目的了嗎？」

「你還是太嫩了。謀殺南課長，意味著石井有把柄在南課長手裡。我想或許是他擔心南課長會因為正義感，而向少數反石井派投訴吧！石井殺掉南課長代表著先下手為強。這就是他的殺人動機。」畠中社長看上去相當有自信。

十三

太市和新六從二樓下來，坐在舊桌子前。這裡就是編輯部。

「田村。你跟社長說發現了南課長的死因，這是真的嗎？」新六急忙問道。

「是真的。就如社長所說的，是謀殺。」太市回答。

「咦……真讓我大吃一驚。我聽著也只是半信半疑。可是，是誰把南課長推下海的呢？」

「不是，沒有人直接推他下海。但兇手確有其人。雖然沒有人親手將南課長推落大海，但結果卻是一樣的。」

新六滿臉不解，所以太市拿出自己畫的圖給他看，然後將自己的想法詳細地說明了一番。

「原來如此。你可真不簡單啊。」新六盯著那幅圖嘆了一口氣。

「接下來我打算繼續調查我的推論是不是正確。有些事情我想請你幫忙。」

還沒等太市說完，新六就開始點頭。

「沒問題。我一定助你一臂之力。我現在就有時間。」

「謝謝！」太市道了聲謝。

「那麼，你幫我調查一下，十號那天晚上，停在岸邊的貨船和汽船是哪裡的船，那艘汽船又是誰租的。說是汽船，其實只是艘小汽艇而已。」

「好的，這絕對沒有問題。不管怎樣，一定是附近的船，所以到市裡的汽船公司調查一下就可以知道了。還有別的事嗎？」

「另外還有一件事。那天晚上，山下和南課長一起吃飯，那確實是山下的送別會。可是，宴會結束的具體時間是幾點？結束時間與預定時間是否一致？南課長當時究竟醉到什麼程度？這些也拜託你調查一下。」

「我知道了。那次宴會召開的飯店我很熟，所以調查起來很容易。」

「那麼就拜託你了。我從其他方面著手調查。」

說完，兩個人便一起離開了陽道新報社。太市回頭望，看見新六弓著背向前走著。

太市從海邊的那個十字路口向左轉，朝南課長家的方向走去。他來到那個先前被打破的路燈下方。向上望去，電燈已經被修理好了，很安全。這一帶的路燈都沒有配備燈罩，只有一個燈泡掛在上面。

太市彎腰在地上來回走著，希望能找到上次打壞電燈的空氣槍的彈殼。

就在這時，頭頂上突然傳來了一個聲音：「喂！你在幹什麼？」

太市被嚇了一跳。抬頭往上看，二樓有一位老人正朝這邊看，就是那天與電工打招呼的那位老人。他露出一副疑惑的表情，盯著太市看。

因為之前曾見過這位老人，所以太市反而覺得有點開心。

「啊，事實上，我是在找是否有彈殼掉落在這裡。」

「彈殼？」

「嗯。之前不是有人用空氣槍打碎了你家門前的路燈嗎？我想找當時打破路燈的空氣槍的彈殼。」

「唉！你是誰啊？」

「報社的記者。」

「哪家報社？」

「陽道新報社。」

沒有辦法，太市只能照實回答。要是在從前，報出自己公司的名號，太市可是充滿了自信的。

「陽道新報社？是嗎？你等一下。」老人關上了二樓的窗戶。

老人出現在樓下的門口。本來以為他會很生氣，沒想到老人非但沒有生氣，反而微笑著。

「陽道新報的報導，我很喜歡看。對於市政的批判總是很猛烈。雖然勢單力薄，卻一直做得很好。」

這讓太市大感意外，老人竟然是報社的知音，如果畠中社長知道的話，不知道會有多開心呢。

「你在幹什麼？在找空氣槍的彈殼？」

「在這之前，我想先請問一下。路燈被打破的那天是幾號？」

「那是十號的傍晚，那時天色已經暗下來了。」

聽到老人說是十號的晚上，太市在心中一陣驚喜：「太好了！」

這時，老人突然張開手掌：「你要找的彈殼，就是這個。」

太市一看，老人的手上放著一枚空氣槍的鉛彈殼。

「是我把彈殼撿了起來，作為教訓那些不良分子的證據。」

「那您知道那件事是誰幹的嗎？」

「雖然當時他逃走了，但我後來找到了他。因為這地方實在太小了，在有空氣槍的人當中找，很容易便知道是誰幹的。」

「那是誰呢？」太市追問道。

老人盯著太市說：「你問這個幹什麼？」

「要淨化市政，這是必須的。」太市立即說。

「啊！？打破燈泡的人還與市政淨化有關係啊？」老人驚訝地瞪大了眼睛。

「有關係。」因為料到老人會這麼問，所以太市斷然回答道。

「哦！」老人稍微想了想，「如果是為了市政的話，那就沒有辦法了。為了陽道新報我只能說了。那個人是……」

「那個人是……？」

「市政府有個山下課長，那個人是他的兒子。」

十四

傍晚，太市與新六在常去的那家酒館碰面。因為今天要談的事情很機密，所以兩個人找了個很不起眼的角落。

「飯店那邊的情況是這樣的。」新六彙報說：

「宴會是在三天前以山下的名義預訂的。他的送別會邀請了南課長，這事多少有些蹊蹺，但因為他在南課長底下也做了很長一段時間，所以也說得過去。聽說宴會預定是在九點多結束。」

「九點多。」太市點點頭。

「那天，宴會是在九點五分結束的。南課長騎車離開的時間是九點十分。聽說南課長當時醉得很，但自行車還是能騎的，所以也算不是上爛醉如泥吧。」

「嗯，嗯，原來如此。」

「至於船的部份很棘手。」新六皺著眉頭說。

「也不全是壞消息，有關貨船的底細已經打探到了，只是那並不是貨船，而是縣裡的挖泥船，預定從四號起在那裡停靠一周。」

「一周的話，是到十一號了。敵人的算盤竟然打得如此精細。」

「是的。問題出在那艘小船，不知道是哪來的。市內的兩家汽船公司，無論哪家都說沒有出過船。」

「不會吧，難道石井動了什麼手腳？」

「那兩家汽船公司我都很熟。他們應該是不會對我有所隱瞞的。」

新六是個不可思議的男人，市內的各行各業都很給他面子。他要是這麼說，應該不會有錯。

太市心想，這下糟了。就如新六所說，問題是那艘小汽船，確實是山下親自租下的，但卻不是市內汽船公司的船，事情愈來愈離奇了。

「那會是從哪租來的呢？」

「不知道。毫無頭緒。」

「我認為是石井或者山下的手下做的。」

「要調查這個問題，得花上一點時間了。」

（不管多麼棘手也得調查，一定要查明原因。）太市想。

與新六分開後，太市回到家裡，賴子還沒回來。於是他一個人躺在床上陷入沉思。

那天石井以攝影會為由，把賴子等舞女們帶去做模特兒。離開「銀座」的時間是晚上八點四十分左右，因為當時太市也在場，所以記得很清楚。之後太市去了現場，見到二十多個外行人拿著照相機照個不停。根據賴子所說，攝影會持續了一個多小時。

宴會結束後，南課長離開飯店的時間是九點十分左右。騎著自行車到十字路口的時間大概是十分鐘以後。當時坐潮樓的夜間攝影會應該還在進行當中。石井完全達到了目的。

要想達到目的，只能認定那艘小汽船是石井或者山下布的局，無論如何也得找到那艘船。之前那個老人將擊破路燈的彈殼交給了太市，這次還會不會出現這樣的好人呢？

太市在思考中不知不覺的睡著了。

忽然間太市被搖醒了，睜開眼，看到了賴子的臉。

「我說啊，你怎麼在這沒蓋被子就睡著了，會感冒的哦。」

「怎麼，妳都已經回來了啊。現在幾點了？」

「已經十一點了。」

「咦，都已經這麼晚了？」太市正揉著眼，賴子親了他一下。

「嗯，醒了吧。」即使這樣，太市仍然是瞇著眼。

「別這樣，又要睡了嗎？會感冒的！」

「不會的。」

「別睡了。別睡了。」賴子壓著太市使勁地搖著。

「走開啦。」

「不行，不行。要是像溝口那樣感冒惡化住院可不好了。」
「溝口是誰啊？」太市有些煩了。
「是石井的手下，經常和石井一起來店裡。好象是市政府的什麼股長。聽說因為晚上打麻將感冒了。」
「因為打麻將感冒了啊？」
「因為最近一直沒露面，石井的跟班也換了個人。一問才知道，因為在船上打麻將打到了十二點多，結果感冒了。應該是被海風吹的吧。那人還告訴我說，外面的人都不知道，這可是個祕密。」
「什麼？」太市一躍而起。「賴子！」
「什麼事啊，這麼急。」
「確實是在船上打麻將感冒了嗎？」
「是啊！」
「是在十號的晚上吧？」
「這個我倒沒問。」
「我說，賴子。這件事妳再向那些人詳細打聽打聽。這可是件大事，妳也可以替他們來點小服務。如果是為了打聽這件事，我可以不追究。」
「你這麼說真讓人討厭。」

十五

兩天後，太市弄清楚了事件的來龍去脈後，坐到了畠中社長面前。新六也面無表情的坐在旁邊。
「社長，我開始說了。」
老人坐在蒲團上，表情異常興奮。
「十號晚上，石井和山下共同設計陷害了南課長。計畫的第一步就是坐潮樓的夜間攝影會，前提是晚上九點至十點之間召開。第二步就是在海上停一艘小汽船，因為那時剛好在岸邊不遠處停靠著縣裡的挖泥船。汽船上的桅杆上要掛著燈，停靠時間是在晚上八點至十二點左右。另一方面，就是山下港灣課課長的晚宴，並且要出席宴會的南課長在九點多騎著自行車回家。最後就是當天晚上，南課長家附近的路燈不能是亮著的，這一點也很重要。以上這四點，就是犯罪成立的必要條件。」

「哦！到底是怎麼一回事呢？」

「我按順序一一說明。南課長回家時，向來都是從西面過來，在十字路口往左轉。如果是在白天當然沒有問題了，而到了晚上這一帶沒有商店，漆黑一片。但是，在南課長家附近有一個電線杆，掛著一個路燈。來到十字路口，能看見這個路燈。另外，附近一家工廠叫做大隈製鐵廠，夜間工作時因為焊接電器，所以會發出白色的焊接光亮。西面，就是這個圖的左側，那個路燈和焊接光就很自然的成為了路標。南課長晚上回家的時候，我想是那樣的。由此，犯罪的構想就產生了。」

「如果，在十字路口的反方向能看見路燈的光線，能看見電焊光，會怎樣呢？如果是平時一直以此作為路標的人，稍一疏忽就很容易在十字路口走錯方向。而那邊的前方就是懸崖。」

「嗯……」老人聽得目瞪口呆。

「那天晚上，南課長是騎自行車回去的。他本想從十字路口向左轉，結果卻轉向右邊後，騎著自行車一直向前行。自行車的速度很快，岸邊又沒有設柵欄，所以課長是從岸邊躍入大海的。在十字路口，課長應該是有所思考的，懷疑與平時相反的方向怎能看見路燈的燈光和電焊的光線。但是，那時候南課長喝醉了，認為當時的意識只是種錯覺。他深信路燈和電焊光這個路標，本應該向北行，卻騎著自行車駛向了南邊的大海。」

「在相反的方向有路燈的燈光和電焊光嗎？」

「十號那天晚上的情形是這樣的。首先，真正的路燈不能亮。所以那天傍晚，一個男人用汽槍打碎了路燈。另外，那天是大隈製鐵廠的休息日，這一點兇手事先就知道，所以才選擇了十號。」

「嗯……」老人發出了沉吟聲。

「就這樣，原本的燈光和電焊光都消失了，之後就是製造假象了。一個是平日製鐵廠的焊接光。當天晚上，在坐潮樓舉辦了夜間攝影會，二十多個人不斷在照相，所以照相機的閃光燈一直未停。以十字路口為中心，坐潮樓在大隈製鐵廠的對面，南課長從十字路口看來，一定會把它誤認為是焊接光。再來就是路燈。海上停著的汽船這時派上了用場。也就是說，船桅上掛著的燈發揮了路燈的作用。由此可見，犯人用心良苦。因為當時岸邊停靠著縣裡的挖泥船，所以在它的背後停了艘小汽船。這樣一來，船桅的燈光就不會映到海面上。在晚上挖泥船是不工作的，所以一點光亮也沒有。也就是說，小汽船船桅上的燈光只有一個作用，就是取代原有的路燈燈光。」

「設想得真周到啊。」社長說。

太市繼續講下去：「接下來便是時間問題。坐潮樓的夜間攝影會是在九點前開始的，大約一個小時後結束，而且這一個小時之內，閃光燈必須持續不間斷地閃。這樣，即使南課長到十字路口的時間有些偏差也沒有問題。但是，就如他們算計的一樣，南課長在九點多宴會結束後，便騎著自行車離開了飯店，到達十字路口的時間應該是九點十五分或者二十分吧，全跟兇手的計畫一致。南課長看到偽裝的『路燈』和『工廠的焊接光』，便轉向海的方向一直往前。這時，他因酩酊大醉弄錯方向也是條件之一，本來習慣了往左轉卻轉向了右邊。第一個條件是偽裝的燈，第二個條件是南課長因醉酒而喪失思考能力，只能以燈光這個路標來判斷行進方向。在酒醉之中，對路標會有種特殊的依賴，我們每個人都是這樣的。南課長騎車往前行，一直到掉入海中為止，都沒有任何阻擋他前行的障礙物。這樣一來，南課長便因墜海而溺死了。」

畠中社長興奮得滿臉通紅。

「最後是兇手問題。打碎路燈的是山下的長子，今年剛從學校畢業，在父親的引薦下成為了市政府的官員。這件事有目擊者，我手中也有證據——空氣槍的彈殼。坐潮樓的夜間攝影會是石井主辦召開的，他自己本身對攝影也並不感興趣。小汽船不是本市船公司的船，而歸F市船公司所有。山下要自己的四個心腹租下船後，將船停靠到晚上十二點左右。

不過，他沒有把計畫告訴這幾個手下。他們只是按照山下的命令做事，而因為在船上打麻將。其中一個人受了寒得肺炎住院了。這些就是我所調查出的結果。」

「你真是太棒了！」老人激動不已，兩眼因激動而閃閃發光。

「果然是石井和山下共謀的罪行。我們不能坐視不管了。田村，你立即把這些寫成報導。新六，你把石井背後所做的壞事都寫出來。好，這次要全版面公佈這件事，發行一萬份，要讓全市的市民都知道這個事實。至於紙張和印刷的費用，把物品拿去典當就有了。」

「社長！」新六開始說話了。「不先通知員警，這樣好嗎？」

「糊塗！」老人一聲怒喝。「那些無能員警，要讓他們在我們發行報紙之後，跟隨我們的腳步做！」老人高興得手舞足蹈，臉上因興奮而變得通紅。

一個月之後，太市接受原報社前輩的照顧，決定返回東京，到原公司旗下的民間廣播公司就職。

在人煙稀少的車站月臺上，畠中社長的妻子和湯淺新六來為太市送行。發車的汽笛聲響了，新六用乾枯的手與太市握了握手，社長妻子則與賴子揮淚告別著。

「田村先生，我們家那個因為身體不好不能來為你送行，真的很遺憾。他流著淚對我說：『這段時間，太感謝你了。太感謝了！』」社長的妻子對太市說。

「不，千萬別這麼說，是我受到了社長的多方照顧。我在來到這以後，在社長的指引下，才知道新聞記者的職責是什麼。這份恩情我一輩子也不會忘記。」

「可是，田村。真的很感謝你。」新六說。

「你曾遇到過社長這樣一個人。這是你來這裡的收穫。這一點回東京後也不要忘記哦。」

「我一輩子都不會忘的。」太市更加用力的握著新六的手。「怎麼可能會忘呢。一輩子也不會的。」

火車啟動了。

「新六，社長就拜託你了！」太市大喊。

「我知道。我跟社長就像夫妻一樣啊。」新六拍著胸口說。社長夫人歪著頭笑了。

兩個人的身影慢慢消失在那寂寥的月臺上，很快就看不見了。

太市與賴子面對面坐著，眼睛一直望著漆黑的窗外。這片土地迅速地向後離去。

不知不覺中，太市已經淚流滿面。月臺上為他送行的兩個人的身影仍在眼前。他和賴子曾在這片土地上生活過，但是湧上心頭的那份情感，不只是對自己身影的留戀。

カルネアデスの舟板

一

這是一個發生在昭和二十三年早春的故事。

ＸＸ大學教授玖村武二，到中國地方[3]某城市進行巡迴演講。

玖村是歷史學教授，我是在當地的教職工會上認識他的。那是一場盛會，會場裡坐滿了人，整座大學講堂都快要滿出來了。聽眾大部分是地方學校的年輕教師，有不少是從很遠的地方搭火車趕來的。

在大型演講之後是座談會，大家踴躍發言，氣氛非常熱烈。當座談會結束，玖村回到住處休息時，已是深夜時分。他要服務員早上七點叫他起床。平時他總是睡到很晚，很少這麼早起來，但是明天有事，所以不得不早起。

在玖村被邀請至這裡演講時，他便想順道去拜訪大鶴惠之輔先生。大鶴惠之輔是玖村

3：日本本州西部地區。

的恩師，也是ＸＸ大學的前任教授。戰爭時期曾是大政翼贊會[4]成員，宣傳國家主義的歷史論，但正因這些著作的緣故，目前是被處以公職追放[5]之身。說得更清楚一點，大鶴惠之輔的主張並非是在前往大政翼贊會之後才形成，他是因為他的學說才加入——或者被迫加入了翼贊會。

就這樣，大鶴惠之輔回到故鄉隱居，成了一名普通的老農。那裡距離玖村演講的地方並不遠，乘坐通往山裡的支線火車，兩個小時就能到抵達。玖村之所以從東京乘坐十幾個小時的火車到這麼遠的地方演講，其實就是想拜訪一下久未謀面的大鶴惠之輔先生，這才是他此行的主要目的。

第二天早上，服務員七點鐘準時叫醒玖村，他要搭八點零幾分的火車。他匆忙洗了臉，簡單地吃了些早餐，就搭人力車到車站去了。在鄉下，汽車很少見。早上的空氣還有些涼，得把車篷放下來才行。

到那裡的火車沒有二等車，只有髒兮兮的三等車，無論哪節車廂內，都坐著一些要去調度物資的黑市商人。這條支線橫穿長長的中國山脈通往日本海，山脈的盡頭是一個很出名的盆地，那些黑市商人好像都是要去那裡弄米，玖村的目的地也一樣。

男男女女的黑市商人們各憑所好占著座位小憩，但玖村在二個小時的旅途中，一直眺望著遠處的高山。終於火車向下坡駛去，逐漸遠離山脈，駛向河流眾多的平原。不久到了個大站，那些商人們像是聽見了起床號般，同時起身下車。

因為來這裡之前事先發過電報通知大鶴惠之輔，所以他已經在月台上等著了。他仍舊穿著那件熟悉的舊西裝，但時隔不過兩年，他看起來已經蒼老了許多。除了頭頂處還有些許黑髮，其餘的全都白了。

「哎呀，你終於來了哪！」他面帶笑容地說道。因為掉了幾顆牙，都能看見舌頭了。玖村很有禮貌地向恩師訴說著闊別之情，正在寒暄之際，三四個人圍住了大鶴惠之輔。「大鶴先生，今天也拜託您了。您是帶米過來的吧。」與他打招呼的，是那些從火車上剛下來的黑市商人，手裡拿著手工製作的大袋子。

「啊，那件事之後再說吧。我今天是來接客人的，他從東京來。」大鶴惠之輔沉著臉，用當地方言回答。這讓玖村感到有些尷尬，但他掩飾著裝出一副若無其事的樣子。

到大鶴惠之輔的家還有二十分鐘路程。一路上，大鶴惠之輔向玖村介紹，這裡是水鄉，

4：日本軍國主義底下的一大政治組織，主要是為戰爭機器提供政治和輿論上的支持。

5：二次大戰後，美軍統治下的日本對於曾經為軍國主義政府服務的人員，均施以不得再任公職的處分，此即「公職追放」。

河水的清澈是在東京無法想像的，而且這個盆地的晨霧景色算得上日本一絕。玖村知道，那個高傲的歷史學家大鶴惠之輔並沒有完全融入到當地老百姓當中，面對玖村，他仍帶著些許自卑的假威風，並且極力掩飾著自己的尷尬。他用那已有幾分駝背的身體，邁著悠閒的步伐，極力保持著自己前ＸＸ大學教授的形象。

大鶴惠之輔的家是座古樸的老宅第，四周圍著一圈寬寬的土牆，明顯還能看出大戶人家的風韻。他的妻子從黑暗的屋子裡出來迎接，看上去顯得更老了。他的弟弟和弟媳也出來打招呼。明明是受弟弟和弟媳照顧，可他看上去卻像是一家之主，一副說一不二的樣子，就好像大鶴惠之輔掌握了小販們私賣黑米的證據似的。弟弟與哥哥長得很像，只是沒有大鶴惠之輔的學者風範罷了。

大鶴惠之輔帶玖村進了家裡最好的客廳，自己盤腿坐在上座。這種態度與過去他在大學時相比，一點也沒有變。招待玖村的飯菜都是他讓弟弟一家端上來的，妻子就坐在他眼前，他的所有言行，都表明他是一家之長。

「怎樣？演講成功嗎？」大鶴惠之輔拿出自家釀的酒，一邊向玖村勸酒一邊問。

「嗯。來了大概有七百人吧。」玖村不失以往的恭敬，答道。

「七百人啊……嗯，光是學校教師就來了七百人，可真不少啊！」大鶴惠之輔微微閉上了眼。在那一瞬間，彷彿在和過去自己所作的演講相比較。

二

「怎麼說呢，教職工會的影響力很大吧？」大鶴說著，不小心把碗中的酒灑到了衣襟上。

「這麼說來，你的觀點很受他們歡迎了囉！」聽了玖村的說明後，他這樣說，臉上顯出凝思的神情。

玖村抵達之前就猜到了他會問這個問題。他是大鶴惠之輔的弟子，戰前忠實遵從著老師的學說，老師的書他大部分都讀過。無論是誰，都說他是大鶴門下最富朝氣的青年學者，在老師的推薦下，不到四十歲就在同一個大學裡當上了教授。實際上，正因為老師的推薦，他也加入了言論報國會。

但是到了戰後，玖村拋棄了以前的主張。與其說是拋棄，不如說他在不知不覺之中，悄悄的加入了左翼歷史論陣營。在正值群眾運動洶湧澎湃之際，他不知不覺地轉移了自己的立場。換個說法，也就是說他表面上繼續保持著從前的姿態，實際卻已逐漸轉向唯物史觀歷史論。

在從前，同伴們就都誇獎玖村說他聰明，闡述觀點時條理清晰，文章構思也很巧妙。恩師大鶴惠之輔的專業是古代史，主要使用將民俗與神社考古學相結合的方法，對神話時代加以研究。玖村當然也繼承了老師的研究，只是戰後採用了「人民的」史觀。例如對於漁村保留下來的古老風俗，大鶴惠之輔的解釋是繼承了古代典雅淳樸的民風，而玖村卻針對同一個例子，解釋為這是農漁階級長期以來受剝削、受壓迫的證明，是由於他們極度貧困的生活沒有發生變化的緣故。玖村的理論不僅引用文獻，更加入了豐富的民俗實證，因此形成了十分獨特的學說。甚至有一位前衛評論家評論此書說：「它與恩格斯《家族、私有財產和國家的起源》有相似之處。」只不過這是在書店的委託下所作的推薦。

從此以後，玖村武二開始以進步歷史學家而聞名。他很年輕，正因為年輕，也為他那吸收了進步空氣的思想帶來了好處。他不斷地出書，還在日本的綜合雜誌上發表多篇日本史的相關論文。為此，他在新聞界也大大提升了名氣。

後來，開始有人請他編寫教科書。與其他許多進步學者一樣，他在中小學社會科的日本史裡，他拋棄了從史上人物敘事的觀點，改以統治階級與被統治階級之間的鬥爭與發展來進行闡述。日本各學校的教職員組成龐大的組織，燃起了階級意識；正是從那時候起，玖村武二編寫的教科書在全國被廣泛採用。教科書發行出版公司對他也很重視，委託他編寫了很多的參考書，而且經常一再的再版，他的書在當時極其暢銷。因為他的名望，即使到很偏遠的地方去演講，會場內也座無虛席。

在來之前，玖村就猜到大鶴惠之輔會說「你的觀點很受他們歡迎」之類的話。可以說他是個背叛師門的弟子。當然，雖然自己的主張是正確的，但如果引起了老師不滿，自己還是打算真誠地道歉的。玖村明白這是師生之間應有的禮節。恩師革職隱居鄉下，自己來看恩師，只要恩師能夠體會他這份心意他就知足了。只不過，這不能說成是純粹的慰問，在慰問者的心中，其實隱藏著一種居高臨下的優越感。

但是，大鶴惠之輔現在的語氣，聽起來既不像是譴責，也沒有一絲挖苦。面對背叛自己學說的得意門生，完全沒有想要追究的意思。看樣子，倒是對自己所未知的事情充滿了熱情，這讓玖村有些意外。「是不是因為自己遠道而來，為了體諒自己才故意隱藏內心真實的想法呢？」玖村心想。

「老師。近來我的言論與老師的主張有些偏離，為此我感到十分抱歉。」

玖村不得已，只得先婉轉地向老師道歉。一直以來，他在信中也沒道過歉，這成他心中長久以來的負擔。這次前來拜訪大鶴惠之輔，也是打算吐出心底話，卸下心中負擔。

「不，哪兒的話。學問也不是什麼固定的東西。年輕人按照自己的想法來作學問，這很好。」

大鶴惠之輔說話時，因為掉了幾顆牙齒，能看到他的舌頭。他的口氣很平和，如同射入緣廊的早春陽光般。這不是玖村所認識的那個大學時代的大鶴教授。教授對與自己持不同觀點的學者都懷有敵意，學生當中如果有誰懷疑他的學說，他就會非常反感。

玖村對他來說，就像是一個異教徒，但現在，大鶴惠之輔臉上卻沒表現出一絲厭煩，反倒流露出軟弱的表情。難道他真的被黑市商人和販賣黑米的農夫們同化了？但是玖村知道，事實絕對不是這樣的。

「玖村，有人告訴我，說對我的禁令再半年就可以解除了。」大鶴惠之輔瞇起眼睛說。

「所以呢，我想重新回到大學，你能幫忙嗎？我想若是你的話，一定會有影響力的。」

他用乞求的眼神，奉承的話語試探著玖村的想法。如此懦弱的眼神，如此拜託人的方法，大鶴教授是從來沒有過的，所以這方法很奏效。在玖村看來，現今自己很有影響力，這大大的激發了他的自負。

「是嗎？那恭喜您了。老師還很年輕，所以請務必再回到我們大學。雖然我的力量有限，但我一定會向校長力薦您的。」

玖村這樣說著。此時，處於師生間感情和地位的情緒中，對於這種古老的感動，他有些陶醉了，但又不僅如此。他察覺內心所產生的那種優越感，讓他感覺自己已淩駕於老師之上。

大鶴惠之輔鼓足勇氣說了好幾次，「那就拜託了。」之後他又向玖村諂媚道：「哎！我不能總是被自己的學說所束縛，跟不上時代可不行啊。我得開始學習新的研究方向了。」

三

半年之後，對大鶴惠之輔的放逐令正式解除了。為了重回大學的事，他一個月有三次從中國盆地地區趕往東京，每次都暫住在玖村家。

玖村家以前的房子在戰火中燒毀了，很長一段時間都住在公寓裡，不過之後靠著逐漸存起的那些教科書和參考書版稅，在田園調布這邊蓋了新房子，三十五坪左右，和洋混合的風格，看起來很別致。大鶴惠之輔第一次來時，明顯露出驚訝的表情。

「真是不錯的房子哪！」

他在房子裡邊參觀著邊說。以前他絕對不會做出這樣的事。（到底還是在鄉下待久了……）玖村看著他變黑的皮膚和身上的舊西裝，心中這樣想著。他還在裝禮物的箱子裡裝滿米袋帶過來，從這點來看，他的骨子裡都滲透了鄉下人的氣息。

「那麼，這個房子，是用版稅蓋起來的吧？」與在盆地的老家看到的一樣，大鶴惠之輔說著話，因為掉了幾顆牙，都能看到他的舌頭。

「是啊，光靠學校的薪水是買不起的。普通的單行本以及雜誌的稿費，也只夠貼補家中的零用錢。」玖村武二笑了笑回答。

「那麼，就是教科書和參考書的版稅了？」大鶴盯著他的臉問道。

「是的。」

「嗯……了不起啊。」

大鶴惠之輔眼中閃著光芒，環視著天花板、牆壁以及室內擺設。不知道是不是錯覺，他的目光中流露出鄉下老農般的羨慕。但是，當他看到藏書室中排列的書籍，羨慕的目光頓時成了貪婪。

「收集了不少好書啊。你的藏書不是在戰爭中被燒毀了嗎？」

「是的。」

「這都是在那之後收集的？」

「嗯，是的。」

「哦……」大鶴惠之輔歪著腦袋像在思考什麼。玖村想到，他和自己一樣，藏書在戰爭中大部分被燒毀了。玖村看著他的背影，點了一支煙，露出得意的目光。

只見大鶴那有點駝的背不斷彎下又伸直，不停看著書背上的文字。那個從前對別人的藏書不屑一顧的大鶴教授再也找不到了。他反覆問玖村有關這些書的事，其中大多是馬克思理論書籍。

來東京三次，大鶴惠之輔的態度一點都沒變。他還一直催促玖村替他打點返回大學的事情，一直都是如此，他對此糾纏不休。

但是，校長有些不快。

「再怎麼說，他的學說都有點……」

臉上掛著絲毫不感興趣的神情。校長自己本身也是考古學家，卻說這樣的話。戰爭時期，有關天孫降臨地一說，在九州的兩個縣之間有所爭議。其中一個縣邀請了校長（當時還不是校長）和大鶴教授進行討論；那時，大鶴教授對《古事記》中所添加的地名進行了認真的學術考證並舉行演講，卻對身為考古學者的校長的觀點不屑一顧。這是大鶴惠之輔與校長之間的一個過節。

「不過，那都是戰爭時期的事了。聽說那一帶神代時期的陵墓，已經被濱田耕作老師確認屬於奈良時期，在地方上也引起了一陣風波呢！那件事暫且不提，但他在我面前的那種勇氣，我是十分『敬佩』的。」校長沉著臉說。

「不，現在不會那樣了。我最近跟他談過，他的觀念好像改變了許多。」玖村武二替老師辯解。

不過，儘管玖村嘴上極力推薦大鶴惠之輔重返大學，心中卻覺得事情成不成都無所謂。事情沒辦成就沒辦成，自己可不能因此而惹上麻煩。如果是位能夠幫助自己擴張勢力的老師，那幫忙倒也無可厚非。只是，自己以前的確受過他的提拔，但再次回來，他已經失去了那種能力。他原本就沒有太多人脈，現在在大學裡，玖村相信自己的話更有分量。故此，如果大鶴惠之輔回來，反倒是件麻煩事。

但就在玖村要放棄幫他疏通的時候，熱心的支持者出現了。有兩三個教授好像是看在玖村的師生情面而給予支持。後來在教授會議上意見又達成一致，最後校長也動搖了。

大鶴惠之輔在被革職八個月後，重新回到了大學當教授。玖村武二對自己活動的結果也感到有些意外。

「玖村，都是托你的福。謝謝！太感謝了！」大鶴惠之輔感動得涕淚橫流。

然而，一回到大學，他好像突然又找回了當年的感覺。在鄉下，他和黑市商人做著黑米交易，寄居在弟弟家，卻總是對弟弟夫婦耀武揚威。現在那個大鶴惠之輔不見了，他就像是休完長假返回學校的大鶴教授，表情、姿態，看起來年輕許多，也有精神多了。玖村覺得，他天生就是教授。

玖村邊看邊想道。

四

但是，大鶴惠之輔現在並不如往日的風光。當年他受軍部賞識，在翼贊會的影響下，在學校裡春風得意。如今失去了當年的後台，他變得形單影隻。

大鶴教授看起來有些急躁，他好像想急於擺脫落後的形勢。原本他就是個不出人頭地絕不甘休的人，再加上自己曾經無限風光，所以現在的狀況顯得更加潦倒。

他開始飽覽左翼理論書籍。說起飽覽，沒有藏書的他，也不過是從玖村的藏書室中借書來看。他讀得很快，有種死命克服困難的熱情。這主要有兩個目的，一個是想打探玖村現在學說的精髓，另一個是鼓勵自己，可以早一點像玖村一樣擁有漂亮的家和擺滿書籍的書房。

玖村武二則一如以往，禮數周到又不過分熱情的對待老師。適當的讚美，適當的謙卑。存在於他們之間的這種師生關係，讓玖村覺得很麻煩，並後悔幫他從中國的盆地重新回到校園。但他絲毫沒有表現出來，就連在妻子面前亦是。

大鶴惠之輔初次到訪時，玖村的妻子表現得很高興，並且盛情款待，但是隨著次數的增多，發現了教授的厚顏，便開始感到些許不悅。

「大鶴教授變了。」他的妻子說。

「怎麼變了？」

「怎麼說呢，好像一點也不從容自在的樣子，總覺得他有些自卑和厚臉皮。」

玖村心想：「連妻子都察覺到了啊。」但沒有表示贊同。

「不能那麼說。因為在鄉下太苦了，所以感覺有些不大一樣了，他是我的老師。一定要好好對待，再怎麼說他也是學術界的權威人士。」

對老師有意見的不只妻子。不，連妻子都這樣了，更別說外面的人了。儘管如此，玖村身為大鶴惠之輔的學生，無論何時對老師都那麼的畢恭畢敬，任何人都佩服他的這種行為。

「你家的房子真高級，生活好像也很不錯。你真是好運哪！」

大鶴惠之輔無論說什麼，總是會重複說著這句話。原本只是個在學術上才有嫉妒心的人，如今連嫉妒的方式都顯得很土氣。他總是這樣，時間久了，玖村有些不耐煩，便有了個壞主意。

（好！那我就再給你點顏色看看！）

玖村有個隱密的玩樂場所，在上野池塘邊，是間叫「柳月」的高級日本料理店，周圍有很多燈紅酒綠的地方。玖村覺得在銀座、新橋附近的酒吧或高級餐館花錢很不划算，價格高昂，服務也不周到，而且還容易傳出謠言。他討厭流言蜚語，不是因為會有損教授顏面或者自己沒有骨氣，而是不喜歡被人猜測自己錢的來源。也就是說，他擔心被人說他寫教科書跟參考書而發了橫財。

相較之下，來「柳月」玩一般不會被外人留意。他光顧這裡有一年了，還沒被任何人發現。

為了向大鶴惠之輔顯示自己富有的生活，玖村帶他來到這裡，他想以此挑起大鶴教授心底的自卑感和嫉妒，這個陰謀讓他感到很得意。

「柳月」裡有藝妓，但有時也會由女侍代勞。其實大多數情況下都不需要藝妓，也就是說，這裡大多數女侍的本事都在藝妓之上，可以在酒席上從事與藝妓一樣的服務。這邊的嬉遊條件就是這樣優秀。

玖村是「柳月」的熟客，店裡的人知道他的身分，也知道他出手闊綽，所以從未怠慢過。只要條件允許，一直讓他使用最好的上等包廂。

那晚，玖村盛情款待大鶴惠之輔。他很少帶客人到這裡，而且還特地囑咐老闆娘說今晚有個非常重要的客人，所以來招待的都是些外型漂亮又經驗老到的女侍。她們圍住大鶴教授熱情的招呼著。

教授喝醉了，隨著她們唱歌跳舞的節拍，一起打著拍子，敲著桌子。

「玖村，我好久沒來這種地方了。今天真是開了眼界，真得謝謝你啊。」

老師對著春風得意的學生說，而學生也發現了隱含在老師謙卑語氣下的羨慕之情。他感到很滿足，低下頭笑了笑。

出來上了汽車，大鶴惠之輔立即說，「你常來這裡嗎？」

他果然這樣問了。玖村想了想後回答，「嗯，有時候來。忙完之後就到這裡來放鬆放鬆。」

他明白這句話帶有刺激性，話裡有兩種暗示，一是說自己有能力常來這種地方玩，二是說自己很忙，暗示自己有副業。大鶴教授定能敏銳的理解到這一點。

「嗯……了不起。能常去那種地方玩。」

教授靠著身後的座椅，鼻息中帶著酒氣。而正如玖村所料，他語氣裡始終帶有羨慕的意味。教授抽著煙，噴出一口煙後沉默了一會。玖村清楚，在他沉默的這段時間裡，他在想什麼。

「這麼說來，怎麼說呢，編寫教科書和參考書的版稅不是個小數字吧？」他說。這些話也在玖村的意料之中，在大鶴教授的喃喃自語中，明顯地顯露出焦慮和妒意。這種話無需刻意回答，所以玖村只是笑了笑。

教授欲言又止，望著窗外遠去的夜色，繼續沉思著。這場景與玖村想像的一樣。但過一會，教授的話卻讓玖村感到很意外。

「對了，坐在我右邊的女侍是……？」

話題突然轉變，玖村不得不趕緊重新思考如何回答。

「啊？哪個？」他總算出了聲，轉過頭看著教授。

「嗯……那個女的年紀稍大，但很會應酬，長得十分性感，相當不錯。」

「是啊。」玖村附和著，低聲笑了笑。大鶴惠之輔所說的那個女人，其實是他的情人。

五

在那之後，大鶴教授以急劇的速度，在學術上改頭換面。他開始學習唯物史觀，對於日本歷史的闡述也依據該法則。他毫不猶豫地拋棄了自己過去的學說核心「記紀」[6]，只刻意採用了能夠配合新理論的那一部分。

大多數的進步歷史學家，都是透過現象演繹性地去理解史觀，所以都擅長正史，但對整理歸納零碎的歷史資料很花工夫。然而大鶴教授與生俱來的細心，使得他在以神社傳承關係為中心的研究方面得心應手，加上大部分資料都是慢慢累積起來的，所以並不是特別辛苦，只要在唯物方法論上下些工夫就可以了。

總之，大鶴教授終於成功地蛻變而出，課堂上所講的內容也與戰時主張的相悖。說好聽一點是他很勇敢，說難聽一點，也可以說他是厚顏無恥。

一次，一個學生站起來問：「老師的學說與戰前相比，似乎有很大的差異，這是為什麼呢？」

教授並沒有像那些戰後轉向的進步文化人一樣，說是受軍部壓迫所致，這樣的回答很矯揉造作。

「史觀是活的東西，並不是固定的，它會隨著時代的轉變而發展。它不是死的東西，因此會不斷的進步。」學生似懂非懂地坐下了。

玖村武二冷眼旁觀著大鶴教授。他知道教授的新理論是從他的書庫裡面得來的，如果大家都知道了這個祕密，他就會被人當作是傻瓜。只是大鶴惠之輔的歷史論是以歷史資料的研究為主，與其他人的泛泛之論相比，更足見其思維縝密，在這方面他確實有其獨到之處。

但是對於玖村來說，這些學問什麼也不是，他只認為大鶴教授的確很聰明，僅此而已。而且，大鶴不知羞恥且任意而為的態度，還真讓他有些羡慕。

學術界內的勢力鬥爭接連不斷，其中險惡勝過女人的嫉妒心與政治家的權術。在同一所大學裡的鬥爭更是嚴重，陰謀常常會在不知不覺中引起激烈的競爭。

玖村武二是個十分謹慎的人，平時他非常小心，以防自己被捲入其中，影響自己的前

6：指《古事記》和《日本書紀》。

途。因為他覺得自己是個有利用價值的人；身為國學界的新秀，同時也是新聞媒體注視的焦點，他在這方面相當有自覺。如果被捲入到陰謀裡，會因為身懷才能而更容易陷入沒落的危機。自己的一言一行都看在別人眼底。

但是大鶴惠之輔早就失去了以往的名氣。戰敗前他的學說受到軍國主義的重用，成為當時的領頭人，但是現在已經退居二、三線，喪失了會被人嫉妒的地位；同時由於沒有利用價值，也不會被捲入到任何陰謀中。也就是說，因為不被重視，為了翻身他可以暢所欲言。當然，大家都很瞧不起他，只不過玖村有點羨慕他的自由。

不到一年，大鶴惠之輔完成了一本書的初稿。他把書拿給玖村。

「玖村，你能不能聯絡你熟識的出版社幫忙出版？我以前出書的出版社已經換總編了。」

（就算總編沒換，人家恐怕也不會接受吧！）玖村在內心譏笑著。

「知道了，我試試看。」

表面上玖村裝做一副很熱心的樣子收下了；他將那四百多頁的原稿取了過來，用手掂了掂書稿的重量，彷彿自己的內心也是一樣沉重，但他還是大方的履行了諾言。

「大鶴老師真的變了！」看了書稿的書商對玖村說。

「是啊，要順應當今時代的要求嘛。」他這樣說著，心裡有些內疚，接著補充說，「這是真的，只不過之前有些偏離罷了。」

「但是，掛他的名字……」書商轉過頭，一臉為難的表情。

「不必這麼計較了吧。」他假裝極力說服。「現在所謂的進步文化人，戰前也都是指揮者。但是，如果他們沒進步，也就不必硬要出來了。」

實際上，玖村既是老師出書這件事的參與者，同樣也是旁觀者，完全一副成不成功無所謂的樣子。

過了幾天，那家書店接受了。但與此作為交換，表示玖村的下一部書要由他們出版。這對於玖村來說，可不是個划算的交易。

大鶴惠之輔的著作《日本古代史新研究》就這樣出版了。以唯物史觀的角度展開，將古代的史實以現代階級鬥爭的形式展開論述，這是極富攻擊性的歷史觀。但沒有人說什麼，正如玖村預料的一樣，連進步陣營也沒做出任何回應。

但是大鶴惠之輔是相當努力的，之後他一本接一本的寫起了相同立場的書。以最初那本書為契機，自己也開拓了一些二三流的出版社。在這方面他極擅於此道，非常會做生意，足可與業務員相比。

好比一開始只是不起眼的淡薄色調，經過重複的塗抹，很自然地便顯現了濃度。長時間下來，世人對於大鶴惠之輔的態度的改觀，就說明了這個古老的方法。然而，不變的是，他的名字和經歷依舊構成著阻礙，而沒有眼前一亮的感覺，印象還是那樣的黯淡無光。

玖村理解大鶴教授堅持不懈的努力。他想再一次擁有過往的名望，想成為一個課堂上座無虛席、受歡迎的教授。不，名聲可能只是一種手段，他真正的目的是想過上流富足的生活。五十六歲的他，被革職時又受到不公平對待，會有這種想法並不為過。寫書的收入是教職薪水的好幾倍，他想蓋一棟漂亮的房子，收藏更多的藏書。玖村就是一個榜樣。他每次到玖村家，都凝望著榜樣，產生嫉妒心，這讓他燃起了鬥志，鞭策自己去努力，最後踉踉蹌蹌的回家。不，應該說，他是為了得到鞭策，才去玖村家的。

在自己家中，玖村看著大鶴惠之輔的頭髮好像都要豎起來了的身影，深沉地笑了笑。

六

一直到昭和２Ｘ年為止，情況持續是這個樣子。但到了昭和３Ｘ年，大鶴惠之輔幾乎一躍就要趕上玖村了。

他出了好幾本書，還有間學習出版社請他編寫社會科的參考書。總之他的努力終於有了成果，正一步步地接近目標。

看他的神情，比以往舒坦了許多。

（打鐵趁熱這句話，就是用來形容這個時候吧！）玖村想。大鶴惠之輔對玖村說，希望自己可以編寫教科書。這種情況，只是單純的希望倒也無可厚非，可是他卻厚著臉皮要玖村幫忙出面和教科書出版社交涉。

「嗯，這個嘛……」玖村把手放在額頭上說。

「教科書出版社有很多編輯，恐怕很難按照我們的想法來辦。對方好像是根據自己判斷來找執筆人的。」他說權力在出版社編輯們的手裡，所以自己無能為力。這是再好不過的藉口了。

「是嗎……」大鶴教授無奈地點點頭，表示理解。

「但是，你是他們的紅人啊，你跟他們說說，總會給次機會吧。還請你一定要幫忙留心一下。」

玖村心想：如果大鶴教授是個保險推銷員，肯定做得不錯。但是這個忙是絕對不能幫的。你退後一步，他就會乘機追上兩步、三步，大鶴教授現在的做法讓玖村起了戒心。

只要是他拜託的事，玖村就會幫忙，大鶴惠之輔有著這樣的自信。但實際上，玖村也是會反抗的。玖村很想對他說：「我不是那麼好欺負的，臉皮再厚也總得有個限度吧，你最好適可而止！」現在，對於他的復職，玖村不只感到擔憂，並更加覺得大鶴惠之輔實在是太麻煩了。

但是，玖村絕不能把大鶴當成是負擔，他怕別人說他虛偽。哪怕在個人情感上有絲毫的瑕疵，對手也會將它放大，成為被人攻擊的把柄。玖村害怕會有人說他是個忘恩負義的人。不知道什麼時候，那會成為敵人的武器，所以需要加倍小心。所幸，別人都說他不忘師生之情，盡自己最大的努力使身處鄉下的大鶴教授得以重返學校任教，還不吝於將自己收藏的書籍借給他看，家人也受到他的照顧。這些好不容易得到的尊師重道的評價，絕不能讓它毀於一旦——他深信，學術界看似自由，但實際上卻是最封建的地方。

玖村決定謹慎地對大鶴教授冷淡，這樣一來，就能在神不知鬼不覺的情況下虐待他了。表面上很敬重，實際卻又不幫他忙，然後自己獨自享受其中的快感。

例如，有這樣一件事。

玖村帶大鶴教授去池端的料理店「柳月」有三、四次了，他似乎對一個叫須美子的女侍很有好感，就是他曾在車裡向玖村問起的那個人，有點年紀了，但頗有姿色。他不知道那其實是玖村的女人。

「大鶴老師最近經常來呢。」一天晚上，須美子告訴玖村說。

大鶴教授最近的收入，玖村大概算的出來。他自己去「柳月」這種地方玩，已經不成問題了，但跟玖村的收入相比，還差了一位數。因此，這對那個小氣鬼來說，是件很不尋常的事。再問下去，他就瞭解大鶴是因為喜歡須美子才去玩的。

玖村不禁笑出聲來。

「我很討厭他。」

「大鶴老師是我的恩師，對他別太冷淡了。」

「那個我懂。」

她說懂，玖村問她懂什麼，她說教授頻繁追問她有沒有丈夫或情人，能不能和他出去說話。

「關於我，他問過些什麼嗎？」

「好像問過。說玖村和你是不是有什麼關係。我告訴他沒什麼，只是個熟客而已。我的口風可緊了呢。」

玖村武二又笑了笑。

玖村和這個女人已經交往六、七年了，「柳月」裡還沒人確切掌握住這件事。玖村十分小心地維持著這種關係。他雖然和須美子交往，但從不去她家裡。只要是可能會傳出去的事情，無論多麼微不足道，他都萬分小心。

玖村每個月給須美子三、四萬圓的零用錢，這點錢對玖村來說不算什麼。須美子對於目前的關係很滿意，但也希望有一天能和玖村在一起。

二人在一個沒有熟人的地方，租了間公寓的二樓作為幽會地點。他絕不去旅館，以免被人看到。在那間低矮的公寓裡，玖村和須美子躺在一起，談論著大鶴教授的事。

「他喝多了就說要帶我出去。他這個人，年齡多大了？」

「啊，五十六、七歲吧。」

「也不是很老啊，可是真的很難纏，總是拉我的手，有時好像還想把手放到我的膝蓋。」

這種小報告對玖村來說，既刺激又興奮，自己和那女人一起戲弄著大鶴惠之輔，彷彿自己從觀眾席上偷窺著老師那滑稽的動作。

大鶴教授對於編寫教科書的意願非常執著。他纏著玖村不放，實在讓人感覺厭煩。他不知道從哪裡調查得很清楚，編寫一本教科書會發行數十萬冊，付給作者的版稅抽成有多少個百分比。

「該怎麼說呢……現在教職工會的力量十分強大，階級意識又都覺醒了，所以你寫的社會科教科書，應該馬上就會被採用吧！」

大鶴惠之輔總是不厭其煩的提起這些事，他那一副什麼都知道的樣子，讓玖村感到莫名地焦燥。

「也不是這樣，因為很多人寫過了，而且也得靠關係。」

「我的書，他們也都看了吧！」

又是這種拐彎抹角的說法，語氣上聽起來好像只要他寫了教科書，就一定能暢銷似的。另外，也彷彿是在催促他：為什麼不早點幫我聯繫呢？

「我一直惦記著老師的這個願望，但是得找個適當的時機提出來。不僅僅是編輯，上面董事的意見也很重要。」

如果隨便弄個說法搪塞，很容易讓他有機可乘，所以不能隨便撒謊。這樣的說法才最有效。

看著大鶴教授焦急的模樣，玖村一邊道著歉，一邊在心裡沾沾自喜。

七

昭和三十X年，高中小學刮起了修訂教科書的風潮。

以往，出版社向文部省教育課所提出的教科書原稿，文部省都是委託A、B、C、D、E五位調查員匿名審訂的。這五個人實際上是由高中小學教師，及大學教授所組成的約一千四百名調查員的符號。除此之外，還有個F這個符號。由A到E的調查員審查後再由F審查，這就是決定合格與否的審議會，是由文部大臣任命的學者、大學教授、優秀教師等十六人組成。

新年度的變化，就是指這十六人委員會本來沒什麼權力，現在發言卻突然強硬了起來——具體的說即為，原先A到E一審合格的教科書原稿，從這裡也開始一一落馬。只要是社會科的教科書，凡具有左翼傾向的，大部分都以此為理由被判定為不合格。

不知何種原因，F強勢了起來。自從去年民自黨出版《令人擔憂的教科書問題》手冊以來就出現這種跡象，文部省也開始積極矯正教科書的「傾向」，這種積極也是強烈譴責國定教科書的開始。

不只是F強勢起來，文部省還新設了一個常務調查官，是最終審定合格與否的上層機關。也就是說，要通過審定必須要通過三個門檻，而且原來由十六人組成的審議委員會成員增加為原來的五倍，即八十位。

這個變動發生在昭和三十X年年初，於新年度教科書修訂時浮出水面。某出版社供應初中一年級使用的社會科教科書落選了，作者是兩位社會學助教授，在某大學被稱為進步人士。

教科書即便被判定為不合格，文部省也不會明確說明原因。但出版社想盡辦法打聽到了不合格的理由：「闡述歷史發展、提出問題的方法等給人鮮明的實力抗爭印象。過分強調基本人權。沒有整體的明快感。片面地批判戰爭……等。」

出版社受到打擊，於是決定重新編寫，同時也提出不再讓那二人執筆的要求。對於那兩位學者來說，這也算是一種政治放逐，雖然表示抗議，但還是放棄了執筆的打算。

當然，問題產生了。所謂的進步教科書編者們，數百人聯名上書說文部省的作法是「思想統制」，對此表示反對，並特別針對新設常務調查官一事，指責說是為了使教科書制度化而做的準備。

玖村武二心想，這下可麻煩了。他編寫的社會科歷史記述，當然也存在著「傾向」問題。戰後，舊的日本歷史觀念被打破，因為左翼理論唯物史觀一直支撐著民主化，才走到了現在，支持此一觀點的正是親身接觸教學的學校教師們。年輕的教師懷抱著進步的思想，在全國各地組成了龐大的聯盟，也因此，具有「傾向」問題的書籍都很暢銷。不，是為了暢銷才寫了那樣的內容的書。出版社是沒有思想意識的，教科書裡盛行的思想意識只不過是種銷售手段，請進步學者來執筆，更是手段中的手段，玖村武二自己也不過是被利用的人之一。

文部省採取的新措施，使得教科書出版社陷入了恐慌，一定會轉而按照他們的規定來編寫。他們知道，就算高舉著「反對思想統制」的大旗抵抗文部省，也是徒勞無功。對商家來說，銷售擺第一位，教科書的發行冊數在全國超過千百萬，各公司之間競爭激烈，誰也不想退出，生意才是最重要的。——玖村開始憂鬱地思索，出版社的編輯們會開始壓制教科書編者當中的進步學者吧。

他的預感不幸應驗了。

一天，玖村執筆的一家教科書出版社的編輯來到他的住處。

「老師您編寫的社會科教材沒能通過。」

雖然早有預感，但玖村武二還是覺得受到了打擊。

「果然如此，有說哪裡不行嗎？」他假裝若無其事地問，心跳卻不斷加快。
「整體的論述帶有左翼傾向，欠缺妥當，基調過於沉悶。」
「這樣啊。那我再修改，可以嗎？」玖村試著問道。
「這個嘛……」編集冷冷的說，「我們透過關係打聽到他們有張黑名單，上面記載著左翼陣營的主編和作者，只要是他們的書就都不行。」
「哦……」玖村迸出冷笑。
「那就是說我的名字在名單上了？」
「不，沒有您的名字。但是有R老師的名字，所以不行。」
「原來這樣，是R不行了？」玖村事不關已的問道。
R是某大學助教，玖村所編寫的社會科教材裡，中世和近代的部分由他負責。他不只寫書，還組成研究小組，轟轟烈烈地從事著進步的文化運動。
知道自己的名字不在黑名單上，玖村有些放心了。
「雖然不知為什麼理由，在上面沒有您的名字，」編輯顧及玖村在進步活動方面的聲望說道。「但根據我們公司觀察，您也就差那麼一點。這次雖然您沒被列在名單上，但也被做了記號。」他很在意玖村的名譽。

「情況就是這樣。所以這次的新教材，希望您還是先不要參與了。」

那天夜裡，玖村久久不能入睡。

八

其他兩個教科書出版社，也以幾乎同樣的理由，要玖村武二暫時停止編寫教科書。玖村正想著，看來參考書的編寫也要陷入困難了，果然又被他猜中了。

玖村感到絕望，眼前一陣暈眩。無法編寫教科書和參考書，將使他失去一大筆收入。對他來說，那可是筆很可觀的收入。就是靠這些收入，他蓋了現在的房子；過去的藏書本來在戰爭中被燒的一冊不剩，現在的書房裡卻滿是書籍；銀行中的存款也不斷增加。

他的生活已經享受慣了，有了那些收入，就像袋子裡裝滿了空氣，生活逐漸膨脹了起來。帶女人出去玩的時候，更是大手筆。接下來，他只能依靠學校的薪水和幾篇稿費，將迫使生活水準大大縮水，他會再次回到從前的生活了吧。

他認為，被迫放棄編寫教科書、參考書，就像是放棄自己現在的生活。他覺得自己的生活充滿了虛榮，但實際上，他的放縱遠遠超過單純的虛榮許多倍。真的得回到從前的樣子嗎？想到這些，玖村覺得再沒有比這更悲慘的事情了。

在他身邊，也出現了「反對教科書審定新制度聯盟」的印刷品，以遭到封殺的作者為首，一些進步學者、文化人士，聯名掀起了一場運動。他放棄了，這些根本起不了作用，到頭來也只不過是竹籃子打水一場空。文部省應該會對此採取行動吧。太天真了，教科書出版社是很現實的。玖村幾天來都食不知味似的，非常懊惱。但當一天晚上躺在床上時，他忽然看到了一線希望。

那就是，他的名字還未被記錄到文部省官員的黑名單上。當初，他的確是打算作為一個進步歷史學家而揚名立萬的，但是官員們似乎尚未這樣認為。可能是因為他不屬於任何研究中心或團體。就像那位編輯說的一樣，他處在危險的邊緣上。

玖村武二心想：「這樣一來，我還有希望！既然是在邊緣上，只要移動一下位置就行了，移到安全的位置上！也就是回到右派就行了！」

玖村原本作為大鶴惠之輔的弟子，就是國家主義派的歷史學家。戰爭時期還曾加入過言論報國會。戰敗後他向馬克思理論靠攏，走唯物主義史觀路線，是為了得到學生的喜愛，以及能夠寫書出名。所謂的進步色彩，也不過是得到學生的喜愛、編寫的書暢銷罷了。他覺得，博得學生的喜愛是大學教授的護身符。

他在這方面獲得了成功，只是他沒想到，自己會因此而開始編寫教科書，這是他意料之外的。接著，他更編寫了參考書。開始編寫起教科書後，出版商就一個個找上門來要求他編寫參考書。教科書是由幾個人共同編寫的，但是參考書是一個人獨立完成的，因此能獲得的版稅更多，如果賣得好，那收入就更多了。光是寫個兩、三本，能賺到的金額就相當可觀，再加上教科書的版稅，他的收入可謂不菲。房子、藏書、存款、女人，靠的全是這個。

對玖村武二而言，喪失教科書與參考書的收入是致命打擊。就算回到清貧學者的身分，他也沒辦法忍受那種艱苦。要他從現在的生活墜落雲端，那還不如一死了之比較痛快。

這次落選也是沒有辦法的事，但在下次的修訂，他決心一定要奪回寫作權，並且將自己定位在不會被審議會盯上的範圍。他本來就有些手腕，如果自己沒有問題，那些書商一定會親自來委託他的。他必須保障自己的收入。

他打算以光榮的進步學者身分，重新回到原來的位置。

但問題是，自己該怎麼做？他必須不動聲色地轉變自己的立場，玖村比任何人都害怕被捲入是非中，多少有些閒言閒語是沒辦法的，但是必須注意不能讓它擴大。他相信自己能處理好，就像戰後自然而然就成為了一名進步學者一樣。他必須從本質上成為一個「公正的」歷史學家。

與意識的墮落相比，現在的生活更為重要——

某天，大鶴惠之輔來到玖村這裡說：「玖村，文部省的政策似乎很嚴厲啊。」

「是啊。」玖村回答。

「那你怎麼樣？」

「當然是不行了。」

「落選了？」

「嗯，是的。」

大鶴惠之輔表現得非常熱心，他瞪大了眼睛追根究柢，沒有說些什麼自己的意見，只是在那邊聽著。

「是嗎，那可麻煩了。」他只這樣說了一句。他的表情很鎮靜，好像得知了別人的不幸自己很開心似的，隨即臉上又露出一副若有所思的表情。

大鶴教授現在在想什麼，玖村能猜個八九不離十。他不安地目送著大鶴教授緩慢離去的背影。

那種不安的預感，在幾天後又被證實了。

「玖村，我這段時間一直在思考。」大鶴教授托著腮，聊天似對玖村說，「我還是必須回歸到自己的專業。這段時間，好像很混亂。」他簡短地說。

「我要恢復以前的研究態度。嗯……我試著走唯物史觀路線，但還是覺得太矛盾、太不合理了，所以想趁現在給予一些批判。」

玖村沒有立即回話，也沒想說些什麼場面話。

「嗯……你可能也有想說的話，但還是先靜靜看我怎麼做吧。」

他的話很含蓄，表情卻並非如此。相反地，那種自信的安定感充斥著他的身體。

大鶴惠之輔很明顯是要拉回原來的立場，他的作法也很符合他的風格，十分露骨。他並沒有顧慮，他的立場沒人會正面攻擊，也不會引起太大問題，所以他很輕鬆。當然也會有些流言，但對他來說那並不是問題。即使被嘲笑，也不會成為被強烈攻擊的對象。

玖村明白大鶴教授想改變立場是真心話。教授想要的只不過是房子、藏書和存款，玖村就是個榜樣。大鶴用這個榜樣來鞭策自己不斷往前，他一直想得到寫教科書、參考書的收入，現在機會來了。他唐突的進行了自我批判，其背後目的就是想藉著進步作者們的退場，自己趁機擠進去。他可以說是司馬昭之心路人皆知。

九

對於突然出現的麻煩，玖村武二感到很煩。

大鶴惠之輔所宣告的做法，正是玖村接下來要走的路線。如果因此受限，只能吃虧了。這種不安再次應驗。

自己想做的事被別人先做了，他只能當個跟班的了。他小心地觀察著周圍的形勢，準備伺機而動，但有了這麼一個露骨的先驅，就沒有辦法了。

一個人總是好辦事，可是兩個人，就會引起別人的注意而失去可行性了。而且作為大鶴教授轉向的跟班，這是再大不過的醜事了。

玖村相信，外界對大鶴惠之輔與自己的評價有很大差距。大鶴教授如此做，只會被嘲笑一陣，但現在如果自己也跟著做，就有可能會被眾人指責為見風轉舵。自己是在眾人的關注之下，大鶴教授沒有敵人，自己卻有……

這個死老頭子，玖村在心底咒罵著大鶴惠之輔。當初幫助他從農村回到大學時，就覺得他可能會成為自己的麻煩，但從沒想到，這個麻煩竟到了令人厭惡的程度。就因為自己不斷滿足他無恥的要求，才演變成現在這樣。
玖村焦躁不安，始終無法入睡。
但是，他不可能放棄努力，他一定要回到原來的生活。為了大鶴惠之輔這樣的人而放棄，實在是離譜且不合理，卻是無可奈何。
有沒有什麼辦法能阻止大鶴惠之輔的行動呢？左思右想，要轉換立場，自己一個人很好辦，但要是在他之後才行動就麻煩了——
玖村開始在肚子裡謀畫著。
但是，若想在學問上用陰謀打擊大鶴惠之輔，是不會奏效的。身為學者，只有學問不能造假。學問具有不可忽視的價值，是不死之身。
那麼，有沒有什麼辦法能夠結束他的公眾生涯呢？
玖村想盡了各種方法。結果，他想起了以前好幾個知名學者下台的例子。
有的學者因為兒子犯罪，有的學者是因為家庭糾紛被發現，有的學者則是因為收了商人的賄賂，基於各種原因，他們消失了。這些例子，都是由於私生活方面出了問題。
發現到這一點，玖村顯得志得意滿。再沒有更好的方法了。
這似乎有點卑鄙，但為了生存卻是迫不得已。他認為，大鶴惠之輔的存在等於是自己的災難。與已經是過去式的大鶴教授相比，自己更有實力。大鶴教授早就沒前途了，只不過是個等著退休後，再次回到鄉下當個老農夫，混吃等死的人罷了。如果因為這樣一個人而毀了自己的前途，那可真是得不償失了。

是災難就必須躲開，這是理所當然的。即使得死，也不能讓自己死。自己一人躲避災難，可能有些不道德，但是能為了躲過一劫，也沒有別的辦法了。

想到這裡，玖村忽然想到，以前似乎也聽過這樣的藉口。「我也是走投無路啊」，就是用這句話作為藉口。

在回大學的公車上，他想著這些事情。平常習慣了的零散事情，似乎一下子整合了起來，原來是想起了過去的事。在高中時代，老師在講授古代外國法律時，說了一個很有意思的故事：遭遇海難的兩個人同時抓著一塊浮板，但浮板只夠支撐一個人，於是其中一個人為了讓自己獲救，只能把另一個人推下海，但活下來的人並不構成犯罪。這是希臘某地的一個故事，好像叫做什麼德斯的船板。

他不由得想知道現在的刑法書中有沒有這方面的記載。於是玖村下了公共汽車，打了通電話給一個律師朋友。

「啊，那個啊，那個故事叫卡爾內亞德斯船板。」律師告訴他。「原來是這樣啊，你是進步的歷史學家，連那種事情也要引到書中作例子啊。」

「有沒有有關那個故事的書？」

「有。刑法解說的書裡有。應該是在緊急避難一章中。」玖村到書店找到了那本書，回來後便讀了起來。

——從很早以前，緊急避難的問題就有爭議。

有一個故事叫「卡爾內亞德斯船板」。卡爾內亞德斯是西元前二世紀古希臘的一位哲學家。他提出這樣一個問題：船在海中遇難時，一個人為求自保，將另一個抱著木板的人推下海，這種做法到底對不對？犧牲自己救了別人可能正確，但棄自己的性命於不顧，反倒去救別人，這很愚蠢……

玖村武二拿起手邊一支紅色小鉛筆，夾到本子裡，放到了其他書上。他一連抽了好幾支菸，邊抽邊瞇起眼睛思考著。

十

高級料理店「柳月」的女侍須美子，控告ＸＸ大學教授大鶴惠之輔涉嫌強暴。

須美子是這樣供述的：

「那天晚上，大鶴先生比平常來的晚些。他總是一個人來。那天一直喝到十一點多，他喝得爛醉。他一喝多話就多了起來，會摸人家的肩和腿，所以他是個不太引人喜歡的客人，但是因為他常來，只得好好招待。十一點半左右，他說要送我回家，我拒絕了。於是他就直接回去。我以為他回去了。但是二十分鐘後，我正準備從店裡出去搭乘電車回家，看到他蹲在暗處，好像很痛苦的樣子。當時，我不知道他在等我。我問他是不是哪裡不舒服，他說是。他接著問我：『不好意思，能不能幫我叫輛計程車送我回去？』我雖然不願意，但因為他是店裡的客人，又喝醉了，不送感覺不太好，所以就替他叫了車，和他一起坐了上去。因為以前問過，所以知道教授的家在ＸＸ方向，我就要車子往那邊走。在車裡，他好像睡得很熟，也沒發生什麼事情。到了ＸＸ附近，教授說不舒服想下車走走。那時已十二點了，在沒人經過的路上走很不舒服，所以我拒絕了，但是教授請求我說『只要走幾步就行』，然後可以讓我馬上回家。雖然已經很晚了，但看到旁邊還有車不斷經過，所以我就放心的下了車。於是，教授握住我的手從大路走進了小巷。我說：『教授，讓我走吧。』他說穿過去就是條大路，一出去看見車子就送我回去。我以為他說的是真的，雖然不願意，但也跟著去了。我想，他再怎麼說也是位大學教授。走著走著，人煙逐漸稀少，可以看見田野和樹林，這次我真的害怕了。我說『我一個人回去好了』。教授嘴裡說著『快到了』，手上卻加大力氣拽著我，他的力氣很大，甚至不像是他這個年紀該有的。他說『馬上就到了，繞過小樹林，有通往大路的捷徑』。我半信半疑。教授突然把我推進了樹林，當時很黑，伸手不見五指。那裡遠離人煙，家家戶戶都緊閉房門入睡了。我想大喊，可是教授立即堵住了我的嘴。接著他說，『我喜歡你，從很早以前起喜歡得不能自已，你就乖乖聽我的話吧』。他用很大的力氣，把我推倒在草地上。我害怕得瘋狂掙扎，沒想到他使勁地抽了我一個耳光，我失去了意識，感覺瞬間被麻痺了。就在那時，教授好像要掐死我一樣，我失去了抵抗力——我想他是蔑視做我們這行的人，才會那樣的侮辱我。我感到極度悲憤，所以才來告他。」

被控告的大鶴惠之輔是這樣供述的：

「我沒想到會成為被告，這肯定是有預謀的。不知道那個女的在想什麼，是她勾引我的。我是在兩年前，也許更早些，才第一次去那家店的。總之，第一次是玖村武二教授帶我去的，之後我經常自己去。我一點也不否認自己喜歡她，喝了酒後有觸碰過手、肩也是事實。因為喜歡她，也邀請過她幾次。但是，那個女人總是躲避我，從不肯答應我。我以為她跟這個行業的人不一樣，不是個隨便的女人，所以我才會愈來愈喜歡她，一個月肯定會去個一兩次，這也是事實。而且，在出事兩天前的晚上，那個女的服務特別熱心，還抱著我，她以前從來沒這樣過。她讓我高興得忘記了自己的年齡。所以兩天後又去了那家店。那天晚上，那女人對我相當曖昧，十點多喝完酒，她用雙手抱著我的肩，說要和我永遠在一起，還問我等會她下班要不要跟她一起回去。我聽了很高興便答應了，她叫我在一旁等她，我照辦了。我在漆黑的電車道旁等了三十分鐘，她終於出來了，還說讓你久等了對不起。依照約定我送她回家，我問她家在哪裡，她回答說在XX，我便叫了計程車一起坐上去。我記得當時十二點多了，到XX大概花了三十分鐘。她在車裡握著我的手，身子也緊緊靠著我。下車之後，她帶著我走在黑暗的小路上。那地方很僻靜，幾乎沒有人家，還有一片田地，但看上去好像也有人住在那邊。我問她住在這麼偏僻的地方嗎？她緊貼著我的身體對我說不是。我感到有些吃驚，這時她小聲地對我說：『欸，教授，今晚好好的愛我吧。』她的姿態、她的話，讓我很激動，也可以說是我一直在期待這一刻。然後我問她附近有沒有旅館，她說旅館太遠了，要做現在就可以。而且她說自己不能夜不歸宿，無論多晚都得回去，不然公寓裡的人會問個不停的。我看了看周圍，於是她拉著我的手，把我拖進了小樹林。當時伸手不見五指，她突然兩手抱住我的頭開始吻我，身體也壓了過來。我看了看，腳下是片草地。我問，可以嗎？她點頭。我像個年輕人一樣，在這種地方做那種事，感覺有些羞愧。她把我的手放進她懷裡，默默的引導著我。——這些都是事實。那個女人說的話全是假的。第一，我已經五十六歲了，不會有那麼大的力氣。我是被她誘惑的，那個女的為什麼要撒謊？我只能說她瘋了。碰上這個瘋女人，把我逼得無路可退，再沒有比這對我傷害更大的了。就算是誣告，我也肯定得辭掉大學教授這個職位。這種傷風敗俗的醜聞在報紙上一登，我只能辭職。不然，就可能是有人想要趕我走。那個時候，和那個女人發生了關係，是我最大的錯誤。現在看來，這個錯誤實在很致命。我有一定的社會地位，又這麼一把年紀了，這件事肯定會被人恥笑。要是被學校知道了這個醜聞，就更沒有待下去的餘地了。我無顏面對家鄉父老，真想一死了之。」

大鶴教授在員警面前啜泣道。

十一

大鶴教授成為被告的一個月後，案件還在審理時，玖村武二到警察局自首說自己掐死了「柳月」的須美子，地點在二人租來幽會的二樓公寓，時間是在白天。玖村武二臉色蒼白地交代：

「我和須美子交往很久了，因為職業的關係，我不想讓別人發現，所以我們的關係一直是個祕密，沒有人知道，當然大鶴教授也不知道。我們彼此相愛，我覺得這沒什麼不好。本來就沒有必要考慮職業，誰都會這樣。我若只是個普通百姓，那樣做也不會有什麼錯。只是我運氣不好，讓事情發展到了如此無法挽回的地步。須美子對大鶴教授做出那種事情，完全是個意外。我也很驚訝，一開始我聽須美子說起時，簡直不敢相信，但知道了那是事實後，我對大鶴教授的行為很氣憤。我氣得臉都變了顏色，渾身打顫。現在想想，當時很不應該，我應當冷靜下來。須美子見我這麼激動，好像很害怕，總之，我從這場愛情裡醒來了。須美子對我說：『我想說我沒有背叛你，大鶴先生是你的恩師，我不作聲，事情也許就過去了。但是，我良心上過意不去，很痛苦，我想比起背叛，還是告訴你一切比較好，這才鼓起勇氣說出來的。儘管這樣，你卻那樣看著我。我遵循自己的良心，說出了大鶴教授的事情。』我很震驚，於是打住了她的話。發生了那種事，我很苦惱。我告訴她，『我不會因為這種意外而改變的，大鶴教授是我的恩師，不能發生這樣的醜聞。』但須美子是個非常固執的人，我怎麼說她就是不聽。『我無法忍受你懷疑我跟大鶴教授有私情。即使你說你不懷疑，我也知道你的心底還是懷疑我！』她變得歇斯底里起來，最後還是上訴了。之後我跟她碰了幾次面，希望她撤訴，她還是不聽。我問她為什麼，她說出一堆道理來。『大鶴先生還沒有承認自己的行為，反駁的話全是謊言。這樣只有你自己成了好人，而我就像個蕩婦。說什麼是我去勾引教授，你這種逃避責任的說法讓我很震驚。誰願意和一個老頭子在一起。你想要我撤訴，為什麼還要讓我這樣子被捲進來？』也許真的因為對方是我的恩師，我才進退兩難。我指責她說，『我承認妳的說法，但妳是對的嗎？』她還是不接受。『和我比起來教授更重要？』她說的話讓我感到莫名其妙。為此，我們經常吵架。案件審理一直進行著，我想我不能置之不理，對她說話的語氣有點重。不管怎麼說，大鶴教授是我的恩師，我不能讓這種丟人的審判進行下去，一定要讓他們私了。那天，我下決心一定把這件事處理掉，就去了她家。但是須美子還是一點也聽不進去。只是，今天與往常不同，我是鐵了心要解決這件事，所以我拿出了強硬的態度。『妳一定要按照我說的做，我的話妳都不聽嗎？』我抓著她的肩膀使勁搖晃，沒想到她抬起頭，跟我緊緊地糾纏不休，我不由自主想嚇嚇她。但我似乎下手得太用力了，我不記得當時手按在哪裡，我們對峙了好長一段時間，當我發現她無力的倒下了，我還在想，這是我第一次看見女人哭倒在地。但是她沒出聲，也沒有動，我想，要她順從下來真不容易。我用力的搖晃她的身體，仍然沒有反應，這時我這才知道須美子死了——」

玖村武二被送進了地檢署。兩個月後開庭，玖村站在法庭上。據旁聽的人說，玖村沒有想像中那麼消瘦，臉上一臉茫然。

檢察官指控玖村武二傷害致死罪。檢察官是個中年人，以下是他的總結發言：

「本案起訴犯人傷害致死罪，但案件本身尚有許多疑點。我初步推斷被告所供述均為事實。被告是大學教授，有知識有地位，不能與一般被告同樣對待。我相信被告的人格，也未發現被告的陳述有破綻。第一，根據供述進行的調查，結果與供詞均一致。也就是說，可以充分相信被告的陳述。只是被告與死者須美子之間的對話，沒有第三者作證，死者又不可能開口，所以只能聽取被告的片面之詞。關於這一點，本人願意相信它是真實的，在道理上能說得通。另外，對於被告與大鶴惠之輔之間關係進行調查，發現被告與大鶴教授有著深厚的師生情誼。他幫助大鶴惠之輔解除離職處分，並於目前任教的大學裡透過管道替他想辦法復職，多次在家盛情款待，還借書給他，所謂的師生恩情，再也沒有比這更貼切的了。我們詢問了大鶴惠之輔先生，他也說很感謝玖村武二，身邊的人也都認可這些事實。所以當被告面對須美子時，為了急於幫助恩師撤銷控拆而不斷催促死者，這一點是可信的。

我們回過頭來看，被告的陳述條理分明，也有旁證能證明，但之後還是產生了疑問。控告大鶴惠之輔的原告須美子已死，因為尚未判決，現在無法判斷哪方供詞是真的，所以無法進行推論，但該控告事件是本案必須調查的重點。被告與死者由於是否撤銷控告一事發生爭執，造成了死者的死亡，我想案情不僅如此。我本人認為，本案與該控告事件有因果關係，因此對被告X月X日晚上的行蹤進行了調查，也就是須美子控告大鶴惠之輔發生那件事那晚。根據調查，當晚被告十點左右離開家，去了銀座的酒店。根據被告妻子說法，在出門前，被告一直焦躁不安。被告在銀座的三家酒店喝了酒，半夜一點左右到了新宿，又喝了兩家，回到家時已經三點左右了。詢問這五家酒店，都證實被告是第一次去，當時喝得很凶，還在其中一家與其他客人發生爭吵。根據那裡小姐的說法，他像是在喝悶酒。被告在凌晨三點左右搭車回家，爛醉如泥，連路都走不了，在妻子的攙扶下才得以上床。

被告說記不太清當時的事情，但可以認為是事實。」

十二

「這部分很奇怪。被告做事一向一絲不苟，十分冷靜。家人和熟人都說，他確實喜歡喝點酒，但是從沒有喝到那樣酩酊大醉過。他的妻子也說，他喝得爛醉如泥成這樣，到凌晨三點才回家還是第一次。這引起了我的注意。根據控訴，須美子在當晚一點左右被大鶴惠之輔強暴，而被告在同一時間喝個爛醉，這說明了什麼呢？可以推測，被告當時內心在動搖，那麼動搖的原因又是什麼呢？很明顯，被告知道須美子和大鶴惠之輔當晚發生的事情。被告供稱第二天晚上，須美子告訴他這件事，也就是在這之前被告應該不知情才對。另外，被告在銀座喝酒時，須美子和大鶴惠之輔之間什麼事都還沒發生，應該是剛出『柳月』在計程車上吧。須美子被大鶴惠之輔強暴的時間為一點左右，當時被告正在新宿的酒店喝酒，還跟別人發生爭執。綜上所述，可想而知被告事先就知道那件事。雖然被告否認，但歸納整起事件的前因後果，可以推斷這是事實。那麼，是什麼讓他動搖呢？須美子是被告的情人，卻跟別人在一起做著那樣的事，他因為知情，所以才會在那個時間坐立不安。

服務員說他像是在喝悶酒，這樣一想，那種說法才更合理。但是，這又有點不可思議。但被告為什麼會事先知道呢？大鶴惠之輔和須美子、被告都認識，如果是那樣，肯定是從其中一方那邊聽來的，否則他不可能會知道，而從須美子那得知的可能性更大。說明白點，可以認定被告與須美子是同謀，或者可以猜測，是被告指使須美子那樣做的。這太奇怪了，他們是不是有意讓大鶴惠之輔落入圈套呢？除此之外再想不出別的可能了。為此，我在被告和大鶴惠之輔之間做了調查，並沒有找出反證。之前也提到，被告把大鶴惠之輔當作恩師厚待，大鶴對此很感激，周圍的人也都認可，這和我的推測相矛盾。儘管如此，我並沒有放棄我的推測。在搜查被告書房時，搜到一本法律書籍。被告的書房裡都是關於歷史學的書籍，刑法書只有這一本，而且還是新的，裡面夾著一支紅鉛筆。那一頁的內容是緊急避難，而被告只讀了那一頁。整間書房內，只有這一本是關於刑法的書，並且裡面還夾著紅鉛筆，我認為他並非是隨意翻看，而是在相當認真的閱讀。為什麼要看緊急避難這一項，目前還無法判斷，但我感覺這與本案有關。詳細來說，夾了鉛筆的那頁說的是『卡爾內亞德斯船板』的故事。一個在海中遇難的人緊緊抓住一塊木板，為求自保，他將另一個人推下了海。他看的就是這個地方。被告為什麼對此感興趣，留在木板上的人是被告嗎？掉到水中的是須美子嗎？還是大鶴惠之輔？因此，有關被告對須美子之死的供述，我感到懷疑。

我認為被告有殺人動機，遺憾的是我不知道被告的真實目的。沒有罪證確鑿的證據，僅憑推測並無法起訴，因此只能以傷害致死罪起訴……」

聽見檢察官的發言，玖村武二心想，這是一個多麼愚蠢的檢察官啊！都想到那裡了，為什麼不再進一步調查呢？

殺死須美子是因為對她感到厭倦了。她是遵照我的指示行動的，但沒想到，事後她完全變了一個人，就像是注入了別人的血液，感覺完全成了另一個人，而且注入的還是令人鄙夷的大鶴惠之輔的血。那女人體內如同裝滿了垃圾一般，散發著臭氣。

她感覺到自己被拋棄了，就開始死纏著我。我愈是想逃脫，她就愈緊追不放。為了跟她講清楚，我又去了那個幽會地方的二樓。那女人說：「你太自私了，我是照你說的去做的，就算我不願意也沒有辦法，你那樣哭著求我，我才答應的。我也痛苦的要死，你現在卻說要拋棄我，既然這樣，我就去法院撤銷控告，去向大鶴教授道歉，把事實說出來，讓你無法得逞！」她一改往日的溫柔，變得歇斯底里。依她的個性，一旦說了就肯定會去做。我極力阻止，但是來不及了，她想要掙脫我跑出去，於是我在爭執中失去了理智，結果殺死了她。

檢查官說最後留在木板上的是我，沒錯，我和大鶴惠之輔之間的競爭，只能是他沉下去，沒了前途。因此我把他推入大海。會有人指責我做錯了嗎？「卡爾內亞德斯船板」不是也很不合理嗎？掉入海中的是弱者，留在木板上的是聰明的強者，結局不過是將不合理合理化、正當化罷了。我把不合理的希臘神話搬到了現實，無論何時，為了生存，都是強者獲勝。我不覺得自己做的不對。指責我的人，只能做個失敗者。

只是，須美子的事情是個災難，就好像是無法躲避的颶風。我沒預料到這點，不，不是無法預料，是無論怎樣縝密的計畫，一旦碰上感情的牽扯就會亂了方寸。如果我能容忍她，就不會露出破綻了。但是我實在無法忍受了。即使知道可能會身敗名裂，也絲毫無法再忍受下去了。我決定矇住自己的眼睛，完全地忠於自我情感。這是無法抵抗的命運。人們也許會嘲笑我的計畫吧，這我也知道。反正現實本來就與荒謬不合理糾纏在一起……

導讀／林景淵
閱讀松本清張

松本清張，一九〇九年出生，一九九二年去世。

在日本，有許多松本清張迷；在台灣似乎也有不少讀者；松本去世後依然如此。

作家松本清張的一生經歷許多波折。少年時代起，青年時期以至四十四歲前後，長期過著辛酸的日子。

家裡貧窮，父親沒有固定職業；明治維新以後，日本學校教育已十分普及，松本清張只能在小學高等科（初中前期）畢業，接下來就要工作養活自己。

松本清張的第一份工作是在老家北九州一家電器公司充當工友，幹不到三年，因公司倒閉而失業。十九歲那年，由於母親的堅持而進一家印刷廠當學徒，從此在印刷廠工作了九年。二十七歲結婚，婚後一年離開印刷廠，擔任「朝日新聞社」九州分公司的約聘人員，從事廣告相關業務，六年後才成為正式職員。一九四三年（三十四歲）十月，由於戰況趨於激烈，松本清張被徵召入伍，不久被派遣至朝鮮半島參戰，擔任衛生兵。一九四五年十月，戰爭結束，返回九州；幸運的復職回到報社。由於家中連續多了三個小男孩，生活負擔沈重，松本清張不得不利用下班時間仲介買賣掃把。

一九五〇年十二月，小說《西鄉紙幣》得了《週日朝日》徵文比賽的第三名。自幼年起喜好文學的松本清張初試啼聲已經四十一歲。家境的困頓，使松本清張忙於柴米油鹽，大志難伸。

可是，正如台語俗諺「大隻雞慢啼」，四十歲以後才正式登上文壇的松本清張，一九五一年，作品《西鄉紙幣》成為「直木獎」候補，一九五三年獲得「芥川獎」。從此，松本清張爆發性的寫下無數精采作品。作家森田誠一統計過松本清張四十歲以後的寫作生活，認為松本每餐吃飯時間只花一分二十秒，上廁所則只花十幾秒（《太陽》，一四一期）。

回憶起困頓中的執筆活動，松本清張如此描述著：

「《某「小倉日記」傳》草稿撰寫時期正逢盛夏，我家住在兵工廠宿舍，共有三個房間，分別是六、四點五以及三個榻榻米大小。妻子和四個小孩睡在隔室的蚊帳裡；另一室是老父母的房間。我揮著一把圓扇子，邊打蚊子，邊寫稿。偶爾跑到昏黑的廚房裡去喝水。」（《半生記》）

四十年後，有了自己的文學王國，松本清張充滿了自信，也奠定了文壇地位。某次，接受《產經新聞》記者訪問時，回答自己的生活步調：「我跟你們這些朝九晚五的上班族大不相同。別問我幾點就寢、幾點起床這類無聊的問題！」作家也清楚的指出：「我個人不和其他作家交往，一切只在乎我自己。」（一九九二年八月六日《產經新聞》）

沒有人能夠理解四十歲以前的空白，何以變成四十歲以後百花齊放般的絢爛！作家松本清張的成就令人感到訝異！

從第一本歷史小說《西鄉紙幣》開始，松本清張寫了不少歷史小說：《無宿人別帳》、《佐渡流人行》、《天保圖祿》、《私說、日本合戰談》、《西海道談綺》，甚至還有學術氣氛濃厚的《日本黑霧》、《現代官僚論》、《昭和史發掘》、《古代史疑》、《清張通史》。

在一般創作方面，松本清張的深入耕耘也有相對的收穫。一九五二年創作了《某「小倉日記」傳》以來，不斷有新作品發表，甚至一年中有好幾部作品付梓。《斷碑》、《黑地之繪》、《波之塔》、《深層海流》、《象徵之設計》、《絢爛流離》、《獸徑》、《岸田劉生晚景》、《沙漠之塩》、《首相官邸》、《小說、東京審判》、《風之氣息》、《日本改造法案》、《空之城》、《眩人》、《迷走地圖》、《兩像、森鷗外》、《草之徑》。

在推理小說方面從質和量加以評價，絕對不輸於專業推理小說作家。自一九九五年發表《埋伏》起，不斷推出精采創作：《點與線》、《眼之壁》、《零的焦點》、《越過天城》、《霧旗》、《砂之器》、《球形荒野》、《影車》、《D之複合》、《中央流沙》、《黑色樣式》、《火之路》、《黑色圖說》、《黑色線刻畫》、《禁忌連歌》、《霧之會議》等……

四十年的創作，當你前往北九州市「松本清張紀念館」，看到松本清張著作第一版的封面全部呈現在眼前時，必定會自內心發出讚嘆和敬佩：偉大的作家—松本清張。

這背後，一生中沒有比較像樣職務的父親對松本清張還是產生影響的，不得志的父親在冬天夜晚，手捧《太閤記》（豐臣秀吉傳）等小說念給他聽，不僅引起對文學的興趣，也使松本清張擁有小小的幸福感。十五歲，有了一份工作以後，讀遍「春洋堂」、「新潮社」等文學書籍，特別是芥川龍之介的作品，絕不遺漏。

思維格局極大的松本清張，四十歲以後正式進入專業寫作，為了彌補過去的不足，開始大量閱讀資料、史料。日本神保町，「一誠堂書店」（舊書店）一位經理說，松本清張往往一天之中打好幾次電話找書。在沒有手機的那個年代，出差時也輾轉打來電話。當然，松本清張早已跑遍日本全國各地；外國方面，包含歐洲各國，美國、加拿大、阿拉斯加、中東各國、印度，以及包括北韓在內的亞洲各國，松本清張都設法親眼目睹、親自體驗。例如《沙漠之塩》撰寫期間跑遍埃及、黎巴嫩、敘利亞；而《霧之會議》更涉及英國、法國、摩洛哥、義大利、瑞士等國。

松本清張文學的價值，當然不單純只是作品數量的龐大而已。最先出現文壇的《西鄉紙幣》，以「叛軍」西鄉隆盛發行的鈔票作為象徵意義，深入探討日本社會現狀及發展。簡單的說，松本清張的作品一開始便建立了自己的風格；也許，他累積起來豐富無比的社會經驗成為創作的養分。

在推理小說方面，改編成電影的《砂之器》，與原作情節顯然有些出入。然而，松本清張依然藉由不同形式切入社會問題。換句話說，不論歷史小說、推理小說，松本清張的原點是一致的。

對日本讀者而言，作家松本清張觀察下的森鷗外、菊池寬、岸田劉生這些近代人物，呈現了另一番面貌。甚至從「昭和史」和古代史，松本清張也充分發揮其獨特又具有指針般效果的文學教材，留下了「無與倫比的金字塔」（有馬學）。

《清張・戰鬥作家》作者藤井淑禎認為，松本清張繼承了夏目漱石、芥川龍之介、菊池寬的寫作技巧，又不斷挑戰純文學「私小說」領域，因此而建構起松本文學的豐富領域。

作家松本清張在青年時代曾因為窮困而考慮自殺，也想一個人離家出走：

「我想逃脫背負家庭（父母）責任的狀態。那時候，父親也好、母親也好，幾乎都依賴著我；因此我變成被束縛著，動彈不得。我真想逃離不能自由呼吸的困境。」（一九六二年四月《婦人公論》，人生特集）

檢視松本清張留下的龐大無比的作品，足以證明困頓時代裡，他儲存的智慧和能量，是多麼可觀。吾人閱讀松本清張文學作品時，或許更值得參考、思考。

本文作者簡介——

林景淵，早稻田大學畢業，筑波大學碩士，浙江大學博士。著有《讀書物語》，譯有：《知識誕生的奧秘》。日前在《明道文藝》連載「日本經典文學家傳記」。

松本清張作品選 10 1 埋伏

Original Japanese edition published by SHINCHOSHA Publishing Co., Ltd.

The Traditional Chinese Language edition is published by arrangement with
SHINCHOSHA Publishing Co., Ltd., Tokyo in care of Tuttle-Mori Agency, Inc., Tokyo

作者：松本清張
譯者：賈英華
編輯：鄭天恩
封面設計：蔡佳豪
行銷企劃：王儷璉
發行人：王永福
出版者：新雨出版社
地址：新北市三重區重安街一〇二號八樓
電話：02-2978-9528
傳真：02-2978-9518
服務信箱：a68689@ms22.hinet.net
郵政劃撥：11954996　戶名：新雨出版社
出版登記：局版台業字第 4063 號
出版日期：二〇二二年一月三版
ISBN：978-986-227-301-2

歡迎讀者郵政劃撥訂購本社圖書
※如有缺頁、誤裝，請寄回更換

國家圖書館出版品預行編目（CIP）資料

埋伏／松本清張著 ； 賈英華譯——三版——新北市
新雨，2022.01 面； 公分——（松本清張作品選 ； 10-1）
ISBN 978-986-227- 301-2（平裝）

861.57　　110017277

張込み